間宮夏生

イラスト●白味噌

【murder recipe】

その名前を耳にしない日はない。

「月森《つきもり》って良いよなぁ……」

クラスメイトの鴨川《かもがわ》が溜息《ためいき》混じりに洩《も》らすのに、周囲の男子生徒らが感慨《かんがい》深そうに頷《うなず》く。

「お前ら細身だからって騙《だま》されるなよ？　ああ見えて月森葉子《ようこ》は……胸もあるっ！」

不埒《ふらち》な視線の先には、女子たちに囲まれ談笑する件《くだん》の月森の姿があった。月森葉子は一言で言えば目立つ女だった。

「野々宮《ののみや》もそう思うだろ？」

「そうだね」

「おいおい、信じられないほど冷《さ》めた反応だな。それは男としてどうなのよ？　山があったら登る！　美人がいたら惚《ほ》れる！　それが男子ってもんだろうが？」

素《そ》っ気《け》無い僕《ぼく》の対応に、鴨川を筆頭にしたクラスの男子たちが挙《こぞ》って大袈裟《おおげさ》な反応を示す。

「いや、彼女って完璧《かんぺき》だと思ってさ」

美人でスタイルが良くて成績も優秀。性格面に関しても評判は悪くない。運動も確か出来たはずだ。月森葉子はそんな文句のつけようがない完璧《かんぺき》な女の子だ。

「それのどこが悪い?」

「悪いとは言ってないさ。どことなく落ち着かないだけだ」

「ああ、確かに月森は高嶺《たかね》の花だよな」

鴨川が都合良く解釈してくれた。

完璧過ぎてつまらない。息が詰まりそう。本音はこんなところ。僕が単に天邪鬼《あまのじゃく》なだけかもしれないが、落としどころのない月森を密《ひそ》かに敬遠していた。

しかし、男子一同は話題の女子に興味津々《しんしん》らしく、芸能人のゴシップ記事を語るような口振りで月森に関する噂《うわさ》について語り始めていた。

「だけど、月森には大学生の彼氏がいるって噂じゃないか?」

「三個上のK大生だっけ?」

「え? 俺《おれ》はどこかの会社の社長の愛人だって噂を聞いたことが……」

「ああ、月に二十万の小遣《こづか》いを貰《もら》ってるってあれか?」

「嘘《うそ》? 俺は数学の熊田《くまだ》とラブホテルから出てくるところを誰かが目撃《もくげき》したって聞いたぜ?」

「それは三年の鹿間《しかま》っていうテニス部の女の人じゃなかったっけ?」

揶揄《やゆ》ではなく本当に芸能人のようだ。彼女が改めて特別な存在だと認識した。

もっとも、特別視されることは本人にとって迷惑《めいわく》な話かもしれないが。少なくとも、僕ならごめんだ。

「どれも信憑《しんぴょう》性に欠ける噂話《うわさばなし》ばかりだ」

喧々囂々《けんけんごうごう》。あまりに皆が真剣な様子で語るのが滑稽《こっけい》で笑ってしまった。

「試しに本人に尋《たず》ねてみたらどう？」

だから、戯《たわむ》れにこんな質問を投げかけてみた。案の定、ブーイングにも近い勢いで「聞けるかよっ！」と却下《きゃっか》される。みんなの反応が面白いので更《さら》に嗾《けしか》けてみる。

「良かったらクラスを代表して僕が聞いてみようか？」

「待て待て待てぇ！　野々宮《ののみや》っ！　早まっちゃいかんっ！　もし、噂が本当だったらどうするんだ？」

鴨川《かもがわ》が慌《あわ》てて窘《たしな》めてくる。

「あくまで噂は噂かもしれないぞ？」

「すべてが事実かもしれないじゃないか？」

鴨川の意見に「有り得る。月森《つきもり》なら有り得る」と男子一同が深々と相槌《あいづち》を打つのである。

確かにクラスの中で月森葉子《ようこ》という女子は浮いている。異質と言っても良い。同年齢《ねんれい》というのが不思議なほど大人《おとな》びていて、高校生が知らない世界をすでに知り尽くしていると皆が感じてしまうのも頷《うなず》ける。

「真実は闇《やみ》の中か」

真実がどうであれ、鴨川たちほど傷つかないであろう僕《ぼく》は気楽だ。

「真実が常に正しいとは限らんだろ」

真実が及ぼす影響が僕よりも多大であろう鴨川たちは穏《おだ》やかじゃないらしい。

「不毛だとは思わないか？　真実から目を背《そむ》けていたら、本当に手に入れたいものを永遠に手にすることは叶《かな》わないよ？」

「それで結構だ。最近もどこかの馬鹿が月森に告白して見事に玉砕《ぎょくさい》してるしな。高嶺《たかね》の花に下《へ》手《た》に手なぞ出したら足元を踏み外して怪我《けが》をするだけだ。真実より理想だ。むしろ、月森には永遠に俺《おれ》たちの妄想《もうそう》の肥《こ》やしであって欲しいね」

呆《あき》れを通り越して笑ってしまった。

「青春だね」

「だって俺たち十七歳《さい》だものっ！　夢見たって良いじゃないっ！」

笑い事ではなかったらしい。

「皆がそこまで言うならこれ以上何も言うまいよ」

「そうしろ、そうしろ。幼気《いたいけ》な少年の夢を壊《こわ》さんでくれ」

「それ邪《よこしま》な男子高生の間違いな」

「そういう野々宮は誰が良いと思ってるんだよ？　言っておくが芸能人とかはなしな」

思わぬ鴨川からの反撃《はんげき》だった。ここぞとばかり男子一同が鴨川に同調する。身を乗り出し「教えろ教えろ」と煽《あお》り立ててくる。

「そうだね——」

正直、特別に名前を挙げたい女子がいるわけではなかったが、状況からして本心を語ったところで邪《よこしま》な男子高生たちの暴動が鎮圧《ちんあつ》出来るとは思えない。

「——僕《ぼく》は宇佐美《うさみ》が良いと思う」

咄嗟《とっさ》に浮かんだ名前を口にしたのだが、拍子《ひょうし》抜けしたように皆は微妙《びみょう》な表情だった。

「実に危なげない。王道にもほどがある。つまらん答えだ」

鴨川《かもがわ》が不満げに言い捨てる。

「月森《つきもり》は王道ではないと？」

「月森もまた王道ではあるが、宇佐美とはまるで質が違うんだよっ！　宇佐美がオレンジジュースならば、月森はワインだ」

「未成年の僕らにはオレンジジュースが相応《ふさわ》しいと思うけど？」

「馬鹿、そこは、あれだよ。飲んではいけないと知っていながらも、惹《ひ》かれて止《や》まないアルコールの魅力《みりょく》というか、禁断の世界への好奇心《こうきしん》というかだな……判《わか》るだろ？」

「言いたいことは判るさ。それでも、僕はオレンジジュースが好きだけどね。君たちはオレンジジュースはお嫌《きら》い？」

「そりゃ、なあ、オレンジジュースも好きだけど……」

鴨川率いる男子連合が眉間《みけん》に溝《みぞ》を作り「うむむ」などと唸《うな》り言い澱《よど》む。

月森が飛び抜けた存在なだけで、宇佐美だって普通の女子として十分に魅力《みりょく》的だ。鴨川たちの反応は、僕の意見を素直に肯定《こうてい》するのは癪《しゃく》だが、否定も出来ないという葛藤《かっとう》なのだろう。

勝ち誇《ほこ》った気分で言う。

「では、オレンジジュースとワインで乾杯《かんぱい》だ」

気分は『勝利の美酒に酔《よ》いしれる』と言ったところだが。

「お前は本心の見えない奴《やつ》だ」

「どうも」

「褒《ほ》めてねぇし」

未《いま》だ不服そうな鴨川だが、毒気を抜くのには成功したらしい。

「――ちょっと男子っ！　もう席に戻りなよ！　午後の授業が始まるよ！」

不意に浴びせかけられた言葉に、男子全員が弾《はじ》かれたように一斉《いっせい》に時計を見る。話題の女子からの忠告だっただけに過剰《かじょう》な反応をしてしまったのだ。

「オレンジジュースの言う通りだ。みんな素直に席へ戻るとしよう」

鴨川の言葉を合図に男子一同はそれぞれの席へ戻って行く。

「オレンジジュース？」

鴨川の言葉に、オレンジジュースこと宇佐美千鶴《ちづる》は丸い頭を傾《かし》げる。

「……どうせ私の悪口でも言っていたんでしょ？」

隣《となり》の宇佐美《うさみ》がくちびるを尖《とが》らせる。

「飲み物の話をしていただけさ」

「嘘《うそ》よ。男子が集まってする話なんて馬鹿な話かエッチな話って決まってるじゃん」

宇佐美は決めつけて言う。著しく偏見《へんけん》に満ちた認識だ。

しかし、残念ながら否定の言葉は思い浮かばない。

「……宇佐美はこれまでどんな人生を歩んできたんだ？　君のことがとても心配になった」

「同情するなー、野々宮《ののみや》の馬鹿ぁ！　私は普通だぁ、普通の女子高生だよっ！」

宇佐美はからかうとすぐにムキになる。ムキになる宇佐美はまるで小動物のようで見ていてとても楽しい。

「手遅れになる前に病院に行くんだ。一人で行くのが恥《は》ずかしいのなら僕《ぼく》で良ければつき添うが——」

「——行かないからっ！　可哀相《かわいそう》な人を見るような目を止《や》めてよっ！」

宇佐美が「あっち向けっ！」と覗《のぞ》き込む僕の顔を掌《てのひら》で押し退《の》けてくる。

「喜べ宇佐美。野々宮はオレンジジュースがお好みらしいぞ」

僕たちの遣《や》り取りを見ていたらしい鴨川《かもがわ》が、「いひひっ」と馬鹿な話かエッチな話しかしなさそうな顔で笑っていた。

「だからぁ、オレンジジュースってどういう意味な——」

宇佐美《うさみ》は途中《とちゅう》で言葉を飲み込む。数学の熊田《くまだ》が教室に入ってきた。

教室には熊田のか細い声とチョークが黒板を叩《たた》く音だけが響《ひび》いている。

授業が始まっても宇佐美は先ほどの話題が非常に気になるらしく、何か言いたげに此方《こちら》を頻《ひん》繁《ぱん》に窺《うかが》ってくる。

数分が過ぎた頃、遂《つい》に我慢《がまん》出来なくなったのか、宇佐美が上体を此方に傾け小声で尋《たず》ねてきた。

「さっきのどういう意味なの?」

「今は授業中ですよ宇佐美さん」

僕《ぼく》は黒板を見据《みす》えたまま答える。

「……意地悪するなよぉ」

無言を決め込む僕の脇腹《わきばら》を、宇佐美がシャープペンの先で突いてくる。ペン先が制服を貫通して脇腹を刺《さ》した。

「痛いじゃないか」

「無視するからじゃん」

宇佐美が拗《す》ねた口振りで言う。

「さっきの休み時間さ、男子みんなで葉子《ようこ》さんのこと話してたでしょう?」

「そうだったかな?」

「……野々宮《ののみや》はすぐそうやって惚《とぼ》けるんだから。葉子さんの噂《うわさ》をしてたの知ってるんだからねっ」

「盗《ぬす》み聞きとは関心しないな」

「違うもん。たまたま葉子さんの名前が聴《き》こえたのっ。男子の声が大きいから聞こえてきたのっ」

「宇佐美」

熊田が振り向いたので宇佐美に注意を促《うなが》す。宇佐美は慌《あわ》てて居住《いず》まいを整え、黒板を写す振りをした。

しばらく無言だった宇佐美が、

「……やっぱり野々宮もさ、葉子さんみたいな女の子が良いんだよね?」

ノートに視線を落としたままぽつりと洩《も》らした。

右斜め前へと僕は視線を送る。件《くだん》の月森《つきもり》葉子が凛々《りり》しい眼差《まなざ》しで黒板を見詰めている。報道番組の女性キャスターを連想させる知的な横顔だ。

教室の真ん中に陣取《じんど》る月森の存在感は、まるで彼女を中心にして教室が形成されているかのような感覚を抱《いだ》かせた。

確かに彼女は特別な存在だった。個人的に彼女を敬遠しているとしても皆が憧《あこが》れる理由は十分に理解出来る。

「――いや、そうでもないかな」

面倒《めんどう》はごめんだが、宇佐美《うさみ》の反応には興味が沸いた。

「そうなんだ」

宇佐美はどことなくほっとしたように口元を綻《ほころ》ばせる。

「こんな例え話をしたんだ。飲み物に例えるなら月森《つきもり》はワインのようだと」

――この娘《こ》はどんな反応を見せてくれるのだろうか。

「ちなみに君はオレンジジュースさ」

シャープペンの芯《しん》が折れる音が横からする。

「ふーん」

隣《となり》の宇佐美は興味なさそうに、指先でくるくるとシャープペンを回す。しかし、瞬間《しゅんかん》、頬《ほお》が赤く染まるのを見逃してはいなかった。

宇佐美はそれっきり、何も尋《たず》ねてはこない。

僕《ぼく》は宇佐美の素直な反応に安心感を抱《いだ》いた。その場凌《しの》ぎで口にした名前だったが、案外、無自覚な本心を告白していたのかもしれない。

少なくとも、今、僕は宇佐美のことを気に入っていると自覚している。

「……あのさ」

すでに会話は終了しているものだと思っていたのだが、宇佐美にはまだ言い残したことがあったらしい。

宇佐美が真剣な表情で呟《つぶや》く。

「わ、私、普通だから。普通の女の子だからね？　野々宮《ののみや》がさっき言ってたみたいな変な女の子じゃないから。誤解しないでよね？」

自然と僕から笑みが零《こぼ》れた。あまりにも宇佐美が可愛《かわい》らしかったからだ。

宇佐美の真《ま》っ直《す》ぐさは心地良い。まるでオレンジジュースの喉越《のどご》しのようだ。

僕は、この女の子を好きになれたら良いと思った。


月に一度の定例委員会が終わり「お先に」と急ぎ足で去る女子の委員を見送り僕はのんびりと教室へ戻る。

誰もいなくなった放課後の教室でひとり帰宅の準備をする。部活をしていない僕にはもう学校に用などなく、帰宅しバイトの準備をするだけだった。

席を立った僕《ぼく》は、床《ゆか》に寝そべる大学ノートの存在に気づく。落とし主が誰なのかはすぐに判《わか》った。ノートの表に『月森葉子《つきもりようこ》』とローマ字で書かれていたからである。

教室内を見回すが本人は不在だった。月森の机にノートを置いて帰ることにする。

月森の机にノートを置こうとした僕は、ノートの端《はし》から飛び出す紙切れの存在に気づいてしまった。何気なく、紙切れを摘《つま》みノートから引っ張り出す。

「……意外だな」

思わず声を洩《も》らしてしまった。

折り畳《たた》まれていたのはA4サイズのレポート用紙だ。そこに書かれた〝見出し〟は、皆の語る月森や僕のイメージする月森には相応《ふさわ》しくなかった。

誰にも見られていないのを確認すると、素早い動作で拾った紙を自らの鞄《かばん》に仕舞《しま》う。隙間《すきま》なく書かれた文章を読むには時間がかかりそうだったからだ。

魔《ま》が差した、とでも言うのだろうか。

いや、この瞬間《しゅんかん》の僕に罪の意識など欠片《かけら》もなかった。あるとすれば、純粋《じゅんすい》な好奇心《こうきしん》。

僕だってワインが嫌《きら》いなわけではない。そもそも飲んだこともないワインを好きか嫌《きら》いかと語れるはずがない。飲み慣れた液体に対する愛着心が、飲んだことのない液体に対する警戒心《けいかいしん》に勝《まさ》るだけだ。

要するに、皆が絶賛するワインという飲み物に興味はあった。

「さて、アイドルのどんな秘密が覗《のぞ》けることやら」

僕はいつものように放課後の教室を後にした。


カフェでのバイトを終え二十二時過ぎに帰宅する。

帰宅直後の僕には教室で拾った紙の記憶《きおく》がなかった。内容を読むのを楽しみにしていたのだが、カフェで感じるさまざまな刺激が拾った紙の存在を記憶の隅《すみ》へと追いやっていた。

僕は人間観察が好きだった。趣味《しゅみ》と言っても良いかもしれない。

バイト先をカフェに選んだのも、単純にコーヒーが好きだという理由もあったが、カフェで出会う人間模様《もよう》に面白みを感じていたからだった。

必ず同じ席に座り窓の外を眺《なが》め続ける若い女性。来店の度に同伴の女性が異なる壮年《そうねん》の男性。半年前まで仲睦《なかむつ》まじかったカップルの冷えた関係。その他、諸々《もろもろ》。

イマジネーションが駆《か》け巡《めぐ》る。お気に入りの遊びだった。

実のところ、鴨川《かもがわ》たちと変わらない。僕も間違いなく十七歳《さい》の男なのだろう。真実を知りたいわけではなく妄想《もうそう》することをただ純粋に楽しんでいるのだから。

放課後の教室で拾った紙の存在を思い出したのは、湯船に浸《つ》かってぼんやりしている最中だった。

湯気《ゆげ》の立つ体のままベッドへ潜《もぐ》り込むと拾った紙を広げる。逸《はや》る気持ちを抑《おさ》えて、おもむろに見出しへと視線を落とす。

『殺しのレシピ』

まるで人気作家のミステリを読むような心境だった。事実、その見出しが小説のタイトルのようだったからかもしれない。

月森葉子《つきもりようこ》という話題の人物のノートから現れた一枚の紙切れ。

月森には色恋の噂《うわさ》が絶えないが、そのイメージは概《おおむ》ね品行方正《ひんこうほうせい》である。間違っても『殺し』の文句が似合う女子ではない。

だからそこ惹《ひ》かれたのだろう。ギャップには良くも悪くも魔法《まほう》のような引力があるものだ。

視線は文面を夢中になって駆《か》け巡《めぐ》る。殺しのレシピと銘打《めいう》たれているだけあって、人間を殺す為《ため》の方法が幾通《いくとお》りも書き連ねてある。

文章には消したり修正したりと何度も手を加えた後が見て取れる。若干薄汚《じゃっかんうすよご》れた文面に執筆《しっぴつ》した人間の息遣《いきづか》いが存在している。リアルな手触《てざわ》りを感じた。

読み深めてゆくにつれ、殺しの方法に一つの共通点を発見する。

可能な限り自らの手を汚《よご》すことなく、対象を排除《はいじょ》することを最大の目的としているように思える。殺しそれ自体を目的としているような、殺しを嗜好《しこう》している人物が書いた内容ではなかった。

「……本当に彼女はミステリ作家志望なのか?」

それこそミステリのトリックのようだった。ただし完成されたとは言い難い不細工《ぶさいく》な出来なのだが。

幾《いく》つかある殺害方法の一例を挙げると、『自動車事故に見せかけた殺しのレシピ』というのがある。内容は至ってシンプル。

『勾配《こうばい》の厳しい峠道《とうげみち》』

『運転手の動揺《どうよう》を誘《さそ》い』

『ハンドル操作を狂わせる』

以上のように箇条書《かじょうが》きがされている。『運転の集中力を乱す為《ため》に電話する?』や『道路に障害物を置く?』などの文も申し訳ない程度に添えられている。

このように完成度は低い。完成を目指し試行錯誤《しこうさくご》をしている段階なのだろうか。

リスクは少ないが、成功率が決して高いとも思えない。努力の跡《あと》は見られるが、本気で誰かを殺すつもりだとしたら随分《ずいぶん》と生温《なまぬる》い計画である。

僕《ぼく》は殺しのレシピを机の上に無造作に放り投げた。

期待していただけに落胆《らくたん》は大きい。殺しのレシピのあまりに稚拙《ちせつ》な内容に興醒《きょうざ》めさせられてしまった。

「湯冷《ゆざ》めしそうだ」

僕《ぼく》はわざわざ声に出し悪態をつくと、口直しに本物のミステリ小説を読もうと本棚《ほんだな》へと手を伸ばす。

「……いや、待てよ」

しかし、手を止め思考する。新たな想像が再び気分を盛り上げたからだ。

この『殺しのレシピ』の持ち主は誰だ。

月森葉子《つきもりようこ》じゃないか。

仮に月森が本気で誰かを殺す為《ため》にこの殺しのレシピを書いていたとしたら……むしろ稚拙《ちせつ》な内容にリアリティを感じてしまった。

理由はさておき。月森にはどうしても死んで欲しい人物がおり、その為に必死に殺人計画を立てた。

あの月森がである。美人でスタイルも良く成績優秀な誰もが憧《あこが》れる完璧《かんぺき》な月森葉子がである。

こんなにも未熟な殺人計画を何度も何度も手を加え必死で書いているのである。

「……可愛《かわい》いじゃないか」

この想像がもし真実だったら、月森の大ファンになってしまいそうだ。

妄想《もうそう》が走り出す。月森の殺したい人物や、殺したい動機、普段は見せない裏の顔など、さまざまな想像をする。そんな遊びを僕は東の空が白《しら》む頃まで続けた。

翌朝はいつもより遅くに登校する。

教室に入ると、クラスメイトの大半が顔を揃《そろ》えていた。もちろん、その中には月森の顔もあった。

自分の席へと歩きながら僕は月森の様子を密《ひそ》かに窺《うかが》う。月森は机の中を整理している。少なくとも、周りからはそう見える何の変哲《へんてつ》もない行動だ。

しかし、僕には違って見えた。

「おはよう。月森」

僕は普段通りの挨拶《あいさつ》をする。机の中を覗《のぞ》き込んでいた月森は、艶《つや》やかで真《ま》っ直《す》ぐな髪《かみ》を小指でかき上げ、首を傾《かし》げるみたいに顔を此方《こちら》へ向ける。

「おはよう。野々宮《ののみや》くん」

月森も普段通りの大人《おとな》びた微笑《ほほえ》みを返してくる。

普段ならばこれで月森との会話は終わる。僕らは挨拶する程度の仲だからだ。

「何か探し物でも？」

しかし、今朝《けさ》の僕はこれで会話を終わりにしたくはないと思っていた。好奇心《こうきしん》が疼《うず》いてしまった。

なぜならば、『殺しのレシピ』を探しているのではないのか……そのように僕《ぼく》は月森《つきもり》の行動を疑ったからだ。

僅《わず》かな変化も見逃すまいと油断なく月森を観察する。

「いいえ、机の中を整理しているだけよ」

残念ながら月森が微笑《ほほえ》みを絶やすことはなかった。

僕は「なるほどね」と告げると、自分の席へと向かい歩く。現実とは想像と比べてなんとつまらないものだろうか、と心の中で嘆《なげ》きながら。

瞬間《しゅんかん》、背後から「ねぇ」と月森の声がした。

「――野々宮《ののみや》くんはどうして私が探し物をしていると思ったの？」

僕は緩《ゆる》む口元を押さえ込むのに必死だった。

仕掛けた罠《わな》に獲物がまんまと嵌《はま》った気分だ。彼女の心情はどうあれ、面白い展開になるかもしれないという期待感だけで楽しい気分になってしまった。

「いや、特に理由はないけど？」

素知らぬ顔で振り向く。

「君こそどうして僕にそんなことを尋《たず》ねるのさ？」

軽く探《さぐ》りを入れてみることにする。

「私も特に理由はないわ」

「そう」

目前には変わらぬ大人《おとな》びた微笑みがあるだけ。この微笑みを凍《こお》りつかせてみたいという欲求に駆《か》られたが、まだ核心に触《ふ》れるつもりにはならなかった。切り札とは最後まで取っておくべきだと思ったからだ。

「もしも」と前置きをしてから告げる。

「困ったことがあったら僕で良ければ手を貸すけど？」

「どうしたの？　野々宮くんってそんなに優しい人だったっけ？」

「少なくとも君が思っているよりは優しいよ」

「それは失礼。覚えておくわ」

「もちろん、月森葉子《ようこ》という絶大な人気を誇《ほこ》る女子に恩を売っておいて損はないという計算のほうが大きいけどね」

月森はくすりと声に出す。

「ありがとう。じゃあ何か困ったことがあったら、真《ま》っ先《さき》に野々宮くんに相談するわ」

月森は切れ長の瞳《ひとみ》を細め笑む。

悪巧《わるだく》みしているように見えなくもない。希望的観測が多分に含まれていることは否定しないが。

月森《つきもり》との会話は終わる。担任《たんにん》の鵜飼《うかい》が教室に姿を現したからだ。

僕《ぼく》の機嫌《きげん》はその日一日そこそこ良かった。鴨川《かもがわ》たちに、月森とどんな会話をしたのか次の休み時間にしつこいほどに詮索《せんさく》されたのはうんざりだったが、月森との会話がスリリングで楽しいと気づけたのは収穫だった。

もっとも僕が勝手に妄想《もうそう》して、勝手にスリルを味わっているに過ぎないのだが。

それでも退屈《たいくつ》な現実よりマシだった。


新たな展開や情報もなく平和な毎日が続き、気づけば僕が殺しのレシピを手にしてから二週間ほどが経過していた。

さすがに妄想の肥《こ》やしは尽き興奮《こうふん》は色褪《いろあ》せ、いつしか殺しのレシピの存在自体を僕は忘れ去ろうとしていた。

切り札を出し惜《お》しむあまり、いつしかゲームは終了していた。そんな間抜けな状況だった。

しかし、変化は突然訪れる。

もしかしたらゲームは……まだ始まってさえいなかったのかもしれない。

いつものように登校すると、教室はいつものように騒《さわ》がしかった。ただ月森の姿がない。彼女の席は空白だった。

疑問を感じたのだが、考える間もなく答えは得られた。

「おい、野々宮《ののみや》！　知ってるか？」

鴨川だった。

「知らない」

知るわけがない。そもそも質問の内容を知らない。

「月森の家族が亡くなったらしいぞ」

鼓動《こどう》が速まるのを感じる。

「誰？」

逸《はや》る気持ちを抑《おさ》えつつ尋《たず》ねる。

「葉子《ようこ》さんのお父《とう》さんだよ。交通事故だったみたい。葉子さん可哀想《かわいそう》だよ……」

隣《となり》の宇佐美《うさみ》が悲痛な表情で答える。

「この年で父親を亡くすなんて、月森も気の毒だよな」

いつもは不真面目《ふまじめ》な鴨川も沈痛な面持ちである。これが一般的な反応だろう。

「……そうだね。これからの月森《つきもり》をみんなで応援してあげないとね」

しかし、僕《ぼく》はみんなと違った気持ちで答えた。月森葉子《ようこ》、交通事故、死亡、これらのキーワードから僕は迷うことなく殺しのレシピの存在へと辿《たど》り着いたからである。

僕は笑顔が零《こぼ》れそうになるのを必死で堪《こら》えていた。

面白い展開になってきたと思った。


【live】


一時間目の授業は英語だったが、授業の内容など覚えてはいない。月森葉子の父親の死亡事故について考えていた。

教師の目を盗《ぬす》み携帯電話でニュースサイトを検索《けんさく》することも考えたが、それなりに優等生として通っている手前、無理はしないことを選んだ。楽しみは後に取っておくものだと自身に言い聞かせながらじれったい時間を過ごした。

事故の詳細《しょうさい》を早く知りたくて、英語の授業が終わるのと同時に教室を飛び出し図書室へと向かった。

図書室に行けば今日《きょう》の新聞があるだろう。死亡事故ならば記事が載《の》っているはず。

予想通り新聞には、月森の父親の事故についての記事があった。記事を読み始めた最初は落《らく》胆《たん》する。事故の記事があるにはあったが、扱いは小さなもので、社会面の隅《すみ》に申し訳ない程度に概要《がいよう》が書かれているだけだった。

しかし、概要を読むにつれ鼓動《こどう》は高鳴ってゆく。記事には僕の求めるキーワードが幾《いく》つも存在していた。

『帰宅途中《とちゅう》の峠道《とうげみち》』

『見通しの悪い急カーブ』

『過去にも死亡事故があった』

『下りによるスピードの出し過ぎ』

殺しのレシピに書かれていた『自動車事故に見せかけた殺しのレシピ』の内容を連想させる文章が幾《いく》つもある。必然的に辿《たど》り着いた〝月森葉子が殺人計画を実行に移した〟という想像に興奮せずにはいられなかった。

……そして、想像を前提に今回の事故を捕らえた時、身震《みぶる》いせずにはいられなかった。

重要なのは文章に書かれていない事実である。

仮に今回の事故に他殺の可能性があると警察が考えていたとしたらどうだろう。少なくとも、新聞の記事はこのように小さなものではないはずだ。登校するまで事故のニュースを知らなかった、などということもなかっただろう。

僕は大きな誤解をしていたのではないか。

一見、稚拙《ちせつ》としか思えない殺しの計画。計画を成功させる為《ため》には幾《いく》つもの偶発《ぐうはつ》的な要素に頼らざるを得ない不確かなトリック。

しかし、だからこそ彼女はこの計画を実行したのではないか。

誰が、このような稚拙な殺人計画が存在すると想像するだろうか。

誰が、このような不運としか思えない事故を計画的な殺人だと想像するだろうか。

現に警察は今回の事故を交通事故と断定している。クラスメイトだってそうだ。誰もが月森《つきもり》のことを父親を事故で亡くした哀《あわ》れなクラスメイトだと思っている。

きっと、殺された当人さえも想像出来なかったことだろう。

殺しのレシピの存在を知らなければ、僕《ぼく》だって同じだった。

仮に今回の計画が失敗に終わったとしても問題はなかったのだろう。運任せの計画だ。確率論的に言えば成功するほうが稀《まれ》なのだから。

しかし、それこそが殺しのレシピの最高の価値だった。

殺しのレシピには今回のような偶発的な要素に頼った殺人計画が幾つも書かれていた。それは失敗を見越してのことではないか。

月森のターゲットは父親だった。常に身近にいる人物であり、殺す機会は幾らでもある。言い方は乱暴だが、『下手《へた》な鉄砲数撃《てっぽうかずう》ちゃ当たる』というところか。

月森は決して無理をするつもりも急ぐつもりもなかった。いずれ死んでくれれば良い。そんな気構えだったのではないか。

ただし、誰にも知られるわけにはいかなかった。

殺しのレシピを初めて読んだ時から感じていたことだ。この計画の主旨《しゅし》とは、ただ殺すことが目的なのではなく、対象を殺した後も自らが何事もなく暮らしてゆくことが前提であるかのように思える。

だとすれば、結果は物語る。月森は成し遂《と》げた。


――完全犯罪を。


僕にはそう思えてならなかった。

もちろん、すべてはあくまで僕の想像の域を出ることはなく、断言するにはあまりに根拠《こんきょ》が薄《うす》い。

月森のことをクラスメイトが知る以上には知らない。鴨川《かもがわ》のほうが断然僕より月森に詳《くわ》しい。

この考えは、僕がいつもする『妄想《もうそう》をして楽しむ』という遊びの延長上にあり、『事件を推理する』などという立派なものではなかった。

ただし僕には、この想像を下らない妄想だとどうしても笑い飛ばせなかった。

帰りのホームルームの話題は、月森《つきもり》の父親が亡くなった件についてだった。

「月森のお父《とう》さんが亡くなられたことはみんなも知ってると思う。それで明日《あした》の正午より告別《こくべつ》式《しき》が執《と》り行われるんだが、先生も参列するので五時間目の生物は自習にする」

『自習』という担任《たんにん》の鵜飼《うかい》の言葉に、クラスメイトから幾《いく》つかの喜びの声が上がる。

「こら、お前ら。そういうのを不謹慎《ふきんしん》と言うんだぞ。親御《おやご》さんを亡くして気落ちしてる月森の身になってみろ」

特別に強い語調で言ったわけではないが、鵜飼の言葉に教室は静まり返る。皆、押し黙《だま》っていた。

教え子が思いの他《ほか》反省している様《さま》に納得《なっとく》したのか、鵜飼もそれ以上何も言わなかった。

「それと、クラスの代表としてクラス委員も先生と一緒《いっしょ》に告別式に参列して貰《もら》うことになるのでよろしく頼むな。以上、ホームルーム終わり」

鵜飼がそう締《し》め括《くく》ろうとした間際《まぎわ》、宇佐美《うさみ》が「先生」と挙手をした。

「女子のクラス委員は葉子《ようこ》さんですよ?」

「ああ、そうか。それじゃあ、宇佐美、お願い出来るか」

「あ、はい」

「男子のクラス委員は野々宮《ののみや》だな。よろしく頼む」

「はい」

僕《ぼく》は静かに頷《うなず》き、密《ひそ》かにほくそ笑む。

願ったり叶《かな》ったりである。まさかこのように公然と葬儀《そうぎ》に参列出来るとは思いもしなかった。

図書室で新聞を読んだ後、月森に関する少しでも多くの情報を手に入れたいと願っていた僕は、どうにか葬儀に参列出来ないものかと思案していた。告別式は無理にしても、鴨川《かもがわ》あたりを唆《そそのか》して通夜《つや》に顔を出すくらいなら可能だろうと考えていた。

「お前らだけズルイ」

鵜飼が教室を後にするのを待っていたかのように、鴨川が僕と宇佐美を恨《うら》めしそうに交互《こうご》に睨《にら》んできた。

「学期の初めに、無責任にも僕をクラス委員に推薦《すいせん》したのはどこの誰だったかな?」

ただ鴨川の無責任な性格に今回ばかりは感謝しているが。

「さぁ? 俺《おれ》は過去を振り返らない男なんだぜ」

「鴨川の無責任さは賞賛に値するね。悪い意味において」

「光栄だぜっ!」

横柄《おうへい》な態度で応じる鴨川には苦笑する他《ほか》なかった。

「鴨川の馬鹿! 鵜飼先生の話を聞いてなかったの? 不謹慎だよ……」

真面目《まじめ》な宇佐美は軽い調子の鴨川にくちびるを尖《とが》らせる。

「それは誤解だぞ宇佐美《うさみ》。俺《おれ》は身内を亡くした不幸なクラスメイトのことを純粋に案じているんだぜ？」

鴨川《かもがわ》が神妙《しんみよう》な面持ちで言う。

「嘘《うそ》よ。葉子《ようこ》さんだからでしょう。鴨川のことだもん。どうせ下心があるに決まってる」

宇佐美は決めつける。

「馬鹿、お前。下心なんてあるわけがないだろ。気落ちしている月森《つきもり》を俺が慰《なぐさ》めてやりたいと思ってるだけだ」

即座《そくざ》に鴨川が反論する。

「そりゃ、まあ、慰めているうちに月森が俺に好意を抱《いだ》いてくれたらラッキーだとは思ってるけどなっ！」

「鴨川ってほんと馬鹿っ！」

宇佐美は心底呆《あき》れているようだ。大いに共感する。

「鴨川、良いことを教えてあげよう。それを下心と言うんだ」

「なるほどな。そいつぁ勉強になった」

鴨川は素知らぬ顔で言ってのけるのである。鴨川につける薬なしである。

「……まさか野々宮《ののみや》も変な下心を持ってないでしょうね？」

鴨川には何を言っても無駄《むだ》だと思ったのか、宇佐美の矛先《ほこさき》は僕《ぼく》へと向いた。

「まさか。僕はクラス委員だから告別式《こくべつしき》に参列するのであって、自ら望んでいるわけじゃない」

僕は力なく笑ってみせる。

「それに僕は葬儀《そうぎ》の重苦しい雰囲気《ふんいき》が苦手でね。正直、あまり乗り気じゃないのさ」

「そうだよね！　野々宮は鴨川とは違うもんね！」

宇佐美はまるで自分の手柄《てがら》であるかのように得意満面の笑みを鴨川へと浮かべるのである。

「俺と野々宮との扱いに差がありすぎる。差別だ！　もし俺が欧米人《おうべいじん》なら訴えてるとこだ！」

「あんたはどう見ても日本人だし。日頃の行いの差だし。自業自得《じごうじとく》じゃん」

鴨川とはベクトルがまるで異なるが、僕にも下心はある。実のところ、葬儀の雰囲気が好きだ。さまざまな人間模様を垣間《かいま》見ることが出来る点も好みに合う。

僕は明日《あした》の告別式を、お気に入りのアーティストのライブに出かけるような心境で待ち侘《わ》びていた。


僕と宇佐美は三時間目の授業を終えると、鵜飼《うかい》の車で葬儀場へと向う。車の窓から見上げた空は雲ひとつない青空だった。

行きの車の中で鵜飼から月森の家庭環境についていろいろと聞けた。

月森は一人っ子で家族構成は父母娘《むすめ》の三人。姉のような立《た》ち居振《いふ》る舞《ま》いの月森にはてっきり妹か弟がいるものだと思っていたので意外だった。

父親は建築デザインの会社社長らしい。会社の所在地が家の父が勤める銀行に近かったので、家に帰ったら父に尋《たず》ねてみようと思った。

僕《ぼく》らは葬儀《そうぎ》場《じょう》の入り口で記帳すると、『月森家《つきもりけ》』と書かれた看板《かんばん》の案内に従い葬儀会場へと進む。

献花《けんか》の数が多く、会場に収まりきれない分が廊下《ろうか》まで続いている。近所のパチンコ屋の新装開店のようだと思ってしまった。

薄暗《うすぐら》く広い会場は喪服《もふく》姿の人々で溢《あふ》れている。祭壇《さいだん》は過去に参列したどの告別式のよりも豪《ごう》勢《せい》な代物《しろもの》だと感じた。

僕らは一般参列者に用意された席に腰掛《こしか》けじっと式の開始を待つ。

月森の姿を探すと、親族らが集まる祭壇近くの席に座っていた。月森は隣《となり》でうな垂れる女性を介抱《かいほう》するかのように抱《だ》きかかえ背中に手を添えていた。

見たところ隣の女性は月森の母親かもしれない。月森と良く似た美しい女性だった。

それにしても月森は堂々としている。

以前、『どうして女子は月森を葉子《ようこ》さんと呼ぶのか』について宇佐美《うさみ》に尋《たず》ねたら、『葉子さんは同級生なんだけど、お姉《ねえ》さんみたいな見た目だし性格じゃん？　だから、いつの間にか葉子さんって誰かが呼ぶようになって現在に至るって感じなの』と、語っていたのを思い出した。

確かに。どちらが母で娘《むすめ》なのかと尋ねたいくらいだった。

「……葉子さん可哀想《かわいそう》」

隣を見ると、早くも丸い瞳《ひとみ》が潤《うる》んでいる。生まれながらの妹と言った感じの宇佐美には、実際に兄がいるとの話だった。

「君はしようがない奴《やつ》だ」

ハンカチを差し出すと、

「だってさ、本当は悲しいはずなのにあんなにちゃんとしてるんだもん。私だったらあんな風には出来ないよ……」

宇佐美は引《ひ》っ手繰《たく》るようにハンカチを奪《うば》い目頭《めがしら》を押さえるのである。確かに、宇佐美だったら号泣《ごうきゅう》していそうだ。

ただ、月森が父親の死を悲しんでいるかどうかに関しては同意しかねる。

月森が父親の死を望んでいたとしたら……内心は悲しみより喜びのほうが大きいのではないだろうか。彼女にとっては葬儀も、殺人計画の成功を祝う祝賀会のようなものかもしれないのだから。

時間経過と共に、徐々《じょじょ》に会場の席が埋《う》まってゆく。いつしか会場は黒く塗り潰《つぶ》されていた。

葬儀場独特の粛々《しゅくしゅく》とした空気に憚《はばか》るような小声が、あちらこちらから聞こえてくる。暇潰《ひまつぶ》しと情報収集を兼ね、それらの世間話に聞き耳を立てることにした。

眼前の席で神妙《しんみょう》に語り合う女性二人の会話に注目する。会話の内容をメモしたい気分だった。女性たちのお喋《しゃべ》りは中途半端《ちゅうとはんぱ》に終わる。もっと聞きたいという欲求に駆《か》られたが、告別式《こくべつしき》が始まってしまったのだから仕方がない。

会場には僧侶《そうりょ》による朗々《ろうろう》たる経《きょう》が流れる。

粛々《しゅくしゅく》とした空気が気分を落ち着け、想像に耽《ふけ》るのに最適な環境を生み出してくれる。女性たちの先ほどの会話の内容を振り返り整理することにした。

父親の評判は頗《すこぶ》る良かった。

月森《つきもり》の父親だけあって、最初は容姿に関しての話題。遺影《いえい》を見るに、まるでどこぞの俳優のようで女性からの評判が良いのも頷《うなず》ける。

次に父親が社長を務める会社や月森家の経済状況に関する話題。中小企業だが経営は順調らしく、暮らしぶりは悪くはないらしい。自宅は二年前に新築したばかりで、建築デザインの会社社長らしい凝《こ》った造りらしい。

最後に月森家の家庭についての話題。父親も母親も愛想《あいそ》が良く、ご近所付き合いは良好だったらしい。月森の話題も出た。礼儀《れいぎ》正しく美しい娘《むすめ》だと評判だった。

僕《ぼく》は溜息《ためいき》を洩《も》らしてしまった。

新たな情報を入手出来たことは喜ばしいが、妄想《もうそう》の起《き》爆剤《ばくざい》としては刺激に欠けたからだ。新聞を読んで気分が盛り上がってしまったからか、今日《きょう》の告別式に過剰《かじょう》な期待を寄せてしまったようだ。

会場の静かな空気を吸い込む。

気を取り直して静謐《せいひつ》な雰囲気《ふんいき》に浸《ひた》ることにする。せっかくの葬儀《そうぎ》だ。人間模様《もよう》を観察して楽しまなければ来た甲斐《かい》がないというものだ。

焦《あせ》ることはない。楽しみは長く続くほうが好ましいに決まっている。

祭壇《さいだん》近くを見やると、月森の母親は盛大に泣き崩《くず》れていた。

会場のあちらこちらから女性のすすり泣く声がBGMのように聞こえてくるのは、母親の姿に誘発《ゆうはつ》されたからかもしれない。ちなみに、隣《となり》の宇佐美《うさみ》は式の最初から泣きっぱなしである。

しかし、月森に涙《なみだ》はない。

凛々《りり》しい横顔で祭壇をじっと見詰めている。

肌《はだ》の白さが喪服《もふく》の黒に引き立てられ、月森自身が光を放っているかのように輝いて見える。

主役である故人よりも、派手《はで》な装束《しょうぞく》の僧侶よりも、泣き崩れる母親よりも、誰よりも、静かに佇《たたず》む月森の存在感は際立って見えた。

僕は月森を真夜中の月のようだと思った。

彼女はとても美しかった。

出棺《しゅっかん》。葬儀場《そうぎじょう》の玄関口《げんかんぐち》にて、黒集《くろだか》りの人々に見送られ、霊柩車《れいきゅうしゃ》がクラクションを悲鳴のように轟《とどろ》かせ厳《おご》そかに発進した。

月森《つきもり》たち親族は火葬場《かそうば》に向かう為《ため》に一時的に式場を離れる。僕《ぼく》ら三人は一言だけでも挨拶《あいさつ》しようと月森の帰りを待つことになった。

「二人ともお腹《なか》が減っただろう。今日《きょう》は先生がお昼ご飯を奢《おご》ってあげよう。もちろんみんなには内緒《ないしょ》だぞ」

宇佐美《うさみ》は「やったね！　野々宮《ののみや》！」と手放しで喜んでいた。『泣いたカラスがもう笑った』とはこのことだろう。

もっとも、『内緒』という言葉が好きな僕も鵜飼《うかい》の提案に喜んで乗った。

葬儀場の近くのラーメン屋で僕らはラーメンを啜《すす》る。

「――若い二人には実感が薄《うす》いかもしれないが、人の死というものは生きてゆく上で避けては通れないものなんだ」

唐突《とうとつ》に、メガネを湯気《ゆげ》で曇《くも》らせた鵜飼が言う。

「月森には不謹慎《ふきんしん》な話だが、友人の父の死という日常的にはありえないことに出会い、そこで感じたことを大切にして欲しい」

宇佐美はリスのように麺《めん》を口に頬張《ほおば》ったまま真顔《まがお》で頷《うなず》く。

「そうですね。人の命には限りがあるのだと改めて実感しました。だからこそ人生には価値があるとも」

担任《たんにん》の手前、僕は言葉を選んで感想を述べる。

「野々宮すごいね」

宇佐美は麺をごくりと飲み込んでから感心するように瞳《ひとみ》を丸くしていた。

「当然だ。式の最中、ただ泣いてただけの宇佐美とは違う」

「わ、私だっていろいろ考えてたもん！」

「例えば？」

「え？　ああ、その、葉子《ようこ》さん可哀想《かわいそう》だなぁとか……」

「他《ほか》には？」

「……か、可哀想だなぁとか」

「それもう聞いたし」

「ち、違うもん！　本当はもっといろいろ考えてたけど、野々宮みたいに上手《うま》く言葉に出来ないだけだもんっ！」

鵜飼は僕らの会話に笑っている。

「まあ、宇佐美は感情で、野々宮は理屈として、それぞれ思うところがあったということで良いじゃないか」

鵜飼《うかい》は教師らしく上手《うま》く纏《まと》めた。

——限りある命だからこそ人生とは面白い。いつ死ぬか知れないというスリルが生きている実感を与えてくれる。

生の対極にある死が、生きてることの価値を輝かせるとは矛盾《むじゅん》しているようで実は辻褄《つじつま》が合っているのかもしれない。そう考えると、この世の理《ことわり》とは大概《たいがい》にしてそのような仕組みなのかもしれないと思った。

殺しのレシピという危うい存在に夢中である僕《ぼく》は、間違いなく今——生きている。


式場に戻ってきた月森《つきもり》に僕らは挨拶《あいさつ》をする。

鵜飼が〝お悔《く》やみ〟の言葉を述べ、「学校のほうは心配いらない。登校の日取りは月森に任せる」と告げた。

「お気遣《きづか》い感謝します。ですが、学校にいるほうが気が紛《まぎ》れると思うので明後日《あさって》からいつも通り登校しようと思います」

月森が陰りある笑みを零《こぼ》す。

「……見ての通り、母があのような状態ですから家を空《あ》けるのが心配ではあるんですけど、母の兄弟や父の兄弟がしばらく母のことを気に掛けると言っておりますので」

月森は憔悴《しょうすい》しているようだ。恐らくは、ろくに睡眠《すいみん》を取っていないのだろう。ただ僕《ぼく》は不謹慎《ふきんしん》だと知りながら、目前の少し青白い顔の月森を喪服《もふく》姿の効果もあってか教室で会う月森よりずっと艶《つや》っぽいと感じていた。

「そうか、無理はしないようにな。何かあれば先生に相談してくれ」

鵜飼がぽんと月森の肩《かた》を叩《たた》く。

「はい。ありがとうございます」

続いて月森は此方《こちら》に向き直る。

「千鶴《ちづる》も野々宮《ののみや》くんも来てくれてありがとう」

「クラスの皆も君のことを心配しているよ」

「嬉《うれ》しいわね」

「葉子《ようこ》さん……」

気丈《きじょう》に振る舞う月森に感じ入ってしまったのか、宇佐美《うさみ》は再び泣き出しそうだ。僕は宇佐美の小さな頭を軽く小突く。

「君が泣いてどうする。月森にちゃんと挨拶《あいさつ》するんだろ？」

「……うん」

宇佐美は涙《なみだ》交じりに頷《うなず》く。

「えっと……葉子さん、これからいろいろ大変だとは思うけど……た、大変だとは思う、け、ど……」

我慢《がまん》出来なくなったのか、途中《とちゅう》で宇佐美《うさみ》は泣き出してしまった。

すると、月森《つきもり》はそんな宇佐美の丸い頭を即座に胸に抱《だ》きしめ、

「ありがとう千鶴《ちづる》。心配してくれて嬉《うれ》しいわ」

頭を優しく撫《な》でながら妹を慈《いつく》しむ姉のような表情を作る。

「……心配してくれる人がいるというのは、とても幸せなことね」

月森は言葉を噛《か》み締《し》め、それから何度か「ありがとう」と宇佐美へと呟《つぶや》く。

この瞬間《しゅんかん》の優しく儚《はかな》い彼女が、殺人計画を企《くわだ》てるような人物にはとても思えなかった。


【confession】


翌々日、月森葉子《ようこ》が登校してくると、クラスメイトに限らず多くの生徒が彼女の姿を一目見ようと教室へ訪れた。

皆は代わる代わるに月森へと慰《なぐさ》めの言葉を送ってゆく。一様に同情的な態度だった。

教室の中心地に作られた人の輪から鴨川《かもがわ》の声が聴《き》こえてくる。

「月森がいない教室は月のない夜空と一緒《いっしょ》だぜ！　早く元気になって、暗闇《くらやみ》を歩く俺《おれ》の足元をいつものように優しく照らしてくれ！」

暗闇で足を踏み外して側溝《そっこう》にでも嵌《はま》ったら良いと思う。

このように鴨川を代表する一部の男子は、アピールタイムとばかりにはりきって月森へと話しかけていた。相手の弱ったところを攻めるというのは駆《か》け引きの常道かもしれないが、あまりに節操がないのも見苦しく、要するに愚《おろ》かな姿は見るに耐えなかった。

「鴨川くんは詩人ね。心配してくれてありがとう」

しかし、月森はそのすべてに嫌《いや》な顔一つすることなく、丁寧《ていねい》に対応し、あまつさえ笑顔を送り返している。月森に人望があるのも、もっともだと至極納得《しごくなっとく》した。

誰もが彼女のように振る舞えるわけではないだろう。少なくとも僕《ぼく》には真似《まね》出来ない。見ているだけでうんざりしているのだから。

人波が切れたタイミングで月森が席を立つ。すると、笑顔の月森がなぜか僕の下へとやって来た。

「君のほうからわざわざ僕を訪ねてくるなんて珍《めずら》しいね」

「父の告別式《こくべつしき》に来てくれたじゃない。そのお礼を、と思って」

月森は空《あ》いている宇佐美の席に座ると僕へとにっこりと微笑《ほほえ》む。

「あの時はありがとう野々宮《ののみや》くん」

「いや、お礼を言われるようなことじゃないさ。僕はクラスを代表して参列しただけだからね」

「いいえ、そんなことないわよ。野々宮くんのいつもと変わらない落ち着いた姿を見て、私は何だかとてもほっとしたのよ」

「悪かったね冷《さ》めた奴《やつ》で。僕《ぼく》なりには君のことを心配していたんだけどね。それが伝わらなくて残念だ」

バツが悪そうに僕が首を竦《すく》めて見せると、月森《つきもり》は「そんなこと思ってないわよ」と楽しそうに喉《のど》を鳴らす。

「家のほうは一段落ついたの？」

「まだまだ大変なことは多いけど一応はね」

「そう、それはお疲れさま。もっとも、学校は学校で人気者の君は苦労することが多そうだ」

指通りの良さそうな髪《かみ》をさらさらと月森は左右に揺らす。

「いいえ、みんなに心配して貰《もら》えるなんて本当にありがたいことだわ」

「確かに心配してくれることはありがたいことかもしれないが、それも度を越せば別だろ？熱狂的なファンには迷惑《めいわく》してるんじゃない？　特に鴨川《かもがわ》とか。他《ほか》には鴨川とか」

「男の子のああいうところ、可愛《かわい》らしくて好きよ」

月森の本音を探ろうと揺さぶりを掛けてみたのだが、鉄壁の微笑《ほほえ》みは微動だにしない。

「君は本当に大人《おとな》だ」

「野々宮《ののみや》くんにそう言って貰えるなんて喜ばなくっちゃね」

半ば呆《あき》れるような僕の言葉に対しても月森は嬉《うれ》しそうな口調《くちょう》だった。

「――野々宮くん」

月森が唐突《とうとつ》に名前を呼ぶ。

「私との約束覚えているかしら？」

「……約束？」

僕には月森と約束を交わした覚えがなかった。

「困ったことがあったら――」

「――ああ、思い出した」

言葉の途中《とちゅう》で、ある朝の月森との遣《や》り取りを思い出す。

「そう、その約束」

「約束だからね、僕に出来ることなら何なりと」

自分で招いた種《たね》だが、厄介《やっかい》な頼みごとでなければ良いと内心で思う。

「教室では話し難《にく》い内容なの」

月森が声を抑《おさ》えて告げる。僕以外の誰にも聞かせたくないという音量だ。

瞬間《しゅんかん》、僕の全身が緊張《きんちょう》した。

「……放課後、図書室で待っているわ」

月森はそう囁《ささや》くと、髪をなびかせ颯爽《さっそう》と教室を出て行った。

掌《てのひら》がじわりと汗《あせ》ばんでいる。自覚するよりも緊張しているらしい。

月森《つきもり》のただならぬ態度を見て、咄嗟《とっさ》に殺しのレシピの存在を思い浮かべた。

遂に核心的な内容に触《ふ》れることが出来るのかと、好奇心《こうきしん》は踊《おど》る。同時に、僕《ぼく》が殺しのレシピを持っていることは月森はもちろん他《ほか》の誰も知らないはずだと、警戒心《けいかいしん》が騒《さわ》ぐ。緊張《きんちょう》は警戒心が好奇心を上回った証拠《しょうこ》だろう。

仮に僕が殺しのレシピを持っていると月森が知っていたら……不吉《ふきつ》なシナリオが脳裏を過《よ》ぎる。

父親の葬儀《そうぎ》はつつがなく終わり、月森は悲劇のヒロインのようにみんなから持て囃《はや》されている。彼女に思い通りにならないことなどないのではないか。そう思えるほど今の彼女はすべてを持っている。

唯一の憂いがあるとすれば、失った殺しのレシピの存在と、その内容を知る僕という存在。二つの不安要素を排除《はいじょ》出来た時、完全犯罪が成し遂《と》げられ、彼女は自分だけの〝完璧《かんぺき》な世界〟を手に入れる。

……いつか月森は僕を殺すつもりかもしれない。

鼓動《こどう》が速まり喉《のど》がごくりと鳴った。

そして――僕は笑っていた。

死にたくはない。飛躍《ひやく》した発想だと我ながら思ってもいる。しかし、興味はある。彼女がどのようにして僕を追い詰めてゆくのだろうかと。

日常の中にこれほどの刺激があるだろうか。相手はあの月森葉子《ようこ》である。相手にとって不足などあるはずがない。

自信を持って言える。十七年の人生で今が一番充実している。


深呼吸をしてから図書室内へと進む。

落ち葉を思わせる乾燥した紙の匂《にお》いが図書室には充満している。嫌《きら》いな匂いじゃない。普段ならば落ち着いた心持ちで図書室内を散策するところなのだが、今は状況が異なる。

散歩をするような足取りで歩きながらも、視線は月森を探す為《ため》に四方へと走らせていた。

ほどなくして月森を発見する。

月森は図書室の最奥にある学習机に腰掛《こしか》けて、表装の立派な本を読んでいた。

閑静《かんせい》な放課後の図書室にあって、まるで別世界に足を踏み入れてしまったかのように月森の周囲はさらに静かだ。

おいそれと声をかけるのを躊躇《ためら》われるほど清廉《せいれん》な月森の姿に、僕はしばし息を潜《ひそ》めて魅入《みい》っていた。

長い睫毛《まつげ》に縁取《ふちど》られた瞳《ひとみ》がゆるりと瞬《まばた》き、時よりしなやかな指先がページを撫《な》でるように捲《めく》る。ガラス細工《ざいく》のように芸術的な横顔だが、あくまで神の奇跡《きせき》であって、決して人の手で生み出せる芸術ではないのだろう。この光景を切り取って額縁《がくぶち》に収めれば、さぞかし高く売れるだろうと思った。

周囲に僕《ぼく》と月森《つきもり》以外に誰もいないのを確認する。

「改めて。今回は本当に大変だったね――」

僕は肩《かた》を本棚《ほんだな》に預けると、平静を装い月森へと話し掛ける。

「――父親を〝事故〟で亡くすなんて」

月森はぱたりと本を閉じると、おもむろにこちらへと身体《からだ》を返す。

「ええ、特に母がね。これほどまでに落ち込む母は初めてだわ」

月森は疲れたような素振《そぶ》りで小さく笑う。

「君はどうなんだい？」

「ごめんなさい。今はまだ父のことを誰かに語れるほど心の中が整理出来ていないの」

月森は困り顔で小さく頭を揺らす。当たり障《さわ》りのない返答だった。

「いや、僕こそ失言だった。許して欲しい」

月森に頭を下げる。

「ところで、頼みごととは？」

一呼吸置いてから本題に入る。

「図書室にわざわざ呼び出すくらいなのだから、それなりの内容なんだろ？」

「野々宮《ののみや》くんは困ったことがあったら手を貸すと言ってくれたわ」

「ああ、君は真っ先に僕に相談すると言ったね」

「そうよ。だから野々宮くんの言葉に甘《あま》えさせて貰《もら》うわ。早速手を貸して欲しいの」

そうして、月森は鼻歌を歌うように言うのである。


「私と付き合って欲しいの」


あまりに予想外の言葉に頭の中が真っ白になった。一応、尋《たず》ねてみる。

「どこへ？」

月森は「その冗談《じょうだん》、面白くないわ」と呆《あき》れたように整ったあごを左右に揺らす。

「失言したばかりの僕がこんなことを言うのもどうかと思うが、君はお父《とう》さんを亡くしたばかりだろ？」

月森と比べて僕には余裕《よゆう》がなかった。月森の意図を探ろうと、月森の一挙手一投足《いっきょしゅいっとうそく》を油断なく観察し、思考をフル回転させる。

「不謹慎《ふきんしん》だって言いたいの？」

「端的《たんてき》に言えばね」

「誤解よ。父を亡くしたばかりだからこそ、私を支えてくれる誰かが必要だと思ったの。心の拠《よ》り所とでも言えば素敵《すてき》かしら。みんなが思うほど私は強くないのよ？」

もっともらしい理由なのだが、どうにも解《げ》せないことが多過ぎた。

「だったら、なぜ僕《ぼく》である必要があるんだ？　君のように人気がある女子がわざわざ僕を選ぶ理由が判《わか》らないね」

月森《つきもり》はくすりと鼻で笑う。

「野々宮《ののみや》くんって意外と野暮天《やぼてん》ね。告白した相手に告白の理由を聞くなんて女心がまるで判《わか》っていないわ」

月森の態度が少々癪《しゃく》に障《さわ》る。

「そういう君こそまるで男心が判っていない。少なくとも僕は、美人に付き合って欲しいと言われて何の疑問も感じないほど純粋じゃないよ。いつだって美味《うま》い話には裏があるものだろ？」

お返しに嘲笑《ちょうしょう》してみせる。

「そう？　男の子って、女の子に告白されて嫌《いや》な気はしないものだって私は思ってたけど？」

月森の確信的な物言いに僕は言葉を詰まらせる。

「確かに……答えは別として、素直に喜んでしまうくらいには単純ではあるね」

悔《くや》しいけれど月森の言う通りで、皆が羨望《せんぼう》する彼女からの告白に僕の自尊心は満更《まんざら》でもない。

経験値の差だろうか。こと恋愛に関しては圧倒的に分《ぶ》が悪かった。

「野々宮《ののみや》くんは好きな子はいるの？」

月森《つきもり》が唐突《とうとつ》に尋《たず》ねてくる。オーダーを復唱するウェイトレスのように至って平然と。

「いないね」

瞬間的《しゅんかん》に宇佐美《うさみ》の顔が浮かんだが、明確に口にするほど好きでもなく、正直に答えるほど僕《ぼく》は素直でもなかった。

「じゃあ付き合っている子は？」

「……質問の順番がおかしくないか？　普通、逆だろ？」

「そう？　好きではないけど、付き合っている相手がいるかもしれないじゃない？」

月森は不思議そうに答える。

「……君に関する噂《うわさ》がすべて事実かもしれないと、周りの連中が言っていた意味が今ようやく実感として理解出来たよ」

僕は大袈裟《おおげさ》に首を竦《すく》めて見せる。

「噂はあくまでも噂よ。野々宮くんはそういう噂に左右されるタイプの人ではないわ」

「なぜ君が断言する。僕だって悪い噂には気をつけるさ」

「野々宮くんになら噂の真相を教えてあげても良いけど？　その代わりに――」

「――付き合うことが条件だとか言うんじゃないだろうね？」

「話が早くて助かるわ」

月森は悪びれるどころかにこやかに微笑《ほほえ》んだ。

「そんな不当な条件を飲めるものか」

今度は僕が呆《あき》れる番だった。

「……君がこんな女子だとは知らなかったよ」

こちらのペースは終始狂いっぱなしだ。放課後に備えてシミュレーションし用意してきた数々の答えを、月森はことごとく無駄《むだ》にしてゆく。

「これは私なりの野々宮くんに対する誠意なのよ。これから付き合おうという相手だもの。上辺だけ見せていても仕方ないと思うの」

「折角《せっかく》の誠意だけど、僕がそれを受け取らない可能性だってあるわけじゃないか」

「欲しいモノを手に入れる為《ため》なら多少の傷は覚悟《かくご》の上よ。傷付くことを恐れて躊躇《ためら》っていたら、本当に欲しいものなど永遠に手には入らないわ。もっとも、手の内を少し見せるくらいならば、まだ傷の内にも入らないけど」

「大した自信だよ。女子が同級生の君を〝さん〟付けで呼ぶのも頷《うなず》ける」

「私こそ、野々宮くんがこんなお堅《かた》い人だとは思わなかった。もっと成り行きに任せるタイプの人だと思っていたわ」

「僕は君が思うよりずっと良識的なんだ。それと少々理屈っぽい。自分の理解出来ないことや納得《なっとく》出来ないことに、おいそれと首を突っ込むほど大胆《だいたん》でもない」

「興味のないことをしたくないだけじゃない？」

「否定はしないよ。とにかく、君と付き合えば周囲が騒《さわ》がしくなる。僕《ぼく》は進んで目立つような真似《まね》をするほど人生を主体的に生きてはいないのさ」

「野々宮《ののみや》くんの強情《ごうじょう》にも困ったものね……」

そう言って月森《つきもり》は黙《だま》り込む。

耳鳴りがするような静寂《せいじゃく》を僕らはしばし共有することとなる。

無音の図書室では、グラウンドから聴《き》こえてくる運動部の掛け声さえ騒《さわ》がしく感じられ、月森が細く長い脚《あし》を組み替えるスカートの衣擦《きぬず》れの音がやけに鮮明《せんめい》だった。

月森は逡巡《しゅんじゅん》しているのか、視線を気怠《けだる》げに宙へと彷徨《さまよ》わせる。

そんな何気ない仕草《しぐさ》も月森にかかれば映画のワンシーンのようで、続く言葉をじっと待つだけの時間も彼女を眺《なが》めていればそれほど退屈ではなかった。

おもむろに、月森がくちびるを動かすのが見えた。

「——じゃあ私が野々宮くんを選んだ理由を正直に白状したら、貴方《あなた》は私の話に聴《き》く耳を持ってくれるかしら？」

喉《のど》がごくりと鳴った。瞬間的《しゅんかん》に「貴方が『殺しのレシピ』を持っているからよ」と、核心的なことを言ってくる可能性を想像した。

それは明らかに想定外なのだが、どうやら月森とは想定外の人物なので、ここに至っては有り得ないとは言い切れなくなっていた。覆《くつがえ》された月森葉子《ようこ》という人物像は、大胆で強《したた》か。それにとびきり賢い。

そんな月森のことだ。『付き合おう』という提案にも、最早《もはや》、何かしらの裏があるとしか思えなかった。

「──今よりはね」

慎重《しんちょう》に言葉を選ぶ。

直後、月森は切れ長の瞳《ひとみ》を眇《すが》め悪戯《いたずら》っぽく口端《くちは》を吊《つ》り上げた。

「野々宮《ののみや》くんの見た目がタイプなの。理屈っぽいところがなければもっと良いわ」

拍子《ひょうし》の抜ける答えに思いっきり脱力したいところではあったが、すぐに気を取り直して反撃《はんげき》する。

「奇遇《きぐう》だね。僕も君の性格以外は悪くないと思っている」

「私たちお似合いのカップルじゃない？」

「最悪という意味においてならね」

月森に翻弄《ほんろう》される間に僕の毒気はすっかり抜けていた。

月森葉子《つきもりようこ》を『父親殺し』と疑っていることが、ひどく馬鹿馬鹿しく恥《は》ずかしい気持ちになった。

確かに月森は強《したた》かで大胆《だいたん》な女ではあるが、決して愚《おろ》かではないとすでに知っている。仮に父親が邪魔《じゃま》な存在だったとしてもだ。月森ほどの器量があれば、『殺し』という選択《せんたく》をしなくとも、父親を排除《はいじょ》する方法を他《ほか》の形で幾《いく》らで実行出来たのではないだろうか。

第一に、仮に誰かを死に追いやった人間がこのように平然としていられるだろうか。癖《くせ》が強い女子だが、後ろ暗いところや鬱々《うつうつ》とした感情とは無縁《むえん》のように感じる。

不意に——考え耽《ふけ》る僕の前髪《まえがみ》に何かが触《ふ》れる。反射的に僕《ぼく》は飛び退《すさ》っていた。

「——ごめんなさい」

見ると、いつの間にか椅子《いす》から立ち上がった月森が、白くしなやかな指先をこちらへ伸ばしていた。

「野々宮《ののみや》くんの髪《かみ》がとても綺麗《きれい》だったから、つい触《さわ》りたくなっちゃったの」

月森は月明かりのように艶《つや》やかに微笑《ほほえ》む。

——鳥肌《とりはだ》が立った。

眼前の月森がまるでこの世のものとは思えなかった。

「私との交際、真剣に考えておいてね」

月森は告げると席を立ち、この場を去ってゆく。去り際に月森の流れる髪が僕の頬《ほお》を撫《な》で、薔薇《ばら》のような濃厚な香りを鮮烈《せんれつ》に残してゆく。

月森葉子のことを知ろうとしたはずなのに、月森葉子のことがますます判《わか》らなくなってしまった。

鴨川《かもがわ》が月森をワインだと言っていたのを思い出す。

なるほど。

確かに僕は月森葉子の香りに酔《よ》っていた。

【in the cafe】

前触《まえぶ》れもなく月森が僕の席までやって来て、木漏《こも》れ日のような穏《おだ》やかな表情を浮かべて、微風のようににこやかな口調《くちょう》で言うのである。

「野々宮くん一緒《いっしょ》に帰りましょう」

放課後の雑然とした教室の時間が、月森の言葉で停止したように感じた。少なくとも、僕の思考は停止していた。

クラスメイトの誰もが手を止めこちらに注目している。最初に時間を取り戻したのは宇佐美《うさみ》だ。

「……え？　葉子《ようこ》さん？　野々宮《ののみや》と一緒《いっしょ》に帰るの？　何で？　どうして？」

宇佐美《うさみ》はカラクリ時計から飛び出すブリキの人形のようにあたふたとしている。

「野々宮くんがアルバイトをしているカフェに行ってみたいと思ったの。とっても雰囲気《ふんいき》の良いカフェみたい。最近、いろいろと忙《いそが》しかったから私疲れちゃって。カフェでゆったりとお茶でもしたいなって思ったの。だから、〝私から〟野々宮くんにお願いしたのよ」

月森《つきもり》は、僕《ぼく》らがクラスメイトから注目されていることを十分に理解した上で答えているらしい。

「そうなの？　野々宮？」

こちらに矛先《ほこさき》が向くことは容易に想像出来た。

「そうだよ」

だから、辛《かろ》うじて不機嫌《ふきげん》さを表に出すことなく答えることが出来た。

「私も一緒に行こうかなぁ……」

続く宇佐美の呟《つぶや》きには、眩暈《めまい》がしそうだった。月森だけでも面倒《めんどう》なのに宇佐美まで来ることになったら手に負えない。

「君には部活動があるだろう」

宇佐美はバレー部だ。小さな身体《からだ》に似合わない腕力《わんりょく》の持ち主で、男顔負けのスパイクを撃《う》つ。

体育の授業で宇佐美のスパイクを目《ま》の当たりにして、心底同じチームで良かったと胸を撫《な》で下ろしたものだった。

「さ、さぼるっ！」

「さぼるな。もう少しでレギュラーになれそうだと、この前言っていたじゃないか。そんな大事な時期に部活を休んでどうする」

宇佐美は眉《まゆ》を吊《つ》り上げて口を真一文字《まいちもんじ》に結んで「むむむ」と唸《うな》っている。

「別の日にでも一緒に行きましょう。今日《きょう》は私が千鶴《ちづる》の代わりにカフェの場所を覚えてくるから。それで良いでしょう？」

月森が姉のように宇佐美を優しく諭《さと》す。すると、「判《わか》った」と宇佐美は素直に頷《うなず》いた。

宇佐美の問題は解決した。僕は残りの不穏因子《ふおんいんし》を潰《つぶ》しに掛かる。

「来るのは本当に月森一人だけだよね？　大勢で来られたら店の迷惑《めいわく》になるから悪いけど断ることになるよ？」

勧告である。以上の件がクリアされなければ承諾《しょうだく》しないという月森に対する意思表示だった。

「大丈夫《だいじょうぶ》よ。みんな優しいもの。誰かの迷惑になるようなことをするはずがないわ」

月森は貴婦人よろしく優雅《ゆうが》に微笑《ほほえ》むと、

「それじゃみんなまた明日《あした》ね」

クラスメイトに向かって上品に手を振った。

便乗《びんじょう》する気だったのだろう。鴨川《かもがわ》を含む男子連中や月森《つきもり》を信奉《しんぽう》する女子たちはあからさまに残念そうだ。しかし、天下の月森葉子《ようこ》から期待されて裏切れるような奴《やつ》はいやしないのだ。

同様に月森葉子の作り出した現状を覆《くつがえ》すだけの甲斐性《かいしょう》など僕《ぼく》にあるはずもなく。颯爽《さっそう》と歩く月森の後ろへ僕は渋々《しぶしぶ》と続くのだった。

月森が学校の正門に向かって軽やかな足取りで歩いてゆく。

「どういうつもりだ？」

先をゆく月森の華奢《きゃしゃ》な背中に、僕は不機嫌《ふきげん》さを隠《かく》すことなく言う。

「野々宮《ののみや》くんが働くカフェに行くのが楽しみだわ」

月森は髪《かみ》をなびかせ振り返ると、機嫌の良さを隠すことなく言う。

「答えろよ。僕が目立つことが好きではないと知っているだろ？」

「だから、なるべく事を荒立てないように気を遣《つか》ったじゃない？」

「目立ったことには変わりないさ」

「運が悪かったわね」

「誰の所為《せい》だと思ってるのさ」

あくまで悪びれない月森に苛立《いらだ》ちを覚える。

「そもそも、僕がカフェで働いていることを誰に聞いたんだ?」

「噂《うわさ》よ」

「嘘《うそ》を付け」

僕がアルバイトをしていることは周知だが、この学校の誰かにカフェのことを話した記憶《きおく》はなかった。

「目的は何?」

「野々宮くんは私を何だと思ってるわけ? お付き合いしたいと思ってる男の子のことを、少しでも知りたいと願う気持ちは不思議なことではないでしょう? これはね、純粋な乙女心《おとめごころ》よ」

「君が乙女だって? 片腹痛いね。断言してやろう。君はそんな生易《なまやさ》しい女じゃない」

鼻で笑ってやった。

「もう、こういう時、大人《おとな》びて見られるのは損よね。私だってさ、ちゃんと十七歳《さい》の女の子なのに。それにね、父を亡くしたばかりなんだから、野々宮くんはもっと私に優しくするべきだわ」

月森が拗《す》ねたように言う。こんな子供染みた表情もするのだと驚いてしまった。

しかし、それだけ。父親を亡くしてしまったことにはもちろん同情はしているが、僕は月森よりずっと自分のことが可愛《かわい》いのだ。

「それじゃあまた明日《あした》」

　歩調を速め、月森《つきもり》から遠ざかる。

「野々宮《ののみや》くんどこへ行くの？　そっちは裏門よ？」

「電車通学の君と違って僕は自転車通学でね。走ってついてこられるのならカフェに案内してあげても良いけど？」

　殊更《ことさら》、冷たく言い放つ。他人の都合に振り回されるなんてごめんだ。自分の領域に無断で踏み込まれるのはそれ以上にごめんだ。

「そうね。お尻《しり》が痛くなっちゃわないか心配だけど、一度はやってみたかったから丁度《ちょうど》良い機会ね」

　しかし、見立て以上に月森という人物は生易《なまやさ》しくはなかった。いつの間にか、月森はすぐ隣《となり》を歩いていた。

「……何を考えている？」

「憧《あこが》れていたのよ。自転車の二人乗り」

「誰が乗せると言った？」

「大丈夫《だいじょうぶ》。私、そんなに重くないはずよ？」

「そんなこと聞いてないし」

　僕《ぼく》はうんざりしていた。遠慮《えんりょ》のない月森の態度にこちらも遠慮なく意見を言ってやろうと決めた。

「確かに父親を亡くしたばかりの君を僕はもっと丁寧《ていねい》に扱うべきなのだろう。しかし、僕には他《ほか》の連中のように君の思い通りに動く気はまったくない。誰もが君に好意を寄せているとは限らないってことだ。少なくとも、君の本性《ほんしょう》を知ってしまった僕は同情こそすれ好意的にはなれないね」

突き放すように告げる。

「うん。それでそこ野々宮くんだわ」

直後、月森は深く頷《うなず》く。何やら満足そうな表情だ。

「私は貴方《あなた》のそういう他人に媚《こ》びないところに惹《ひ》かれているの」

月森はめげるどころか気を良くしていた。突き放したつもりが、逆に引き寄せてしまったらしい。

言葉を詰まらせる僕へ、時々する姉のような表情を月森が見せる。

「私にチャンスをくれない？　昨日《きのう》の告白は自分でも性急だったと反省しているのよ。野々宮くんが私のことを知らなかったように、私も野々宮くんのことをまだまだ知らない。お互いの為《ため》にも、理解を深める必要があると思うの。結論を出すのはそれからでも遅くはないんじゃないかしら？」

もっともな意見である。

しかし、これまでの経緯《けいい》を鑑《かんが》みて月森《つきもり》の言葉を鵜呑《うの》みする気にはなれなかった。

僕《ぼく》は月森の瞳《ひとみ》を覗《のぞ》き込む。


彼女は何を思うのか。


月森は決して目を逸《そ》らそうとはしなかった。彼女の切れ長で大きな瞳に僕の姿が鮮明《せんめい》に映っている。

根負けしたのは僕だった。月森から視線を外し自転車に跨《また が》る。

「——乗りなよ」

「ありがとう」

月森の嬉《うれ》しそうな声が聴《き》こえた。

自転車の荷台に月森を乗せて走り出す。本人が言ったように月森は軽かった。

「今日《きょう》のように目立つ行動は避《さ》けると約束して欲しい」

「善処《ぜんしょ》するわ」

「善処ではなく約束で」

「ねぇ野々宮《ののみや》くん、風が気持ち良いわ。想像していたより自転車の二人乗りは素敵《すてき》ね」

カーブミラーに僕らの姿が映し出される。月森は右手でスカートを押さえ、左腕《ひだりうで》を僕の腰回《こしまわ》りに巻きつけ、流れる街の景色に瞳を眩《まぶ》しそうに細めていた。

無防備に身を委《ゆだ》ねてくる少女のような彼女に更《さら》なる文句など言えるはずもなく。

「……それは良かった」

口に出さない不平不満を、ペダルにぶつけるようにして自転車を走らせてゆく。

あるいは羨望《せんぼう》あるいは嫉妬《しっと》か。下校途中《とちゅう》の生徒たちからの視線を強く感じる。一人で自転車に乗っていてもこんな風に周囲の注目を集めることはないのだから、誰の所為《せい》なのかは瞭然《りょうぜん》だった。

現在僕は、あの月森葉子《ようこ》を背後に乗せ自転車を転がしている。

これは青春の一ページと呼ぶに相応《ふさわ》しい甘美《かんび》な光景である。誰もが羨《うらや》むこの状況を青春時代の真《ま》っ只中《ただなか》を生きる僕は全力で誇《ほこ》るべきなのだろう。

事実、この街で自転車の荷台にこれほど上等な代物《しろもの》を乗せている人間は他《ほか》にいやしないという優越感に浸《ひた》る程度には僕は良い気になっていた。

もっとも、良い気になっていられたのは、彼女の厄介《やっかい》な性格や殺しのレシピの存在を忘れていたほんのひと時のことだった。

しばらくは月森に振り回されることを覚悟《かくご》したほうが良さそうである。

僕は結果的に月森の提案に乗った。理由は単純だ。月森葉子に興味があるからだ。

そして、これは趣味とも性質とも言えるかもしれないのだが、僕は彼女との緊張《きんちょう》感ある会話を気に入っていた。

スタッフルームでボーイの制服に着替える。黒い細身のスラックスを穿《は》き、白いワイシャツと黒ベストのボタンを留め、足元には白黒のウイングチップの革靴《かわぐつ》を、最後は腰《こし》に長めのエプロンを巻いて終わり。鏡で身形《みなり》を一応整えるとキッチンへと入った。

一歩キッチンに踏み込むと、香ばしいコーヒー豆の匂《にお》いが鼻腔《びこう》を擽《くすぐ》った。僕《ぼく》はコーヒー豆の香りが好きだった。

英國風カフェテリア『ヴィクトリア』をバイト先に選んだのも、単純にこの近辺で最も美味《おい》しいコーヒーを出す店だったからだ。

僕の姿を見て、アルバイト仲間たちが「おはよう」と挨拶《あいさつ》をしてくる。

「鯨井《くじらい》店長」

手轢《てび》きのコーヒーミルで豆をぐるぐると轢いている男性の面積の広い背中に呼び掛ける。すると、メガネを掛けた大柄《おおがら》な男性が温和な笑みを浮かべて振り返った。

「今日《きょう》の僕はホール担当になっていますが、出来ればキッチンに変更して貰《もら》えませんか？」

「どうしたの？」

「個人的なことで申し訳ないんですが、実はクラスメイトが来ているんですよ」

「え？　じゃあ尚更《なおさら》ホールのほうが良くないかい？」

「いいえ、ホールにいてもあまり相手が出来ないですし、働く姿を見られるのは恥《は》ずかしいじゃないですか」

働く姿を見せてなるものか。子供染みた抵抗だとは知っている。カフェに同伴することを断り切れなかった僕の最後の抵抗だった。

店長を差し置いて、僕の言葉に鋭く反応する人物がいた。

「おい！　野々宮《ののみや》！　クラスメイトは男か女か？」

真横に立つパティシエの格好をした女性が、パフェにフルーツを盛りつけながら尋《たず》ねてくる。

勝気な表情に女性の性格が良く現れていた。

「男だったら私が代わってやろう。もちろん私の好みだった場合に限るがな！」

『未来《みらい》さんの悪い癖《くせ》が始まったと』と、スタッフ一同が苦い薬を口に含んだ時の表情を浮かべた。

女性の名は鮫島《さめじま》未来。未来さんはヴィクトリアの一番の古株で、店長も一目置く存在だ。

本人曰《いわ》く女子大生だが、時々、いや、日々、店長以上に偉そうな態度を見るにもっと年上の女性であるように思えた。

「未来さんには残念なお知らせですが、女の子ですよ」

「ふん。野々宮が女を連れてくるとは、それはそれで興味深いな」

未来《みらい》さんはパフェを素早い手つきで仕上げ、ブロックチョコを一つ口に放り込むと、ホール全体を見渡せるカウンターへと小走りで向かう。

「どれだ？　教えろ野々宮《ののみや》」

未来さんは口の中でチョコレートを転がしながら、カウンター越しにフロアーを睨《にら》みつけている。他《ほか》のスタッフも便乗《びんじょう》するように未来さんの背後からフロアーを探《さぐ》っている。

誰かこの人たちの興味本位の行動を諌《いさ》めてくれないものかと思ったが、諌めるべき立場の店長が興味津々《しんしん》の表情でホールを覗《のぞ》いているのだからどうしようもなかった。

諦《あきら》めて「彼女です」と窓際の席に深窓《しんそう》の令嬢《れいじょう》よろしく佇《たたず》む月森《つきもり》を指差す。

スタッフ一同が「おおっ！」と歓声を上げた。予想と呼ぶのも馬鹿らしいほど、男性陣《じん》の反応は頗《すこぶ》る良い。

「くそっ！　美人じゃないかっ！　野々宮のくせに生意気だ！」

未来さんは何が気に入らないのか、八つ当たりするみたいに僕《ぼく》の鳩尾《みぞおち》に鉄の拳《こぶし》をぶつけてきた。

「……なぜ僕が殴《なぐ》られなければいけないのか、誰か理由を知りませんか？」

小刻みに震《ふる》える僕の質問に、皆は同情的な視線を返すだけだった。

「恋愛になんて全く興味がなさそうな顔して、裏ではしっかりやることやってるじゃないか。このムッツリスケベが」

どうやら未来《みらい》さんは、月森《つきもり》のことを僕《ぼく》の恋人だと勘違《かんちが》いしているらしい。

「……未来ちゃんね、最近付き合い始めた彼氏と上手《うま》くいってないみたい」

店長が僕に耳打ちする。

「別れるのも時間の問題ですね」

「……たぶん」

店長は大きな体を竦《すく》めて頷《うなず》いた。

未来さんは黙《だま》っていれば美人にカテゴライズされる。実際に言い寄ってくる男性は多いようだ。しかし、その勝気な性格が災《わざわ》いして恋人とは長続きしない。僕が知る限り長続きした験《ため》しがない。

「あんっ？　猿渡《さるわたり》っ！　お前、何デレデレしてんだぁ？」

「し、してないっす！　自分デレデレしてないっす！」

「調子に乗るなっ！」

本日の生贄《いけにえ》は猿渡さんのようだ。未来さんの鋭い蹴《け》りが猿渡さんの太腿《ふともも》に食い込んでいた。

恋人と上手くいっていない。もしくは恋人と別れた。こんな時、未来さんの機嫌《きげん》は最悪だ。

そして、僕らヴィクトリアのスタッフは機嫌の悪い未来さんのことを〝怪獣《かいじゅう》〟と呼んでいた。残念なことにヴィクトリアには変身ヒーローはいない。一旦《いったん》、怪獣が暴れだしたら、嵐《あらし》が過ぎ去るのを待つように怪獣の気が済むまで放置しておくしかないのである。

「店長、僕、フロアーに出ますね」

「う、うん、よろしく」

君子《くんし》危《あや》うきに近寄らず。

キッチンには怪獣の餌食《えじき》となった男のさめざめとした泣き声が反響《はんきょう》していた。


フロアーと言っても然程《さほど》広い空間ではない。テーブル席が八のカウンター席が六。スタッフもフロアー担当が二人のキッチン担当が三人の計五名。ただ、小ぢんまりとしていて雰囲気《ふんいき》は良い。

英國風の店内には、雰囲気に似つかわしいアンティークなテーブルやチェアが空間を彩《いろど》る。趣味の良い装飾品《そうしょくひん》の数々はイギリス出身の店長の奥さんの見立てらしい。ちなみにカフェの名前の由来は奥さんのファーストネームから。

ヴィクトリアは女性受けする内装や駅前の雑居ビルの一階という立地条件もあり、OLや女子大生などの若い女性客が比較的多かった。

オーダーを取りにゆくと、月森が僕の全身を眺《なが》めてくる。

「ギャルソン姿が様《さま》になっているわ」

此処《ここ》は英國風カフェであるからして給仕《きゅうじ》を『ボーイ』と呼ぶのが正式なのだろうが、日本で

は『ギャルソン』のほうが馴染《なじ》みがあるらしい。いちいち訂正《ていせい》するほどのことでもないと僕《ぼく》は
「ありがとう」と素直に笑って見せる。

「月森《つきもり》はカフェが良く似合うね」

月森も僕と同じように「ありがとう」と嬉《うれ》しそうに笑う。

正直な感想だった。美少女とカフェの組み合わせは〝絵〟になるものだ。

「賑《にぎ》やかな人たちね」

月森がキッチンへと視線を向ける。

「ここまで騒《さわ》ぎ声が聞こえていたのか。接客業として問題ありだね」

テーブルに水の入ったグラスとおしぼりを置く。

「でも楽しそう」

「さぁ、それはどうだろう？　時々、泣く人もいるしね。とりあえず、コーヒーには自信あり。それと食事はどれも悪くないよ」

「そう。じゃあ美味《おい》しいコーヒーが飲みたいわ。それと何かお勧めのスイーツがあればお願い」

「では、定番のブレンドと店長手製のアップルパイでも」

月森が頷《うなず》いたので、「畏《かしこ》まりました」と恭《うやうや》しくお辞儀《じぎ》した。

オーダーをキッチンのスタッフに告げる。

「愛想《あいそ》のない奴《やつ》だ」

キッチンで未来《みらい》さんが料理を作らずしかめっ面《つら》を作っている。

「そうですか？　接客中は普段より愛想良くしてるつもりなんですけどね」

「どこがだよ。違いが判《わか》らん。こんな男のどこが良かったんだ？」

細眉《ほそまゆ》を怒らせた未来さんが月森を訝《いぶか》しげに眺《なが》める。

「言い忘れてましたが、彼女は僕の恋人ではありませんよ」

「違うのか」

「ええ。ただのクラスメイトです」

「じゃあ、その美人でただのクラスメイトが野々宮《ののみや》に何の用事なんだ」

「僕にじゃありません。用事があるのはこのカフェにです。彼女はカフェが好きらしいですよ」

本当のことを話しても一切の得はないので、適当に話を合わせる。

「何だ。つまらん」

「仮に彼女が僕の恋人だったらだったで気に入らないくせに、相変わらず清々《すがすが》しいくらい身勝手な人ですね」

「私は清々しいくらい正直者なんだよ。大体、他人の幸福を喜ぶ奴《やつ》なんてどうかしているとしか思えん。そんな奴は偽善者《ぎぜんしゃ》か悪事を企《たくら》む悪者のどちらかと相場は決まっている」

「未来さんらしい偏見《へんけん》に満ちた素敵《すてき》な意見だ」

言うほど否定的ではなかった。むしろ、『なるほど』と未来さんに共感してしまったのは僕が天邪鬼《あまのじゃく》だからだろうか。

『自称、正直者』、『他称、非常識者』の未来《みらい》さんに僕《ぼく》は尋《たず》ねてみたくなった。

「未来さん、一つ聞いて良いですか?」

「ん? なんだ?」

「不幸を悲しまない人間ってどう思います?」

「何か裏があるとしか思えんな」

即答だった。

「不幸とは悲しくなるから不幸なんじゃないか。悲しくなかったらそんなもの不幸でも何でもないだろ?」

「なるほど」

今度は声に出して言った。

横目で月森《つきもり》を見る。

ただ待つのに飽《あ》きたのか、ヴィクトリアのアンティークな装飾品《そうしょくひん》に興味があるのか、月森は店内をぐるりと見回している。中でも陶器製《とうきせい》の白猫《しろねこ》とガラス製の黒猫の置物セットが気に入ったらしく、椅子《いす》から立ち上がり間近で眺《なが》めていた。

このカフェにいる誰が気づくだろうか。彼女がごく最近父親を亡くしたばかりの不幸な女子高生だと。

誰もいまい。

普段の月森に極端《きょくたん》な感情の起伏《きふく》は見られない。常に大人《おとな》びていて落ち着いている。努めて感情を自制しているのか、元々感情が表に出難《でにく》いタイプなのかは知らないが、それにしても悲しそうには見えなかった。

周囲に心配をかけまいと無理をして平気を装っているだとか、父親を亡くした娘《むすめ》とは案外このようなものなのかもしれないなどと考えることも出来ないことはない。確かに死者は蘇《よみがえ》らないし、いつまでも故人を想《おも》い塞《ふさ》ぎ込んでいるのは健全とは言えないからだ。

しかし、あくまでそれらは理屈だ。感情とはこんなに短期間で割り切れるものなのだろうか。それが悲しみならば尚更《なおさら》に疑問だ。

未来さんの言葉を思い返す。

同感だ。何か裏があるとしか思えなかった。


ヴィクトリアの食事は、月森の舌《した》を満足させることに成功していた。

月森は「とても美味《おい》しい」と嬉《うれ》しそうにコーヒーとアップルパイを残さず食べた。

空《あ》いたカップと皿を下げる為《ため》に月森のテーブルへと向かう。

「十分に満喫《まんきつ》したかい？」

尋《たず》ねると月森《つきもり》は不服そうな眼差《まなざ》しをこちらへと注いでくる。

「それは、早く帰れってことかしら？」

「君は賢《かしこ》いね」

「私、このお店が気に入ったわ」

鼻歌を今にも口ずさみそうな笑みを浮かべる。

「そう。それは良かった。ただ世の中にはさまざまなカフェが存在するからね。試しに他《ほか》へも行ってみると良い」

「私、このお店が気に入ったわ」

微笑《ほほえ》みを保ったまま月森は一言一句《いちごんいっく》違《たが》わず繰り返した。

「君は時々賢くないね」

僕《ぼく》はニュアンスを変えて繰り返した。

月森が突然席を立ち、店内を歩き始める。キッチンへと向かっているようだ。何事かと窺《うかが》っていると、自然な仕草《しぐさ》でスタッフ一同へ会釈《えしゃく》し、花咲くように微笑んだ。

「こんにちは」

薔薇《ばら》の香りが漂《ただよ》う挨拶《あいさつ》にスタッフが一様にたじろぐのが判《わか》った。舞い上がっているようだ。

唯一、未来《みらい》さんだけは平然としていが。

「月森葉子《ようこ》と言います。野々宮《ののみや》くんとはクラスメイトなんですよ」

月森が大人《おとな》びた態度で名乗る。

「ああ、ええ、野々宮くんから聞いてます」

遙《はる》かに年上であるはずの店長が、年長者に気後《きおく》れするような態度で月森へと答えた。

「素敵《すてき》なお店ですね」

「ありがとうございます！」

月森の花咲く微笑みに、店長が照れた表情を見せる。

「私は皆さんが羨《うらや》ましいわ――」

全員が不思議そうな表情を浮かべた。人が羨むすべてを持ち合わせているかのような娘《むすめ》が、自分たちを羨ましいと言う。


「――だってこんな素敵なお店で働いているんですもの」


夕焼けの逆光による効果なのだろう。黄昏色《たそがれいろ》に染まった月森葉子は息を呑《の》むほどに艶《あで》やかだった。この瞬間《しゅんかん》、月森の際立った存在感に誰もが魅入《みい》っていた。

「こんな素敵なお店で働くことが出来たら幸せでしょうね」

この空間の中で最も月森に耐性がある僕は、彼女の女優のような態度に苦笑する。幾《いく》らなんでも大袈裟《おおげさ》過ぎやしないかと呆《あき》れてもいた。

しかし、次の店長の言葉に口元の笑みは奪《うば》われた。

「……あのぉ、月森《つきもり》さんでしたっけ？」

「はい」

「もし宜《よろ》しかったらうちの店で働きませんか？」

「店長――」

堪《たま》らず声を発する。店長の暴挙を止めようと思ったのだ。ファウストそれはメフィストフェレスとの契約《けいやく》だぞと。

しかし、誰かが肩《かた》を掴《つか》み僕《ぼく》の動きを封じ込めてきた。チョコレートの甘《あま》い香りがする。

「黙《だま》って見てろよ」

未来《みらい》さんは悪戯《いたずら》っぽい表情を浮かべている。此処《ここ》にも悪魔《あくま》がいた。

「えっと、丁度《ちょうど》、アルバイトの空《あ》きがありまして、野々宮《ののみや》くんの知り合いということなら、素《す》性《じょう》もはっきりしてますし、月森さんさえ良かったら働いてみませんか？」

他《ほか》のスタッフも賛成とばかりにぶんぶんと首を縦《たて》に振っている。

まるで集団催眠《さいみん》である。悪魔に魅了《みりょう》され正気を失っているとしか思えなかった。

「とっても嬉《うれ》しいお話なんですけど……良いんでしょうか？　実は私、アルバイトをした経験がないんです」

しばし逡巡《しゅんじゅん》した後に、月森は戸惑《とまど》いがちに答える。

「いえいえ、心配要《い》りませんよ。誰にでも初めてはあるものです。それに月森さんのように礼《れい》儀《ぎ》正しい人ならば、接客業に向いていると思いますよ」

確かに客受けは抜群だろうさ。客には月森の表面しか見ることが出来ないのだから。

「そこまで仰《おっしゃ》って戴《いただ》けるならば、よろしくお願いします」

月森は満面の笑みで答えた。皆も笑顔で月森を受け入れる。そんな祝福の輪をひどく遠くの出来事のように感じながら、僕だけが浮かない顔をしていた。

僕は知っている。

月森葉子《ようこ》とは美人で誰からも愛される人格者である。しかし、その裏には大胆《だいたん》で強《したた》かな人物が潜《ひそ》んでいると。

賢明《けんめい》な彼女は理解しているのだ。自らの魅力《みりょく》というものを。そして、魅力を正しく生かす方法も心得ているらしいとは今知ったことだった。

「男ってのはどうしてああも美人に弱いかね」

未来さんがカウンター越しに僕の肩を引き寄せると、耳元で囁《ささや》く。

「そうですね。この店の男性は全員、未来さんにも〝弱い〟ですもんね」

僕は投げやりに答える。

「野々宮が世辞《せじ》を言うなんてどうかしてる。だが、気分は悪くない。褒美《ほうび》に頭を撫《な》でてやろう」

掌《てのひら》を近づけてくる未来さんに、

「気分じゃありません。これ以上、僕《ぼく》を混乱させないで下さい」

僕は憮然《ぶぜん》と返す。

「遠慮《えんりょ》するな、何だったらチョコレートも一個だけ分けてやろうか？」

「良いんですか？　未来《みらい》さんは月森《つきもり》がこの店で働くことに反対しないんです？」

「お前が反対して欲しいんだろ？」

「未来さんの反対だけが、唯一、この歓迎《かんげい》ムードを覆《くつがえ》すことが可能でしょうから」

「嫌《いや》なこった。反対する理由がない」

「どうしてです？」

未来さんが、こんな茶番《ちゃばん》を許すとは意外だった。

「だってさ、愛想《あいそ》なしの野々宮《ののみや》がこんなにも感情を露《あらわ》にして嫌《いや》がるなんて、実に面白いじゃないかっ！」

未来さんはからからと笑う。

「……悪い趣味ですよ」

「それを言ったら野々宮のほうが悪趣味だろ。私の勘《かん》だと、あの月森という女はお前みたいに甲斐性《かいしょう》のない男の手に負えるような玉じゃないはずだ」

「問題ありません。手を出す気がないんで」

「野々宮がそう思っていても、相手はどうだか」

探《さぐ》るように目を細めた未来さんが、至近《しきん》距離からこちらの顔を覗《のぞ》き込んでくる。

「言っておきますが、叩《たた》いても何も出ませんから」

「はいはい。今後が楽しみだ」

僕からの強い否定を意に介《かい》することなく、未来さんはひらひらとおざなりに手を振って厨房《ちゅうぼう》の奥へと引っ込んだ。

女の勘というやつだろうか。このままでは、僕と月森の微妙《びみょう》な関係に勘づかれるのも時間の問題かもしれない。

余計なことを未来さんには言うなと、月森に釘《くぎ》を刺《さ》しておかなければいけないと思った。

「私、働くことになったわ」

件《くだん》の月森がこちらの気も知らないで、にこやかに歩み寄ってきた。

「今からでも遅くない。考え直してみてはどうだろうか?」

冷ややかに答える僕の胸の内は、声色よりも冷ややかだった。

「心配してくれてありがとう。でもせっかくのお誘《さそ》いですもの、私頑張《がんば》ってみるわ」

月森は僕に小さなガッツポーズを作ってみせる。

「心配じゃない。迷惑《めいわく》してるんだ」

「これからよろしくね先輩《せんぱい》」

月森は微笑《ほほえ》みを最後まで絶やすことはなかった。

未来《みらい》さんは言った。手に負える玉ではないと。

まったくもってその通りだと、僕《ぼく》は身を持って実感している最中だった。


翌朝の教室でのことである。

前触《まえぶ》れもなく月森《つきもり》が僕の席までやって来て、木漏《こも》れ日のような穏《おだ》やかな表情を浮かべて、微風のようににこやかな口調《くちよう》で宇佐美《うさみ》へと言うのである。

「私、野々宮《ののみや》くんの働くカフェでアルバイトすることになったわ」

朝の雑然とした教室の時間が、月森の言葉で停止したように感じた。少なくとも、宇佐美は電池が切れた時計みたいに止まっていた。

「……え？　葉子《ようこ》さん？　野々宮と一緒《いっしょ》に働くの？　何で？　どうして？」

宇佐美はカラクリ時計から飛び出すブリキの人形の動きであたふたとしている。

まるで昨日《きのう》のデジャヴだ。

「人が足らないから働いてくれないかって店長さんに頼まれたのよ。私、今までアルバイトをしたことがないでしょう？　だから、不安なんだけど、店長さんがそれでも良いって言ってくれたから」

月森は平然と言う。

「良く言うよ。言わせたのは君だろ」

そう誰にも聞こえないように吐《は》き捨てるのはもちろん僕だ。

「私もアルバイトしようかな……」

「さぼるな。そして、レギュラー目指して部活を頑張《がんば》るんだ」

この後の展開が予想出来たので、予《あらかじ》め宇佐美に釘《くぎ》を刺《さ》すことを忘れない。

「週末にでも一度遊びに来てよ千鶴《ちづる》。私はまだ何も出来ないから相手をしている余裕《よゆう》はないかもしれないけど、野々宮くんがいるから。ね？　野々宮くん」

微笑《ほほえ》みかけてくる月森を僕は一瞬《いっしゅん》だけ睨《にら》む。月森は「ん？」と軽く小首を傾《かし》げただけで、彼女の鉄壁の笑顔が綻《ほころ》ぶことはない。

「ああ、宇佐美なら歓迎するよ」

月森へ後で文句を言ってやろうと誓《ちか》った。

「うん！　行く！　絶対行くっ！」

瞳《ひとみ》を輝かせ宇佐美は大喜びしている。宇佐美の素直な反応に鬱々《うつうつ》とした気分が大いに和《なご》んだ。

ただ問題は深刻だ。クラスメイトの様子を見るに、週末にカフェへと大挙して訪れそうなのである。さすがに今度ばかりは止めることは難しそうだ。

「おい、みんなっ！　野々宮が詳《くわ》しい話を聞かせてくれるってよぉ！」

鴨川《かもがわ》が気色《きしょく》悪いくらいの笑顔で肩《かた》を叩《たた》いてくる。鴨川の背後には同じような気色悪い笑顔の男子一同が控《ひか》えている。抜け駆《が》けした同士を弾劾《だんがい》する男子連合だった。

うんざりする。

月森《つきもり》に後で絶対に抗議してやる。そう固く誓《ちか》うのだった。

【bitter chocolate】

月森葉子《ようこ》とはやはり完璧《かんぺき》な女子なのである。

クラスメイトであるという理由から必然的に僕《ぼく》が指導役に任命された。最初は苦々しい気分だったのだが、最終的には覚えの良い彼女を指導するのはなかなかに楽しいことだと感じていた。

月森がヴィクトリアでアルバイトを始めてまだ二週間ほどだが、接客、オーダー、レジ打ちとフロアーに関する仕事ならば、すでに一人でこなせるようになっていた。

接客に関してだけ言えば、すでにこの店一番の実力者かもしれない。月森葉子のウェイトレス姿見たさに訪れる客のお陰で売り上げも好調だった。

店長やスタッフは月森の優秀さに驚いていたが、学校での彼女を知る僕には然程《さほど》意外なことではなかった。

意外だったのは、月森と未来《みらい》さんとの関係が非常に良好だということ。犬猿《けんえん》の仲になることも予想出来たのだが、蓋《ふた》を開けてみれば馬が合うと言っても良いほどの仲だった。

「てっきり月森のようなタイプの人間は好かないのだと思ってました」

尋《たず》ねると、

「逆だな。葉子のようなタイプの女が私のことを嫌《きら》うんだ」

世界征服《せいふく》を企《たくら》む悪の組織の親玉みたいな笑みを未来さんが浮かべる。

「それはどうしてです？」

「手品師というのは種《たね》を見破る客を嫌うものだ。あの手の女の手品が私には効かないからな」

確かに未来さんは妙《みょう》に勘《かん》の良いところがある。

「大学にあの手の上品で男受けが良い女がいるんだが、いつだったかな、私の虫の居所《いどころ》が悪かったというのもあるんだが、やたらとその女の口調《くちょう》や言動が癪《しゃく》に障《さわ》ってな、みんなの前でぼろかすに言ってやったんだ。その後、大泣きされて面倒《めんどう》だったな」

「同情します」

「そうだろ？　今では私の姿を見るだけ怯《おび》えるように逃げてゆく。まるで私が悪者みたいじゃないか」

未来さんは賛同を得られたことに気を良くしていたが、僕が同情したのはもちろん未来さんを敵《てき》に回してしまった哀《あわ》れな女性に対してである。

「だけど、葉子は違うな。あいつは種も仕掛けもない本物らしい」

未来《みらい》さんはフロアーで接客する月森《つきもり》へと視線を送る。

「いつものように化けの皮を剝《は》がしてやろうと睨《にら》みを利かせてたんだが、面白くないことに葉《よう》子《こ》にはまるで隙《すき》がない。それでも当初は、『この私をいつまでも騙《だま》せると思うなよ』と、強敵《きようてき》の出現に燃えていたわけだが——」

未来さんが一息つくように鼻で笑う。

「——最近ではどうやらあれが葉子の偽《いつわ》らざる姿なのだと思うようになった」

未来さんに倣《なら》い僕《ぼく》も月森を見る。

確かに、月森はいつも堂々としていて弱音を吐《は》く姿など想像も出来ない。天邪鬼《あまのじやく》な僕でさえ、彼女が放つ輝きはメッキではなく純然たるものなのだと思っている。

『怪獣《かいじゆう》』さえ手懐《てなず》けてしまう月森である。月森の周囲の『人間』が、彼女の虜《とりこ》になってしまうのは自然なことなのかもしれない。

「何より私が葉子のことを気に入っているのは、あいつが私のことをまるで恐れていないことだな」

未来さんはキッチンへと振り返ると、突然に大きな声を上げる。

「猿渡《さるわたり》っ！」

「は、はい！」

「キリキリ働けっ！」

「は、働くっす！　自分キリキリ働くっす！」

猿渡さんは悲鳴のような声を発して、先ほどよりさらに忙《いそが》しそうに動き出す。

「と、まぁ、普通の奴《やつ》はあんな感じだろ？」

「貴女《あなた》は鬼《おに》ですか」

「ばっか、あれで猿渡は私のことが好きなんだぞ？」

未来さんが僕の額《ひたい》をひとさし指の腹で押す。

「もっとも、私はああいうオドオドした奴とはどうにも性《しょう》が合わないけどな」

「貴女は鬼ですね」

額を摩《さす》りながら僕は呆《あき》れるのである。

「要するにだ。私は葉子を気に入った。仮にあいつに種《たね》も仕掛けもあったとしてもだ、気に入ってしまったのだから私の負けだろ」

「そんなものですかね」

「ああ、そんなものだ。今後、葉子が仮にどんな酷《ひど》い女だと知ったとしても簡単には嫌《きら》いになれないだろうな。食べ過ぎは良くないと周りの連中から散々言われているのに、私がチョコレートを止められないのと同じだ」

自称チョコレート中毒の未来《みらい》さんは、カウンターの隅《すみ》に腰掛《こしか》けポケットからブロックタイプのチョコレートを取り出すと、ひょいっと宙に放り投げてから血色の良い舌《した》でぺろりとキャッチする。

「もう、未来さんったらお行儀《ぎょうぎ》が悪い。店長がいないと思って、また隠《かく》れてチョコレート食べてるし。店長に聞きましたよ。ご飯も食べないでチョコレートばかり毎日食べていて倒れたことがあるって」

オーダーを告げる為《ため》に戻ってきた月森《つきもり》が、不良を叱《しか》るクラス委員のような態度で諭《さと》す。

「噂《うわさ》の葉子《ようこ》様のお出ましだ」

言われた未来さんは不良のお手本としか思えないふてぶてしい口調《くちょう》で返す。

「噂ですか？　二人して私の悪口を言ってたんじゃないでしょうね？」

「まさか。葉子のことを褒《ほ》めてたんだ」

「そういうことにしておきましょう」

月森と未来さんは会話の内容とは裏腹《うらはら》に楽しげである。

「葉子は私のこと好きだろ」

未来さんが前触《まえぶ》れもなく質問する。

「ええ。好きですよ」

月森はにっこり笑って即答する。

「未来さんも私のこと好きですよね？」

「愚問《ぐもん》だな」

またもや即答だ。二人はまるで昔からの友人であるかのようだった。

「な？　こういうことだ野々宮《ののみや》」

「なるほど」

釈然《しゃくぜん》としない部分は多々あるが、言いたいことはだいたい判《わか》った。

「――二人はどことなく似ていますよね」

不意に、考え込むような仕草《しぐさ》で月森が呟《つぶや》く。僕《ぼく》が未来さんを見ると、未来さんも僕を見ていた。

「こんな可愛気《かわいげ》のない男と私がか？」

「僕は未来さんほど露骨《ろこつ》じゃないけど？」

否定は同時だった。

「誰にも媚《こ》びない、流されない。『我が道をゆく』と言うのかしら。二人のそんなところが私は羨《うらや》ましいわ」

僕はしばし考えてから月森に答える。

「未来さんは天上天下唯我独尊《てんじょうてんげゆいがどくそん》な人だが、僕は単にマイペースなだけさ。未来さんと比べたら協調性だってあるし、長い物にだって喜んで巻かれる」

「私は正直者なんだ。野々宮《ののみや》みたいに腹黒じゃない」

未来《みらい》さんが鋭く反論する。

「時に正論は、嘘《うそ》以上に人を傷つけるのだと未来さんは知ったほうが良いですね」

「本当に野々宮は生意気《なまいき》で可愛気《かわいげ》がない奴《やつ》だ」

「横暴でデリカシーに欠ける未来さんに言われたくはありませんよ」

鼻で笑うと、未来さんが瞳《ひとみ》を爛々《らんらん》と輝かせて立ち上がった。

「おっしっ！　野々宮っ！　お前良い度胸だなっ！　今すぐ表に出ろっ！　その捻《ね》じ曲がった根性を私の拳《こぶし》で矯正《きょうせい》してやるっ！」

傍観《ぼうかん》していた月森《つきもり》が唐突《とうとつ》にくすりと笑う。

「まるで姉弟みたい」

「──野々宮が弟だって？」

僕《ぼく》の胸倉を掴《つか》んでいた未来さんがぱっと手を離し、品定めでもするように僕の頭の先から爪《つま》先《さき》までを眺《なが》める。

「姉《ねえ》さん」

悪戯心《いたずらごころ》から試しに呼んでみたのだが、任侠《にんきょう》の世界で言うところの『姐《ねえ》さん』としか聞こえなかった。

「…………悪夢だな」

月森の言葉に毒気を抜かれたのか僕の言葉に呆《あき》れたのか、未来さんは頭を抱《かか》えてキッチンの奥へと消えてゆく。

「あれで未来さん、野々宮くんのことをとても気に入っているのよ」

月森が囁《ささや》く。

「お姉さんと呼ばれたのも満更《まんざら》じゃないはずよ。逃げたのは、きっと照れているんだわ」

僕は月森をまじまじと見詰めてしまった。

「どうしたの？ 不思議そうな顔して？」

「君は僕よりずっと付き合いが短いはずなのに、未来さんのことを良く理解してるんだね」

「私、人を見る目は確かなのよ。初めて未来さんを見た時から、この人とは気が合いそうだと思ったの」

褒《ほ》められたことが嬉《うれ》しいのか、月森は機嫌《きげん》が良さそうに喋《しゃべ》る。

「ただ男を見る目はもう少し磨《みが》いたほうが良いね」

余程《よほど》機嫌が良いらしい。僕の当てつけにも月森は真綿《まわた》のように微笑《ほほえ》む。

「そんなことないわよ。野々宮くんはきっと私の大切な人になってくれるわ」

月森は慣れた手つきでコーヒーをトレーに乗せると、軽やかな足取りで客席へと歩いていった。

根拠《こんきょ》などない。何せ当の本人に心当たりがないのである。

しかし、彼女の自信に満ちた笑みを見ると、何だかそれが決定された先の出来事であるかのように思えてしまった。

それでも、未来《みらい》さんのように月森《つきもり》を手放しに信頼する気にはなれない。

未来さんだって僕《ぼく》と同じ立場なら、こんなにあっさりと月森のことを疑うことを止《や》めたりしなかっただろう。

僕は殺しのレシピの存在を知っていた。


月森がヴィクトリアで働くようになってから、宇佐美《うさみ》は頻繁《ひんぱん》に店へと顔を出すようになった。

宇佐美の親しみやすい性格もあってか店長やスタッフともすぐに仲良くなり、今ではすっかり顔馴染《かおなじ》みの常連客だ。お陰で、店長が『良かったら働きませんか？』と宇佐美をアルバイトにスカウトしやしないかと気が気ではないのである。

「ねぇねぇ！　聞いてよ！　野々宮《ののみや》！」

部活帰りに来ることが多いので、宇佐美がヴィクトリアにいる時間は大体が夜に差し掛かる手前で、客足の途切《とぎ》れた店内でこんな風に『本日の出来事』を嬉《うれ》しそうに話すのである。

「今度の試合、レギュラーメンバーに選ばれちゃった！」

「おめでとう。良かったね。それじゃあ今日《きょう》はお祝いに僕が飲み物を奢《おご》ってあげよう」

「やったね！」

宇佐美は椅子《いす》から飛び上がりそうな勢いだ。

「じゃあさぁ……もう一つお願いして良い？」

急に落ち着きを失った宇佐美が照れくさそう見上げてくる。大きく丸い瞳《ひとみ》がピグミーマーモセットを連想させた。

「僕に出来ることなら」

「野々宮の写真を撮《と》っても良いかな？」

「なぜ？　普段から顔を合わせているのにわざわざ写真を撮る意味なんてないだろ？」

「あるの！　野々宮のギャルソン姿が欲しいの！」

「なるほど」

しばし考える素振りを見せる。

「断る」

「何でよっ！　良いじゃん！　減るもんじゃないし！」

ムキになる宇佐美は駄々《だだ》っ子《こ》のようで微笑《ほほえ》ましい。

「僕は写真の類《たぐい》があまり好きじゃないんだよ」

嘘《うそ》ではない。本心だ。

「希少《きしょう》価値があるじゃん！　野々宮のギャルソン姿なんてさ！　せっかく似合ってるんだか

ら一枚くらい良いじゃん！」

宇佐美《うさみ》が熱弁を振るうのである。

「レギュラーにもなったことだし、そこまで言うのなら――」

「えっ？　撮《と》らせてくれるの？」

宇佐美が期待に瞳《ひとみ》を輝かせる。

「――断る」

だから僕《ぼく》は喜んで期待を裏切るのである。

「ええっ！　何でよっ！」

「魂《たましい》が抜けたら困るから」

「そんなの迷信に決まってるじゃんっ！」

宇佐美をからかうのはライフワークのようなもの。打てば甲高《かんだか》い音色《ねいろ》を奏《かな》でる鐘《かね》のように宇佐美の反応が良いのでついつい意地悪をしたくなる。

「もう！　野々宮《ののみや》のケチンボっ！」

「何と言われようとも断る」

「こっそり撮るからさぁ？」

「本人に言った時点で、こっそりも何もあったもんじゃないだろ」

「えいっ！」

宇佐美が強硬手段《きょうこう》に打って出る。携帯を僕へと向けシャッターを切ろうとする。咄嗟《とっさ》に踵《きびす》を返し宇佐美に背中を向ける。

「あぁっ！　な、何で後ろ向くのっ！」

「当店では許可なく撮影することをお断りさせて戴《いただ》いております。ご了承《りょうしょう》戴けない場合は、強制的に退店して戴くことになりますが？」

事務的な口調《くちょう》で述べると、宇佐美は不服そうに頬《ほお》を膨《ふく》らませて「ケチッ」と呟《つぶや》き携帯を鞄《かばん》へと仕舞《しま》った。

思わず僕は、息を洩《も》らすような笑いを零《こぼ》してしまった。

「機嫌《きげん》を直してくれよ。写真は無理だけど、代わりにスイーツも奢《おご》るからさ」

仏頂面《ぶっちょうづら》の宇佐美が琴線《きんせん》に触《ふ》れ、甘《あま》やかしたくなった。これも一つの飴《あめ》と鞭《むち》か。

「……アイスココアとマンゴータルト」

「畏《かしこ》まりました」

出来る限りの笑顔で答えると、オーダーを告げる為《ため》にキッチンへと向かう。

表情が緩《ゆる》むのも仕方がないことだろう。一癖《ひとくせ》も二癖《ふたくせ》もある人物と日常的に関わっているからか、素直な宇佐美の反応に疲れが抜ける思いだった。

「まるでお気に入りの玩具《おもちゃ》で遊ぶ子供だな」

カウンターに頬杖《ほおづえ》をついた未来《みらい》さんが皮肉っぽく口端《くちは》を歪《ゆが》める。

「玩具《おもちゃ》とは酷《ひど》い言いようですね」

オーダーを猿渡《さるわたり》さんに告げ、伝票を纏《まと》めながら僕《ぼく》は答える。

宇佐美《うさみ》を気に入っていることを、目聡《めざと》い未来《みらい》さんは当然のように気づいている。僕に隠《かく》す気がないというのもあるが。

「宇佐美のようなペットを家で飼《か》えたら良いなとは思ってますが」

脳裏には自身の身体《からだ》ほどあるマンゴーを懸命《けんめい》にほおばるピグミーマーモセットの姿が浮かんでいる。

「大差ないだろ」

「どちらにせよ僕があの子のことを気に入っているのは事実です」

「野々宮《ののみや》が素直に認めるとは、珍《めずら》しいこともあるもんだな」

未来さんが驚いたような顔で僕を見詰めてくる。

「相手によりけりですよ。あの子の真《ま》っ直《す》ぐさは、こちらも素直になっても良いかな、という気にさせてくれるんです」

「そりゃ良いやっ！　あの子と付き合って、野々宮の捻《ね》じ曲《ま》がった性格を直して貰《もら》えよ！」

未来さんは体をくの字に曲げて笑っている。

「未来さんと付き合ったら、貴女《あなた》の言う捻じ曲がった僕の性格がさらに捻じれることになるでしょうね」

とは思っただけで口にはしなかった。

「──現実的な話なんじゃないかな」

いつの間にか傍《そば》に月森《つきもり》が立っていた。

「私が見ている限りだけど、千鶴《ちづる》も野々宮くんのことを気に入っているはずよ」

月森がお得意の大人《おとな》びた顔で言った。

「ほぉ、あの子も満更《まんざら》じゃないってことか。野々宮がそんなに色男だったとは知らなかった」

未来さんは好奇心《こうきしん》に満ちた瞳《ひとみ》で月森を見ている。しかし、僕の月森を見る目には訝《いぶか》しさ以外何もなかった。

どういうつもりなのか。

未来さんは、月森が僕に交際を申し込んでいることを知らない。しかし、知る僕からすれば、宇佐美との仲を煽《あお》るような月森の発言は不可解だ。

「いっそ付き合ったらどうだ？」

ご馳走《ちそう》とばかりに未来さんが食いついてくる。

「それは僕が決めることじゃない。それとも僕が無知なだけで、恋愛とは一人でするものなんですか？」

「葉子《ようこ》が見込みがあると言ってるじゃないか」

僕の棘《とげ》のある物言いに、未来さんはむっとした表情を浮かべる。

「月森《つきもり》も月森だ。無責任に煽《あお》るのはどうかと思う。軽率《けいそつ》な発言は僕《ぼく》に対しても宇佐美《うさみ》に対しても失礼だ」

自らが苛立《いらだ》っているのだと自覚する。怒りではなく苛立ち。火の気で言えば、焚《た》き火《び》が燻《くすぶ》っているような状態だろう。

「野々宮《ののみや》くんの言う通りだわ。私が言うべきことではなかったわね。ごめんなさい」

月森はあっさり非を認め頭を下げた。

「ああ、その、悪かったな。野々宮がそこまで真剣だとは思わなかった」

月森の態度に触発《しょくはつ》されたのか、未来《みらい》さんもバツが悪そうに頭を掻《か》いた。

「……いえ、僕こそすいません。こういうことに慣れていないもので」

僕は自嘲《じちょう》してみせる。取り乱したことを取り繕《つくろ》う為《ため》の精一杯の強がりだった。

僕たちは次の言葉を見つけられずに、無言の数秒を共有する。

すると、未来さんは興《きょう》が削《そ》がれたのか、「猿渡《さるわたり》ぃ！」と鬱憤《うっぷん》の捌《は》け口を求め、キッチンの奥へと引っ込んだ。

月森は背を向け黙《だま》ったまま。ただ立ち去ろうとはしない。月森らしからぬ煮え切らない態度だった。

一方、僕は会話が一段落しても、薬の苦味がいつまでも口内に居座《いすわ》り続けるように不愉快《ふゆかい》な気分だった。

未来さんが触《ふ》れたように、『宇佐美に対して真剣であるがゆえにムキになっている』というのとは違う。

僕に、他人の色恋を身勝手に煽るという行為を嫌《きら》うところがあるのは事実だ。しかし、一般的にそのような行為は珍《めずら》しいことではないし、不本意だったとしても感情を隠《かく》して上手《うま》く合わせたりかわしたりすることは可能で、これまでは迷わずそうしてきた。

けれども僕は、まったく僕らしくなく、感情を露《あらわ》にしてしまうという恥辱《ちじょく》を曝《さら》してしまった。こんな経験は初めてかもしれない。

なぜこれほどまでに苛立っているのだろうか。所在不明の苛立ちは、その存在自体が明確であるだけに気色《きしょく》が悪かった。

その時、僕は呟《つぶや》きを耳にした。

「……ごめんなさい」

店の賑《にぎ》わいに簡単に掻《か》き消されてしまうような掠《かす》れた声で月森が告げた。背中を向けた月森の表情は判《わか》らないが、その言葉は『謝罪』ではなく『後悔《こうかい》』と呼ぶのが正しいと思えた。

まさか月森がそこまで自らの発言を悔《く》いているとは思わなかった。驚くと同時に、安堵《あんど》するような気分を強く味わう。

苛立ちの所在を見つけた。理由は明確には判らないが、どうやら僕は月森に対して苛立っていたのだと気づいた。

なぜ月森《つきもり》に対して苛立《いらだ》ちを覚えたのだろうか。

新たな疑問が生まれてしまった。

気持ちをリセットして、宇佐美《うさみ》へとオーダーされた品を運ぶことにする。このまま考え続けても、悪戯《いたずら》に思考の迷路に迷い込むだけだと思った。

ただ一つだけ発見したことがある。

月森に対して、これまでとは異なる感情が生まれつつあるのだと。

その感情に名前はまだないけれど。

【sweet nightmare】

閉店後のスタッフルームでのこと。

「家まで送って欲しいの」

制服に着替えた月森が僕《ぼく》に頼んできた。

「家まで送って欲しい？」と僕が訝《いぶか》しい気分でオウム返しすると、

「カフェから駅までの帰り道なんだけどね。何だか誰かに見られているような気がするの……」

月森が身震《みぶる》いするような仕草《しぐさ》をした。

「被害妄想《もうそう》じゃないのか？」と言いたいところではあったが、月森くらい目立つ女子ならば有り得ない話ではないと思い直した。

「それなら僕より警察にでも相談したほうが良いね」

代わりにこう提言する。

「情けないぞ野々宮《ののみや》！　男なら女の一人くらい守ってやれよ！」

僕らの会話を聴《き》いていたらしい未来《みらい》さんがテーブルを強《したた》かに叩《たた》く。周囲のスタッフが何事かと驚いた様子でこちらへと振り返った。

「自慢《じまん》じゃありませんが、僕は体力に自信がありません。仮にストーカーに襲《おそ》われたら、返り討《う》ちに遭《あ》うのが関の山ですよ？」

「ほんっとに自慢じゃねぇな！　それでも体を張って果敢《かかん》に立ち向かうのが男ってもんだろうがっ！」

「いっそ僕なんかよりも、未来さんのほうがボディガードとしては適任のような気がしますね」

「ばっか、私はか弱い女だぞ？　守って貰《もら》う立場にある」

僕は大袈裟《おおげさ》に肩《かた》を竦《すく》めて、他《ほか》のスタッフの顔を見回す。未来さんを恐れるスタッフは苦笑しているが、心は僕と一つに違いない。

「面白い冗談《じょうだん》ですね」

「文句がありそうな表情だな？　野々宮？」

未来さんが眉《まゆ》を怒《いか》らせ詰め寄ってくる。

「未来《みらい》さん良いんです。野々宮《ののみや》くんがそこまで嫌《いや》がるなら仕方ないわ。頑張《がんば》って一人で帰ります……」

月森《つきもり》は力なく洩《も》らすと、重そうな足取りで扉《とびら》へと向かう。

月森は扉を閉じる直前に、

「…………………………はぁ」

スタッフルームに響《ひび》き渡るほど大きな溜息《ためいき》を洩らした。

スタッフが一斉《いっせい》に僕《ぼく》を見る。一様に責めるような眼差《まなざ》しである。今日《きょう》の味方は明日《あす》の敵《てき》だった。

「送ってあげなよ、野々宮くん」

未来さんに続き、遂《つい》には店長まで月森の味方をする始末《しまつ》で、こうなると他《ほか》のスタッフも口を揃《そろ》えて僕を非難し始める。四面楚歌《しめんそか》。多勢《たぜい》に無勢《ぶぜい》。完全に悪者である。

「判《わか》りましたよ。送れば良いんでしょう」

僕は投げやりに言うと、居心地の悪くなったスタッフルームから逃げるように飛び出し急いで月森の後を追う。

意外なことに店を出た直後、月森と出くわした。

月森は店の前にある電信柱に背中を預け、外灯《がいとう》の真下で月下美人《げっかびじん》よろしく佇《たたず》んでいた。

「来てくれるって信じてたわ」

僕を見つけた月森が花開くように笑うのである。意外でも何でもなかったのだと彼女の笑顔に知る。

感情的になりそうな自分を抑《おさ》える為《ため》に夜空を見上げる。今夜は三日月だった。

「卑怯《ひきょう》だ」

「何のことかしら?」

「何を企《たくら》んでいる?」

「人聞きが悪いわ。女の子が夜道を一人で歩くのはとても怖いことなのよ?」

「それならば親に迎えに来て貰《もら》うなり、僕以外の店のスタッフに送って貰うなり、他《ほか》の方法は幾《いく》らだってあっただろう?」

「相変わらず野々宮くんは乙女心《おとめごころ》が判《わか》っていないのね。私は貴方《あなた》に送って貰いたかったのよ」

月森は鼻歌を歌うように笑うと、僕の腕《うで》に自分の腕をするりと絡《から》めてくる。シャンプーの匂《にお》いなのだろうか。間近にした彼女から花のように甘《あま》い香りがした。

「さぁ、帰りましょう」

これまでの経験から、月森に主導権を握《にぎ》られたらおいそれとは敵《かな》わないことを学習していたが、されるがままであることをおいそれと甘受《かんじゅ》するような僕は従順な性質ではないというのもまた一つの答えである。

なので、数十メートルもの間、彼女のふくよかな胸に腕《うで》を抱《かか》え込まれたまま歩き続けてしまったことは僕《ぼく》にとって屈辱《くつじょく》以外の何ものでもないのである。

ところが、仮に月森葉子《つきもりようこ》が世界で一番の性悪女《しょうわるおんな》だったとしても、彼女の胸のふくよかさそれ自体には罪はないのだと一瞬《いっしゅん》でも思ってしまった僕はまったく救いようがなかった。

「逃げやしないから。こういうのは止《や》めてくれよ」

溜息《ためいき》交じりに懇願《こんがん》しながら、ようやく僕は彼女から腕を引き剝《は》がす。

「せっかく良いムードなのに残念だわ」

月森は拗《す》ねた口振りだが、足取りは軽やかだった。

僕は月森の背後で踊《おど》る黒髪《くろかみ》を見ながら、はっきりと溜息を洩《も》らす。

言うまでもなく、僕の足取りは重かった。


最寄《もより》の駅から市外に向かって電車に揺られること四駅。駅に降り立つと、そこは郊外の住宅地だった。

「あそこが私の家よ。ここから数分歩くの」

月森が指差した先には高台があった。月森の家に辿《たど》り着く為《ため》には、坂なり階段なりを随分《ずいぶん》と登らなければならないのだろうと容易に想像出来た。げんなりした。

「そんなに嫌《いや》な顔しないでよ。私と付き合うことになったら何度も来ることになるのよ？」

「君と付き合う男に同情するね」

「心配いらないわ。すぐに慣れるから」

月森はこちらの気などお構いなしに歩き始める。「見て、星が綺麗《きれい》よ」と暢気《のんき》なものである。

ここまで来て帰るわけにもいかないので、渋々《しぶしぶ》月森に続く。

閑静《かんせい》な住宅街だ。どちらかと言えば〝高級〟な。

家路は外灯《がいとう》が比較的短い間隔《かんかく》で灯《とも》されてはいるが、夜道と呼ぶに相応《ふさわ》しい薄暗さで、月森が身震《みぶる》いしたのもあながち演技ではないのかもしれないと感じた。

案の定、高台に登った頃には僕の息は完全に切れていた。対する月森は慣れたもので、平然とした表情なのが憎《にく》らしい。

「着いたわ」と月森が玄関《げんかん》先に立つ。

白を基調とした大きな家である。〝邸宅《ていたく》〟という名称が相応《ふさわ》しいのかもしれない。

父親が建築デザインの会社社長だっただけあって珍《めずら》しいデザインの建物だ。四面体を規則正しく嚙《か》み合わせたような造りで、全体的に幾何学《きかがく》的な印象だ。物理学者の家だと言われたら、なるほどと相槌《あいづち》を打つことだろう。

家に灯《あか》りはない。母親は留守《るす》らしい。

興味深く家を見上げていると、服の袖《そで》を月森《つきもり》が摘《つま》んだ指先で引っ張ってきた。

「せっかくだから家に寄っていかない？」

高らかに「ダウト」と宣言したくなる不審《ふしん》な提案だった。

月森の家に寄ったなどということが誰かに知れたら、面倒《めんどう》なことになると思った。しかも、家族が留守《るす》にしている家に上がったなどと学校の連中に知れたら何と噂《うわさ》されることか。特に鴨《かも》川《がわ》あたりに知られたらと思うと……その先は想像もしたくない。

どうやら、月森が僕《ぼく》を家に招く為《ため》に一芝居《ひとしばい》打ったに違いないと思った。ならば月森の思い通りになるのは癪《しゃく》である。

「そうだね。喉《のど》が渇《かわ》いたから飲み物でも一杯貰《もら》えないだろうか」

しかし、こんな機会は滅多《めった》にないだろうと承諾《しょうだく》する。

月森への疑惑は進展がない為事実上休止中ではあるが、あくまで休止中であって停止ではない。今も胸中で殺しのレシピへの疑念は燻《くすぶ》り続けている。

月森と関わり、彼女を知れば新たな展開もあるだろうと考えていたのだが、まるで思い通りにはいかない。関われば関わるほどに彼女の本質が判《わか》らなくなる。どこまでが冗談《じょうだん》でどこまでが本気なのか。とにかく摑《つか》みどころがない。

それならば、月森の母親のほうが組《くみ》し易《やす》いのではないかと踏んだ。葬儀《そうぎ》での姿を見る限りでは、月森ほど複雑な人物だとは思わなかった。亡くなった父親と月森との関係を知るのは何も本人だけではないはずだ。

僕は月森の案内に従い家へと入る。月森邸《てい》の中は水を打ったかのように静かだった。

玄関《げんかん》で靴《くつ》を脱《ぬ》ぎながら尋《たず》ねる。

「君のお母《かあ》さんは何時《いつ》頃帰ってくるの？」

「野々宮《ののみや》くんって年上好みなの？」

月森がからかうように笑う。

「少なくとも君よりは好みだね」

試しに真顔《まがお》で答えてやった。

「冗談《じょうだん》でもショックだわ」

月森はスリッパを用意しながら頭を振った。

軍配《ぐんばい》は僕に上がったらしい。

「母は出掛けているの。帰りは遅くなるから今日《きょう》はチャンスよ」

「……何のチャンスだよ」

嬉《うれ》しそうに覗《のぞ》き込む月森の頭を僕はくいっと掌《てのひら》で押し退《の》ける。

軍配はすぐに月森へと翻《ひるがえ》るのであった。

「せっかく家に来たのだから君のお母さんに挨拶《あいさつ》したかっただけさ」

「あら嬉《うれ》しいわ。やっとその気になってくれたのね」

「君が何を考えているのかは知らないけど、勘違《かんちが》いだと言っておこう」

月森《つきもり》の後に続きリビングへと入る。

「今、飲み物を取ってくるわね。そこのソファーに腰掛《こしか》けて待っていて」

隣《となり》の部屋へと月森が消えてゆく。月森が消えた部屋に灯《あか》りが点《とも》る。立派なシステムキッチンが半分ほど覗《のぞ》いていた。

僕《ぼく》はリビングをぐるりと観察する。

見た目同様、月森家は中も相当立派なものである。飴色《あめいろ》の光沢《こうたく》ある革張《かわば》りのソファーに、デザイナーズテーブルだと素人目《しろうとめ》にも判《わか》る奇抜《きばつ》な造形のガラステーブル。人が飛び出してきそうな大型の液晶ＴＶに豪勢《ごうせい》なオーディオ機器。噂《うわさ》通り裕福《ゆうふく》な家庭だった。

ただ、それ以外特別なところはなかった。例えば、月森と父親との関係を知る為《ため》の手掛かりになりそうな代物《しろもの》だとか。

もっとも、リビングという人の出入りが頻繁《ひんぱん》な場所に、他人に見られて困るようなものなど置くはずもないだろう。かと言って他《ほか》の部屋を見て回る口実など僕にあるはずもない。月森の家に上がるという滅多《めった》にない機会をふいにしてしまった心境である。

落胆《らくたん》気分の僕の下《もと》へ、トレイに飲み物を載《の》せた月森が戻ってきた。

「紅茶で良かった？」

「何でも」

紅茶を飲んだら帰ろうと思った。長居《ながい》は無用だ。しかし、そんな僕の考えを先読みしたかのように月森が言う。

「ゆっくりしていってよ。どうせ明日《あした》は土曜日なんだし急ぐことはないでしょう？」

「君は正気か？　僕だって男なんだよ？」

落胆の捌《は》け口を月森へと求めるかのようにきつい口調《くちょう》になってしまった。勝手に期待して勝手に落胆したのに、随分《ずいぶん》と身勝手な態度だと我ながら思う。

「だったら尚更《なおさら》よ。不安がる女の子を一人残して帰るなんて男の子のすることじゃないわ」

「ここは君の家だろ」

「ストーカーにそんな理屈が通じるのかしら？」

「ストーカーの気持ちなんて僕が知るものか。そもそも、そのストーカーの話だって本当かどうかは怪しいものだね」

「そう残念ね」

月森は小さな溜息《ためいき》をつく。

「野々《のの》宮《みや》くんってまるで私の思い通りにならないのね」

「それはお互い様《さま》さ。僕は君に振り回されっぱなしだよ」

即座に反論する。自分が常々思っていたことをまさか相手に先に言われてしまうとは、納得《なっとく》出来るわけがなかった。

直後、月森《つきもり》が独り言にしては大きな声で呟《つぶや》く。

「……野々宮《ののみや》くんのこと……未来《みらい》さんに相談してみようかしら」

思わず、飲みかけの紅茶を零《こぼ》しそうになった。

「……僕《ぼく》を脅《おど》す気か？」

敵意《てきい》を込めた眼差《まなざ》しで月森を睨《にら》む。

「仕方がないじゃない。私一人の手に余るのだから、未来さんのような年上の女性にアドバイスを貰《もら》いたいと思うのは不思議なことじゃないでしょう？」

月森が僕の視線を遮《さえぎ》るかのようにクッションに顔を半分ほど隠《かく》す。

「未来さんに恋愛相談を持ちかけるなんて、悪魔《あくま》に天国への道を尋《たず》ねるようなものだ」

「上手《うま》いこと言うわね」

月森はクッションに鼻先を埋《う》めて、くすくすと全身を小刻みに揺らす。

「笑いごとじゃないよ。これは大袈裟《おおげさ》でなく死活問題なんだ」

嬉々《きき》として僕をからかう未来さんを想像するだけで、頭が痛くなりそうである。きっとバイトの度に未来さんからあれこれと月森とのことを詮索《せんさく》され、騒《さわ》がしくも平和なバイトライフとは決別を迎えることになるだろう。

「私は未来さんや店のみんなに貴方《あなた》とのことが知られても問題ないわ。こそこそするのはあまり好きではないの」

「君はね」

他人から注目される星の下に生まれた月森には慣れたものかもしれないが、僕は注目されることに慣れていない。もし注目されることにでもなったら――想像だけで気が滅入《めい》ってきた。傍観者《ぼうかんしゃ》としての気楽な立場が僕には合っている。人にはそれぞれ〝分《ぶん》〟があるのだ。

「どちらかと言えば、公然と野々宮くんを口説《くど》きたいと思っているくらい」

「君は周囲を味方につけるのが、お得意のようだからね」

嫌味《いやみ》をたっぷり込めて言ってやる。

「人徳《じんとく》かしら?」

月森はさらりと言ってのける。

「良く言うよ。君は策士《さくし》であり、女優であり、早い話が性悪女《しょうわるおんな》だろ。皆、君の美しい見た目に惑《まど》わされて、猛毒《もうどく》の棘《とげ》があることに気づいていないのさ」

「野々宮くんの口から〝美しい〟と言って貰《もら》えるなんて夢みたい」

「〝猛毒の棘〟はどこへ行った?」

「事実以外の言葉は、いちいち気にしない主義なの」

真顔《まがお》の月森を見るに、冗談《じょうだん》を言ったつもりは微塵《みじん》もないのだろう。『呆《あき》れてものも言えない』とは今の心境で間違いない。

ただ、月森のように図太《ずぶと》い神経でなければ〝目立つ女〟なんてやっていられないのかもしれないと妙《みょう》に納得《なっとく》したりもした。

「紅茶のお代わりは？」

白磁《はくじ》のティーポットを手にした月森《つきもり》が、首をくいっと少し傾け貴婦人もかくやという笑みを浮かべている。

「貰《もら》おう」

白旗を振るような態度で月森へとティーカップを突き出す。

この小悪魔《こあくま》の企《たくら》みをもう少しだけ窺《うかが》ってみることにした。


三十分ほどが経過した頃、僕《ぼく》は対面のソファーに腰掛《こしか》ける月森に尋《たず》ねた。

「お母《かあ》さん、帰りが遅いね」

「ええ、遅くなるみたい」

「何時くらい？」

「そうね。十時くらいには帰ってくるんじゃないかしら」

「それじゃ、後三十分ほどか」

二人きりの時間と空間にさすがに居心地の悪さを感じ始めていたが、三十分くらいならば耐えられないこともないだろうと、僕はソファーに沈み込む。

月森がぽつりと呟《つぶや》く。

「正しくは、母が帰ってくるのは今から二十四時間後なんだけどね」

勢い良く上体を起こし月森を見やる。月森は平然とした表情でファッション雑誌のページを捲《めく》っていた。

「どういうこと？」

「母は勤め先の社員旅行に出かけているのよ。帰宅するのは明日《あした》なの」

「――僕を騙《だま》したのか」

吐《は》き出す声が自分でも驚くほど低かった。

「正直に遅くなるって言ったわ」

「どこが正直だよ。帰る」

強い口調《くちょう》で告げ素早く立ち上がり玄関《げんかん》へと向かう。不快感のほとんどは月森の罠《わな》にまんまと嵌《はま》ってしまった自分に対して向けられていた。

瞬間《しゅんかん》、腕《うで》が柔《やわ》らかな感触《かんしょく》に包まれる。月森が僕の腕をしっかりと抱《だ》きしめていた。

「……お願い。一人にしないで。心細いの」

月森の縋《すが》るような態度と腕に感じる膨《ふく》らみの柔らかさに心が揺らぐ。

普段の彼女からは想像も出来ない儚《はかな》さは、仮にこの行動が打算で明確な意思の下に僕を誘惑《ゆうわく》していのだとしても、保護欲を煽《あお》るのに十分すぎる効果があった。

しかし、僕《ぼく》の理性は熱病のような現実を冷まし、誤った結論を導き出すのを水際《みずぎわ》で食い止める。

「そんな目をしても駄目《だめ》だよ。こんなのフェアじゃない。そもそも、僕に君との交際を承諾《しょうだく》した覚えはない」

年頃の男女が一つ屋根の下で時間を共有する。色っぽい展開だ。僕も年相応《としそうおう》の男なのでこの先の展開に興味はあるし、相手が月森葉子《つきもりようこ》ともなればこれほど美味《おい》しいシチュエーションもないとは思う。

「野々宮《ののみや》くんだったら私は構わない」

案の定、彼女は誘《いざな》うような瞳《ひとみ》で甘《あま》い言葉を囁《ささや》く。

仮に僕が月森葉子と今とは別の形で出会っていたのならば、この誘いに抗《あらが》うことなど不可能だっただろう。

「光栄だけど僕にその気はないよ」

しかし、もしもの世界の僕とは異なり、現実の僕は月森の誘いに抵抗してみせる。なぜならば、色っぽい展開に対する期待よりもずっと強く――不安を抱《いだ》いているからだ。

僕の理性は警戒心《けいかいしん》に支えられている。

月森葉子は何を企《たくら》んでいるのか。

この間際《まぎわ》になり、月森が『付き合って欲しい』と言った真の意図を垣間見《かいまみ》た気がした。

月森は僕を排除《はいじょ》するのではなく、取り込むことにしたのではないか。

月森は自らの魅力《みりょく》を自覚し、その正しい使い方を知っている。その実力は最近目《ま》の当たりにしたばかりだ。月森は僕を籠絡《ろうらく》し、思い通りに動かせる人形にしてしまおうと考えているのではないだろうか。そうなれば、僕が秘密を誰かに洩《も》らすことはないと確信しているのではないか。

あくまで、僕が殺しのレシピを知っていると、彼女が気づいているというのが前提だが。

どちらにせよ、一秒でも早くこの場から離れなければいけない。仮に僕の想像が真実で、万が一、月森が真実だと僕に告げたとしても、時間さえあれば僕は月森に落とされる。

なぜならば、彼女の言葉すべてが嘘《うそ》でも、月森葉子の魅力は本物なのだからだ。

このままでは月森の毒牙《どくが》に掛かり手も足も動かせなくなってしまう。そうなってしまったら後は、じわりじわりと侵食《しんしょく》するように毒は抵抗する意思さえ麻痺《まひ》させてしまうに違いない。

月森の両腕《りょううで》を強引に振り解《ほど》き、扉《とびら》へと早足に歩く。すぐさま月森が駆《か》け寄ってくる。今度は拘束《こうそく》するように背後から抱《だ》き付いてきた。

彼女の体温が、柔《やわ》らかさが、そして眩《くら》むような香りが、理性を惑《まど》わす色香《いろか》となって背後より

い。

襲《おそ》いかかってくる。

「……野々宮《ののみや》くんが私のことをどう思おうとそれは貴方《あなた》の自由だわ」

月森《つきもり》の吐息《といき》が首筋を撫《な》でる。逃げなければいけないと判《わか》っているはずなのに、一歩も動けない。

「……触《ふ》れても良いよ。野々宮くんなら私は構わない」

放たれる心地良い言葉が、鼓膜《こまく》を通し脳へ伝わり、痺《しび》れを伴った電気信号となり全身を駆《か》け巡《めぐ》る。最早《もはや》、毒にやられた両足には女子高校生一人を支える力さえなかった。

だらしな垂《だ》れかかる月森に促《うなが》されるようにソファーへと僕《ぼく》は背中から沈む。蛍光灯《けいこうとう》を背負った月森の顔に明暗のコントラストが映える。月森が横顔を僕の肩口《かたぐち》に沈め、指先を軽く胸に添えてくる。鼓動《こどう》を確かめているかのようだ。僕のあご先には月森の白く細い首筋が露《あらわ》になっていた。

言葉のない僕の耳元へと、彼女が言葉を滑《すべ》り込ませるように囁《ささや》く。

「お願い。これは私の望みなの」

まるで咎人《とがにん》を許す聖女の神託《しんたく》だった。

直後、月森の赤い小さなくちびるが僕の無防備な首筋を食《は》む。

瑞々《みずみず》しいくちびるの感触《かんしょく》に自然と僕の肩が跳《は》ねる。それはくすぐったいのとは違う初めての衝撃《しょうげき》だった。

このままでは頭がどうにかなってしまいそうだ。僕は月森を払《はら》い除《の》けようと、密着する彼女と自分との間に両手を滑《すべ》り込ませるとそのまま天井《てんじょう》に向かって突き出す。しかし、僕《ぼく》から離れることを望まない彼女が身体《からだ》を捩《よじ》って抵抗するばかりに、両手の指先が彼女の柔《やわ》らかな胸の先を掠《かす》め、滑《なめ》らかな脇腹《わきばら》を撫《な》で、虚《むな》しく空《くう》へと突き出された。

瞬間《しゅんかん》、月森《つきもり》が「んっ」と奥歯を食い縛《しば》るような短い吐息《といき》を洩《も》らし、僕の上で身体をぴくりと反応させた。

不意《ふい》打《う》ちの威力《いりょく》だ。予想だにしなかった月森の敏感な反応に理性が残らず吹き飛んでしまった。

弾かれたように僕は体勢を入れ替え彼女へと馬乗りになる。白いうなじに指を絡《から》ませ、赤く艶《つや》やかなくちびるを指先でなぞる。花のような濃密な彼女の香りを鼻腔《びくう》に取り込み、しなやかな鎖骨《さこつ》を口元は食《は》み、柔らかな太腿《ふともも》の間に膝《ひざ》を立てる。

僕が発信する行為のすべてに月森は高感度の反応を見せる。悦楽《えつらく》に歓喜する血潮《ちしお》が全身の血管を巡《めぐ》るのをはっきりと感じる。

僕は今あの――月森葉子《ようこ》を支配している。

この高揚感《こうようかん》は尋常《じんじょう》ではない。理性的で冷静であることを美徳とするこの僕が、感情のままに叫びだしたい気分なのだ。

逸《はや》る気持ちを必死に抑《おさ》えて、蝕《むしば》むように月森を甚振《いたぶ》る。楽しみはなるべく長く続くほうが良いに決まっているのだから。

しかし、不意に心臓が停止してしまうような感覚に襲《おそ》われた。月森の異変に気づいてしまったからだ。

「——震《ふる》えているのか」

高熱に浮《う》かされているかのようにおぼろげな瞳《ひとみ》の月森が、僕の言葉に瞳を数回ぱちくりと瞬《しばた》かせる。

「……そう？」

月森のくちびるが緩慢《かんまん》に動き物憂《ものう》げな声を洩らす。本人は無自覚のようだが、身体は小刻みに震えていた。

隔離《かくり》していた理性が部屋を飛び出し、同時に忘れていた罪悪感が湯水のように湧《わ》き上がってきた。

「……やっぱりこんなことは良くない。止《よ》そう」

僕は上体を起こしながら告げる。

月森の〝震え〟が僕に対する〝拒絶〟なのだと思えてしまった。

良識なんかじゃない。そんなもの言えた義理じゃない。嫌《いや》がる彼女を支配して満足するような性癖《せいへき》もない。

僕《ぼく》はただ怖くなっただけだ――取り返しのつかない罪悪を彼女に負うことに。

月森《つきもり》はソファーに体を横たえたまま、不思議そうな眼差《まなざ》しでこちらを見上げている。乱れた制服の隙間《すきま》から月森の峰《みね》のような雪肌《ゆきはだ》が覗《のぞ》いている。自然と視線が逸《そ》れた。

「どうして？　私が良いと言っているのに？」

「だけど、君の体は震《ふる》えている」

「これは武者震《むしゃぶる》いみたいなものよ」

「僕にはそうは思えない」

「本当よ」

瞬間《しゅんかん》、月森は信じられないことを言った。

「だって私、今日《きょう》が初めてなんだもの」

「だから仕方がないじゃない」と。

絶句。

月森を払《はら》い除《の》け、ソファーから飛び退《すさ》るかのように立ち上がると、

「どうしてっ！」

困惑《こんわく》のすべてをただ一言の叫《さけ》びに乗せる。それしか出来なかった。

「誰にだって初めてはあるでしょう？」

月森は少女のような無垢《むく》な瞳《ひとみ》で言う。

「やり方ってものがあるだろ！」

「そんなの人それぞれだわ」

「……君一人の問題ならば、好きなようにしてくれよ。今回に限っては相手は僕なんだぞ？」

「そうね、確かに私は初めてだし、野々宮《ののみや》くんを満足させてあげられるかどうかは自信がないわね……」

月森は困り顔で言うのである。冗談《じょうだん》かと思った。

「あ、でも、回数を重ねてゆくうちにきっと上手《じょうず》になれるわ。勉強だって、そう、アルバイトだって、私が覚えが良いほうなのは野々宮くんも知っているでしょう？」

しかし、言い切った月森の表情は真剣そのもの。

「そういう問題じゃないだろっ！」

これほどまでに感情的になるなんていつ以来だろうか。思い出せない。貴重《きちょう》な体験をありがとう。

「どうして君はこう、いつだって無茶苦茶《むちゃくちゃ》なんだよ」

「自分でも驚いているわ」

「他人事《ひとごと》みたいに言うなよ」

「恋する女の子は無敵《むてき》だって誰かが言ってたけど、案外、馬鹿に出来ないわ。現に今の私は何だって出来そうだもの」

納得《なっとく》げな表情で月森《つきもり》は頷《うなず》く。

「……頼むから相手のことも考えてくれ」

盛大な溜息《ためいき》が僕《ぼく》からは洩《も》れた。

「大体、君に関する噂《うわさ》はどうなんだよ？　これまで何人もの男と付き合ってきたんだろう？」

月森の初めて宣言を全面的に信じているわけではなかった。

月森ほどの女子ならばこれまでの人生で幾《いく》らでも〝喪失《そうしつ》〟の場面があったはずだ。僕をからかっているだけではないのか。

「……野々宮《ののみや》くんには言いたくない」

ぷいっと月森はそっぽを向く。

「君の都合に巻き込んでおいてそれはないね。今の僕には聞く権利が発生している」

「そんなの知らない」

「子供みたいなことを言うなよ」

「野々宮くんはどうせ私をふしだらな女だと思っているんだわ」

月森はくちびるを尖《とが》らせる。

先ほどから月森はこんな風にこましゃくれた少女のような表情をする。僕を誘惑《ゆうわく》してきたあの妖艶《ようえん》な女は一体どこへ行ってしまったのか。

「判《わか》ったよ。君がそこまで言うのならもう聞かないよ」

意固地《いこじ》になっている相手に何を言っても無駄《むだ》だと思った。

「……話そうかな」

「……どっちだよ」

まったく。相変わらず掴《つか》みどころがなかった。

意を決するように月森は大きく息を吐《は》く。

「正直に告白するわ。これまで何人もの男の人と付き合ってきたわ」

「やっぱり」

「『やっぱり』だなんて酷《ひど》い人。言っておきますけど、色々な人とお付き合いしたけど一度も身《から》体《だ》を許したことはないわ。野々宮くんのように触《ふ》れさせもしなかった。本当よ?」

「それを信じろと?」

「みんなそれぞれに優しくて素敵《すてき》な人たちだったわ。それにみんな私を愛してくれた」

「……良かったね」

「けれど、私は心のどこかで違和感を感じていたの。何か、違うなって。『ああ、この人たちは私の運命の人ではないんだわ』って思った」

月森は思い出を振り返るように伏し目がちに語る。

「なぜ僕《ぼく》だったんだ？」

「野々宮《ののみや》くんは他《ほか》の人とは違うと思ったのよ。もちろん、最初は根拠《こんきょ》のないただの直感。だから、これまでのようにとりあえず付き合ってみようと思ったの。付き合うだけならば簡単なことだから」

「僕と同じ十七歳《さい》の人間の言う科白《せりふ》とは思えないね。君の本当の年齢《ねんれい》を教えてくれよ」

投げやりに言う僕がおかしかったのか月森《つきもり》がくすくすと笑う。とても楽しそうだ。

「まさか付き合うことを断られるとは思わなかったけどね」

「期待《きたい》に応《こた》えられなくて申し訳なかったね」

「いいえ、お陰で俄然《がぜん》やる気が沸いてきたもの。結果オーライよ」

「……人生とは思い通りにならないものだな」

意気揚々《ようよう》とする月森に僕は意気消沈《しょうちん》する。思えば僕の月森に対する行動は、いつだって裏目裏目へと転がっているような気がしてならない。

「そうよね……世の中ってどうしてこんなに思い通りにならないことばかりなのかしら」

月森が神妙《しんみょう》な面持ちで言うので、今度は僕が笑ってしまった。

「月森葉子《ようこ》の思い通りにならない世の中ならば、僕ら凡人《ぼんじん》にはお手上げだね」

何でも持っている人間の悩みは、贅沢《ぜいたく》過ぎる悩みだとしか思えなかった。

「みんなは私のことを買い被《かぶ》りすぎているのよ」

「客観的に見て君は買い被られる価値があると思うけどね」

「では、どうして私は野々宮くんを手に入れられないの？」

心の中を覗《のぞ》き見ようとするかのように月森が瞳《ひとみ》を眇《すが》め、此方《こちら》の瞳を見詰めてくる。

「……さぁ？　それは本人にも謎《なぞ》だね」

僕は視線をあらぬ方向へと逸《そ》らし答えをはぐらかす。殺しのレシピの存在が引っかかっているなどと言えるはずもないのだから。

「ずるい人」

「何とでも」

「でも、私はこんな酷《ひど》くてずるい野々宮くんのことを気に入っているのだから仕方がないわ」

月森は髪《かみ》をかき上げながら嬉《うれ》しそうに笑う。見惚《みと》れるような仕草《しぐさ》だった。

「どう説明したら良いのかしら……野々宮くんとの会話はとても楽しいわ」

言葉を選んでいる。自分の気持ちを出来る限り正確に伝えたがっているのが判《わか》る。

「何て言うのかな、〝駆《か》け引き〟をしているとでも言うのかしら、先の読めない会話は緊張感《きんちょうかん》があってとても楽しい。ずっと話していたいっていつも思うの」

月森の言葉に押し黙《だま》る。そして、まじまじと月森を見詰めてしまう。僕は驚いていた。月森が僕と同じ感想を抱《いだ》いていたことに。

強い共感はその延長線上にある親近感へと呆気《あっけ》ないほど簡単に変わる。

確かにこの時、今の僕《ぼく》にとって月森葉子《つきもりようこ》が特別な存在なのだと意識した。

「野々宮《ののみや》くんと付き合ったら毎日が刺激的だろうなって思った。それで『ああ、この人が私の運命の人なんだ』って閃《ひらめ》いたの。それほど迷わなかったわね。だって運命の人だものね。すぐに私の初めてを野々宮くんに貰《もら》って欲しいと思った」

困ったことに意識した途端《とたん》、月森がこれまでよりもさらに魅力《みりょく》的に見えてきた。主観とは脳に都合が良いフィルターをかける機能があるらしい。

「自分がこんなに大胆《だいたん》だったなんて知らなかったわ」

「僕は君がこんなじゃじゃ馬だったなんて知りたくなかったね」

大袈裟《おおげさ》に肩《かた》を竦《すく》めて見せる。もちろん、平然を装っているだけだ。内心では戸惑《とまど》っている。自らの感情の急激な変化を持て余しているというところだろうか。

圧倒的な存在感の月森と対等に渡り合う為《ため》に、客観的に状況を捉《とら》えるよう努めている。そうでなければ、周囲の者と同様に、瞬《また》く間に彼女の魅力に飲まれてしまうからだ。

しかし、僕の月森を見る目に主観が混ざり込んでしまった今、冷静でなんていられない。眼前の無防備な果実に齧《かじ》りつきたいと、眠《ねむ》ったはずの本能が燻《くすぶ》りだす。

「帰る」

今度こそ本当にこの場を離れなければならない。そうしなければ、僕は僕のことを心底嫌《きら》いになってしまいそうだ。

「試さないの？」

リビングの入り口へと歩く僕の背後から月森の声がする。

「何を？」

「――私が本当に初めてかどうかを」

振り返りたい衝動《しょうどう》に駆《か》られたが、そのまま歩き続けることを選ぶ。

どうせ月森は僕好みの悪魔《あくま》のような顔をして笑っているに違いないのだから。そんな顔を見てしまったら、せっかくの決意が台無しになってしまう。

「今日《きょう》のことは忘れてくれ。僕はどうかしていたんだ」

「嫌《いや》よ」

「お互いの為《ため》さ」

「ようやく見つけた〝運命の人〟との大切な思い出だわ」

「軽々しく〝運命の人〟だなんて口に出来る君が信じられないね。十年後にもう一度聞かせて貰《もら》いたいものだ」

「軽々しいわけじゃないわ。知らない？　女の子は生まれた時からずっと〝運命の人〟を探しているのよ？」

「それはご苦労なことで」

捨《す》て科白《ぜりふ》を告げるとリビングの扉《とびら》を開ける。すぐさま、駆《か》け寄る足音がフローリングに反響《はんきょう》する。

「本当に帰ってしまうの?」

……寂《さび》しそうな言い方をしたってダメだ。

「当然だろ」

「私がこんなにお願いしているのに?」

……甘《あま》えるような言い方をしたってダメだ。

「僕《ぼく》の願いは今すぐ帰ることなんだけど?」

「野々宮《ののみや》くんって本当に難しい人ね」

月森《つきもり》が溜息《ためいき》のように言葉を洩《も》らすので、

「君にだけは言われたくない」

思わず、立ち止まり振り返って睨《にら》みつけてしまった。

月森は僕のつれない態度にも心底嬉《うれ》しそうに笑っていた。

……頼むから僕を帰らせてくれ。

「さよなら」

「またね」

殊更《ことさら》、不機嫌《ふきげん》そうな態度を示しながらローファーの踵《かかと》を床《ゆか》に打ち付ける僕に対して、名残惜《なごりお》しそうな眼差《まなざ》しで小さく手を振る月森を見つけてしまったので、玄関《げんかん》の扉《とびら》を閉める時、まったく後ろ髪《がみ》が引かれなかったと言えば嘘《うそ》だった。

【orange & wine】

月曜日の教室。月森は僕の顔を見るなり「おはよう」と整った顔で言うのである。

僕は数秒の逡巡《しゅんじゅん》の後、「おはよう」と早口に告げ自分の席へと足早に向かう。

逃げるようで癪《しゃく》だが、月曜の朝から月森と遣《や》り合う気はない。出来ればしばらく関わりたくもないし、顔もみたくない。顔を見ればどうしたって、早くも葬《ほうむ》り去りたい過去となった金曜の夜のことが思い出されるのだから。

ところが、月森はこんな時は察しない女なのである。

「野々宮《ののみや》くん、シャツの襟《えり》が曲がってるわよ」

月森はそうにこやかに告げると、百年前から決まっている定位置に収まるような自然な仕草《しぐさ》で僕の目前に立つ。そして、白く長い指で僕の襟元を摘《つま》み整えるのだ。

目下《めした》に月森の白い首筋がある。僕は邪念《じゃねん》を振り払《はら》うかのように一度だけ瞼《まぶた》を深く閉じる。

襟が曲がっているなんて大嘘《おおうそ》だ。

「今度はいつ家に遊びに来てくれるのかしら？」

そうリップで潤《うるお》う艶《つや》やかなくちびるで月森《つきもり》が囁《ささや》く。彼女は金曜のことを蒸《む》し返したかったのだ。

「あのような夜を体験したにも関わらず、再び君の家へ行きたいと願う奴《やつ》がいるかどうか聡《さと》い君なら判《わか》らないわけがないよね？」

取りつく島のない僕《ぼく》に対して、

「来週の土曜日の夜が空《あ》いているわ。その日も母の帰りが組合の会合で遅くなる予定なの」

月森は飄《ひょう》々《ひょう》としたものだった。

「僕が『はい』と言うとでも？」

「私が『いいえ』という言葉なんて聴《き》きたいとでも？」

「自分にとって都合が悪い時だけ鈍感《どんかん》になるらしい君には、はっきり言わなければならないようだ」

月森の鼻先に自身の鼻先が当たるような至近《しきん》距離で僕は滑舌《かつぜつ》良く言い捨てる。

「二度と行くか」

当てつけに月森のような微笑《ほほえ》みを浮かべてやった。

「照れなくて良いのよ？」

しかし、本家の微笑みが揺らぐことはなかった。

「君ってさ、時々、もの凄《すご》く馬鹿だよね」

「そう言う野々宮《ののみや》くんは、いつも、素直じゃないよね」

会話の内容を知らない傍《はた》から見れば、至近距離で互いに微笑み合う僕たちは仲睦《なかむつ》まじい二人に違いない。

「なんかぁ、葉子《ようこ》さんと野々宮……新婚《しんこん》さんみたい……」

だから、こんな勘違《かんちが》いを不服そうな口調《くちょう》と表情で言う輩《やから》が現れたりする。ちなみに宇佐美千《うさみち》鶴《づる》という輩だった。

フグの子供を僕は見たことがないのだが、机にあごを乗せ頬《ほお》を風船のように膨《ふく》らませ此方《こちら》をじっとりとした眼差《まなざ》しで見詰める宇佐美の姿に似ているのだろう。

宇佐美とは本当に稀有《けう》な人物である。不機嫌《ふきげん》そうな態度が、これほどまでに可愛《かわい》らしく見える人物はそうそういまい。

微笑ましい気分で宇佐美を横目に眺《なが》めていると、バツが悪そうに月森が言う。

「新婚さんですって」

「悪い冗談《じょうだん》だね」

もし頬の一つでも染めてくれたら『案外、月森にも可愛らしいところがある』と、見直すことも万が一ないとは言えなかったのだが、残念ながら月森葉子はそんな判《わか》り易《やす》い人物ではないのである。

瞬間《しゅんかん》、月森の瞳《ひとみ》が三日月に引き絞《しぼ》られる。悪魔降臨《あくまこうりん》。僕には月森から伸びる先端《せんたん》が矢印型《やじるし》に尖《とが》った黒い尻尾《しっぽ》が見えている。

「貴方《あなた》、お帰りなさい。お風呂《ふろ》にする？　それとも、あ、た、し？」

そう言って月森《つきもり》はくすくすと笑うのである。

月森の本性《ほんしょう》を知らない周囲の連中には、笑う彼女が悪戯《いたずら》を成功させた少女のようにさぞや無《む》邪気《じゃき》に映っているに違いない。

「……本当に悪い冗談《じょうだん》だね」

ただ僕《ぼく》には多くの意味で悪夢でしかなかった。一つは、月森葉子《ようこ》の話題にこの男が黙《だま》っているはずないのだから。

「おいっ！　野々宮《ののみや》っ！」

地獄《じごく》の門番みたいな顔をした鴨川《かもがわ》が立っていた。

「お前、もちろん、風呂だろ？　風呂を選ぶんだろ？」

頭が痛くなることに、先陣《せんじん》鴨川に続くように他《ほか》の男子も「どうなんだ？」と合いの手を入れてくる。

「もし、風呂ではない選択肢《せんたくし》を選んだら……どうなるか判《わか》ってるよな？」

男子一同は目配せをすると、一斉《いっせい》に満面の笑みを浮かべてみせた。気持ち悪かった。

「そんなの、男なら決まってるさ——」

選んだからってどうだと言うのだ。鴨川《かもがわ》たちにとやかく言われる筋合いなどないはずだ。

「——そんなの、食事に決まってるだろ？」

面倒《めんどう》はごめんだった。

「賢明《けんめい》な選択だ！　野々宮《ののみや》くん！」

「判《わか》って貰《もら》えて嬉《うれ》しいよ、鴨川くん」

「それじゃあ、詳《くわ》しい話はあっちで訊《き》かせて貰《もら》おうか」

「……今の気持ちを表す的確な言葉が僕《ぼく》には見つからないね」

無駄《むだ》な時間の始まりである。

鴨川たちから『月森《つきもり》と付き合っているんじゃないだろうな』と問い詰められ『そんなわけないだろ』と否定するような類《たぐい》の無駄《むだ》な時間である。

まったく人の気も知らないで。皆は殺しのレシピのことを知らないから気楽でいられるんだ。

うんざりする僕の気も知らないで、月森は楽しげに手を振るのである。

「貴方《あなた》行ってらっしゃい」

と。

だから、僕はこう答えるのだ。

「今夜は遅くなる」

自棄《やけ》だった。

鴨川たちの後を億劫《おっくう》な気分で歩く僕の背中には、上司の命令に逆らえない平社員の哀愁《あいしゅう》が漂《ただよ》っていたに違いない。

——その時、僕は気づいていた。あの騒《さわ》がしい宇佐美《うさみ》が途中《とちゅう》からずっと無言だったことに。

月森葉子《ようこ》に鴨川にその他大勢とを相手するので手一杯で宇佐美のことまで構っている余裕《よゆう》が僕にはなかった。

もっとも、無理をしてでも宇佐美を構ったとして、それで放課後の顚末《てんまつ》が変わったかどうかはまた別の話である。


放課後になり帰り仕度《じたく》をしていた時だ。

「……野々宮《ののみや》」

遠慮《えんりょ》がちな声色《こわいろ》の宇佐美に呼び止められた。

「何？」

「あのさ、葉子さんと野々宮ってさ……最近すっごく仲良しだよね……」

「普通だろ？」

またその質問かと、つい口調《くちょう》がきつくなった。

僕《ぼく》の機嫌《きげん》がよろしくないのを宇佐美《うさみ》も察したのか、さらに遠慮《えんりょ》がちな態度になる。

「……でも、いっつも一緒《いっしょ》にいるじゃん」

これ以上、月森《つきもり》の話題に触《ふ》れたくなかった僕は、

「クラス委員にバイトと共通点が多いだけさ。それだけさ」

早口で言い切ると鞄《かばん》を拾《ひろ》い上げ教室を後にする。

直後、進行方向を塞《ふさ》ぐように勢い良く宇佐美が回り込んでくる。

「すとっっぷぅ!」

「だから、何?」

「えっと、そのぉ、ちょっと時間ある?」

「ない」

「ちょ、ちょっとだけちょっとだけだからっ!」

僕が睨《にら》むと、宇佐美は身の危険を感じたピグミーマーモセットのように視線をうろうろさせる。

僕は宇佐美に気取《けど》られないように小さく深呼吸をする。

「用件次第だね」

さすがに大人気《おとなげ》なかったと反省し譲歩《じょうほ》の姿勢を示すと、宇佐美が安堵《あんど》の表情を浮かべた。

宇佐美は悪くない。月森に振り回され、鴨川《かもがわ》たちに責められ、嫌気《いやけ》がさしていたのだ。要は

単なる八つ当たりだった。

宇佐美は周囲を気にするようにきょろきょろと視線を彷徨《さまよ》わせてから小声で告げる。

「ここだとちょっと……だから場所を変えたいんだけど？」

仮にどんな用件であっても、罪滅ぼしを兼ね、宇佐美に付き合うつもりだった僕は黙《だま》って頷《うなず》く。

「じゃあ移動しよっか……」

緊張《きんちょう》の面持ちでぎこちなく歩く宇佐美を見るに、どんな厄介《やっかい》な用件なのかと恐ろしくもあるが、所詮《しょせん》は宇佐美のやることなのでたかが知れているだろうと気楽に構えることにした。

宇佐美に連れてこられたのは体育館裏だった。常に賑《にぎ》やかな体育館やその周辺が今日《きょう》はやけにひっそりとしている。

「中間考査が近いから、今日から部活は一週間の休みで自主練習期間なの」

体育館がやけに静かなのも、宇佐美が部活に参加していないのも、「なるほど」と二つの疑問が同時に解決した。

「それで？　君の用件とは？」

体育館のコンクリートの縁《ふち》に腰掛《こしか》け話を聴《き》く体勢を整える。

体育館裏に呼び出す用件の定番と言えば、『お前のことが気に入らないんだよ』の常套句《じょうとうく》から始まる喧嘩《けんか》と相場は決まっていて、宇佐美の用件が実際にそうだったらかなり面白いと思うのだが、運動神経の良い宇佐美《うさみ》に本気を出されたら喧嘩《けんか》に負ける可能性が高いので、別の平和な用件であることを祈る。

「……さっきの話の続きなんだけど――」

宇佐美がちらちらとこちらの様子を窺《うかが》いながら話してくる。

「――野々宮《ののみや》とさ、葉子《ようこ》さんってさ、その……付き合ってるの？」

驚きはしない。鴨川《かもがわ》たちにも『付き合っているのか？』と訊《き》かれたばかりだ。ついでに『もし付き合ってたらぶっ殺すっ！』と冗談《じょうだん》では済まされない血走《ちばし》った目で言われたのを思い出した。

「まさか。有り得ないでしょ」

僕《ぼく》はそう笑い飛ばすが、宇佐美は真剣な表情のままだった。

「で、でもっ！　葉子さんが特定の男子と仲良くしてるのなんて野々宮くらいだしっ！」

「それは教室でも言ったけど、共通点が多いから関わる機会が単純に多いだけさ」

「でもさっ！　葉子さんの話の中に野々宮が登場する回数が最近になってすごく多くなったもんっ！」

「それも右に同じ」

「じゃあさ、じゃあさっ！　授業中にさ、葉子さんが時々さ、野々宮のことじっと見てるのは何でよ？」

「……僕が知るか。本人にでも聞いてくれよ」

これは初耳だった。

「どう考えてもさ二人は怪しいと思うもんっ！　私には判《わか》るんだからっ！」

「それで？」

「……え？　それでって？」

宇佐美がは豆鉄砲《でっぽう》を喰らったみたいにきょとんとしている。

「君はどんな答えを求めている？」

クエスチョンマークを頭上に浮かべる宇佐美へ畳《たた》みかける。

「僕が彼女と付き合っていると言えば君は満足か？」

「ダメッ！　絶対ダメッ！」

叫んだ直後、誰が見ても判る『失敗したぁ！』という表情を作り、

「……あ、そ、そのダメと言っても、本人同士の問題だし、私がどうこう言う問題じゃないんだけど、その、えっと、やっぱし葉子さんはみんなのアイドルだから……」

しどろもどろの弁解を誰かが止めなければいつまでも続けそうだった。

「宇佐美」

僕は自身が腰《こしか》掛ける隣《となり》を手で叩《たた》いて「座りなよ」と宇佐美を呼び込む。宇佐美はバツが悪そうに毛先を弄《いじ》りながら素直に隣へ座る。

「僕《ぼく》と月森《つきもり》とは本当に何でもないんだ」

目を見てきっぱりと否定すると、

「そっか……何でもないんだ」

飴玉《あめだま》を貰《もら》った子供のように宇佐美《うさみ》の顔が綻《ほころ》んでいた。本当に判《わか》り易《やす》い奴《やつ》だ。お陰で、未来《みらい》さんほど勘《かん》が良くない僕でさえ簡単に気づくことが出来たのだろう。

宇佐美が僕に好意を抱《いだ》いてくれていることは前から知っていた。

「納得《なっとく》して戴《いただ》けたようで何よりだ」

用件が終わったと腰《こし》を浮かす僕のベルトを宇佐美がぎゅっと掴《つか》む。

「もう一個だけ聴《き》いて良い？」

試しに宇佐美の手を振り切って立ち上がってやろうと思ったのだが、びくともしなかったので「……どうぞ」と諦《あきら》めて腰を下ろし話に耳を傾ける。

「あのさ、じゃあ野々宮《ののみや》は……今は誰とも付き合ってないんだよね？」

「そうだね」

宇佐美が目を伏せる。

「それじゃあ――だ、誰か好きな人はいるのかな？」

俯《うつむ》く宇佐美は地面に向かって質問をする。横顔は強張《こわば》り、アヒルのようにくちびるが尖《とが》っていた。

特に珍《めずら》しくもない質問だった。少なくとも、いつもの僕にとっては宇佐美ほどに顔色を変える質問ではない。

しかし、瞬間《しゅんかん》、脳裏を過《よ》ぎった一つの名前の所為《せい》で即答することを忘れてしまった。

「……な、何で黙《だま》ってるの？」

不安そうな宇佐美の声で我に返る。

「……今の質問三つ目だぞ」

「うわっ！　誤魔化《ごまか》したっ！　いるんだっ！　好きな人いるんだっ！」

宇佐美は仰《の》け反り丸い目を見開き驚いている。そのまま突き倒してやろうかと本気で考えた。

「えっ？　誰っ？　誰っ？　あっ！　葉子《ようこ》さんでしょっ？　葉子さんだっ！」

「どうして振り出しに戻る。この数分間はなんだったんだ。僕の時間と労力を返せ」

「だって葉子さんしか考えられないもんっ！」

「そこまで自信満々に言い切れる根拠《こんきょ》が知りたいね」

「女の勘《かん》っ！」

即答する宇佐美を見て『このピグミーマーモセットは何を馬鹿なことを言っているんだ』と思ったが、確かに宇佐美は女で、男の僕には未知の『女の勘』なる飛び道具を出されてしまっては手に負えない。

実際に僕が思い描いた名前は月森葉子で、そのこともあって否定の言葉は出なかった。

「葉子《ようこ》さんと付き合いが長いから判《わか》るんだ。葉子さんの野々宮《ののみや》を見る目は特別だと思う」

宇佐美《うさみ》から先ほどまでのおどおどした感じが消えてゆく。

「野々宮は違うって言うけど、葉子さんの気持ちは違わないような気がする」

宇佐美は真《ま》っ直《す》ぐこちらを見詰めて語る。強い眼差《まなざ》しだ。

「……野々宮のことだって判るよ……だって、私、いつも野々宮のこと見てるもん」

それは覚悟《かくご》を持った人間が見せる眼差しだった。

「自覚がないだけで野々宮にとって葉子さんは特別なんだと思う……上手《うま》く説明出来ないけど、何か特別な感じがする。お互い気づいてないだけで、本当はとっくに両思いで、あとはちょっとした切《き》っ掛《か》けが必要なだけで……だから、このままじゃやばいなって、焦《あせ》るなって思って、そんなこと考えるのは我がままかな、なんて思ったりもするけど、良い子の振りして後悔するくらいなら嫌《いや》な子だって思われても真っ直ぐばーんって突き進むほうが私らしいかなって……それで、えとっ……」

宇佐美は「ちょ、ちょっと待ってね」と早口で言い、数回深呼吸を繰り返し、「よしっ!」と立ち上がり気合を入れてこう告げた。

「私、宇佐美千鶴《ちづる》は野々宮のことが好き……です」

実に宇佐美千鶴《うさみちづる》らしい告白だった。

宇佐美からこのような告白をされて、嫌《いや》だと感じる人間などこの世の中にいるはずがない。

宇佐美のことが益々《ますます》好きになってしまった。

「ありがとう」

自然と感謝の言葉が口をついた。

「えっ？　あっと、ど、どう致しまして……？」

宇佐美は訳が判《わか》らないという顔だった。

素直に宇佐美の告白を嬉《うれ》しいと感じている。僕《ぼく》が宇佐美という自分とはまるで違う生き物を気に入っているからだった。

此処《ここ》に辿《たど》り着くまでに校舎に角を削《けず》られたのか、撫《な》でるような柔《やわ》らかな風が吹き抜けてゆく。部活のない体育館裏はいつもの喧騒《けんそう》が幻《まぼろし》であるかのように穏《おだ》やかだった。

宇佐美は唐突《とうとつ》に猫《ねこ》のような大きな伸びをすると、

「にゃあああああああああああああああああああああああああああああああああ！」

猫の断末魔《だんまつま》のような叫びを青空に向けて放つのである。

「ああ、すっごいすっきりしたっ！　伝えられて良かったぁっ！」

言葉通り宇佐美の表情は晴れ晴れとしていた。

「……達成感に浸《ひた》っているところ申し訳ないんだけど、僕はどうすれば良い？」

「ん？」

「僕はまだ君のメッセージに対して答えを返してないんだけど？」

宇佐美から放たれた真っ直《まっす》ぐなボールを、どんな形であれレシーブするのが僕の正しい態度だと思った。たとえ望まない方向へボールが飛んでいったとしてもだ。

直後、けらけらとカエルの子供みたいな笑いを宇佐美は零《こぼ》す。

僕なりに気を遣《つか》ったつもりなのだが、慣れないことをすると決まって結果は良くないものらしい。

「……無理しなくって良いって。最初から答えなんて期待してないから。だって相手は野々宮《ののみや》だよ？」

小声だった。地面に向かって囁《ささや》く宇佐美の表情は判らない。

「意味は判らないが、とりあえず心外だな」

「……入学した時から見てるんだもん。野々宮が一筋縄《ひとすじなわ》ではいかない男の子だってのは、とっくの昔に知ってるしさ、簡単に上手《うま》くゆくなんて思ってないよ」

的《まと》を射ているとは意地でも認めたくはないのである。

「宇佐美にそのような評価を受けてたなんて複雑な気分だ」

思わず肩《かた》を竦《すく》めてしまった。形無《かたな》しとはこのことか。

宇佐美が「だけどさ……」と照れくさそうに、コンクリートの縁《ふち》から飛び出した両足をぶらぷらと前後させながら言う。

「……そんな野々宮《ののみや》のことが好きになっちゃったんだからしょうがないよ。私が頑張《がんば》るしかないじゃん」

その瞬間《しゅんかん》の宇佐美《うさみ》の耳たぶはまるで熟《う》れたトマトみたいだった。

「君も物好きだな」

「だ、誰の所為《せい》だと思ってるんだよぉ！」

真《ま》っ赤《か》な頬《ほお》をした宇佐美が抗議してくる。真《ま》っ直《す》ぐで一生懸命《いっしょうけんめい》な宇佐美にかかれば、短所としか思えない感情的で短絡《たんらく》的な部分でさえ可愛《かわい》らしく感じられる。

今の宇佐美を見ていたらある言葉が思い出された。

『恋する女の子は無敵《むてき》らしい』と。

宇佐美がぴんと伸ばした指先を僕《ぼく》の鼻先に突きつけてくる。

「でも、いつか絶対っ！　私のことを好きだって野々宮に言わせてやるからなっ！」

先ほどまでの弱々しさはどこへやら。いつもの宇佐美らしい勝気な表情だった。

しかし、その指先が僅《わず》かに震《ふる》えていたことに僕は気づいていた。

宇佐美という小動物のような人物は、僕が簡単にこなす多くの事柄《ことがら》に四苦八苦《しくはっく》するのだが、時に僕には絶対に真似《まね》出来ないことを易々《やすやす》とこなしてみせる。

例えば今回の告白もそう。

大袈裟《おおげさ》に言えば、僕は宇佐美に憧《あこが》れている。それは無いものねだりなのだろう。

そして、今、この瞬間の宇佐美も憧れるほど強く格好が良い。思わず、抱《だ》きしめたくなった。

だけど、僕は敢《あ》えてこう言うのだ。

「それは楽しみだ。是非《ぜひ》、頑張ってくれよ」

殊更《ことさら》、何でもないという表情を決め込んで言うのだ。

「ただ、言っておくけど、宇佐美ごときに簡単に落とせるほど僕は甘《あま》くはないよ」

「なんだとぉ！　その言葉忘れるなよっ！」

「はいはい」

「くっそぉっ！　いい女になってやるぅっ！」

何せムキになる宇佐美が一番可愛いと思ってる僕は、一筋縄《ひとすじなわ》ではいかない捻《ひね》くれ者なのだからどうしようもないのだ。

改めて思う。この子のことが一番好きになれたらどれほど幸せかと。

同時にどうしても無視が出来ない人物が僕の中にいることが、はっきりと自覚された瞬間だった。

翌日。その日は朝から雨だった。

彼女への想《おも》いは不確かな形で揺れている。それは恋と呼ぶには不純で、興味と呼ぶには些《いささ》か熱心だった。

このように自身の感情を持て余すという経験は僕《ぼく》にとって、初めてと言って良く、それがこれまで何ものにも深く執着《しゅうちゃく》してこなかった自身の生き方へのツケだとするなら、居心地の悪い気分だが享受《きょうじゅ》する他《ほか》ないのだろう。

もちろん、殺しのレシピが感情の動きに歯止めをかけているのは間違いない。

ミステリアスな女性は嫌《きら》いじゃないが、さしもの僕も秘密が常識を逸脱《いつだつ》した内容だとしたら、肯定《こうてい》することに一抹《いちまつ》の罪悪感を抱《いだ》いてみたりはするのである。

例えば——人殺しだとか。

人を殺したかもしれない人物を手放しで受け入れることは難しい。それは倫理的な意味においてだけでなく、本能が拒絶するのだ。自分も殺されるかもしれない、と。

もっとも、解決法を知らないわけではない。

簡単なことだ。本人に直接尋《たず》ねてみれば良いのだ。「人を殺したのか？」と。

そこで彼女が「殺してない」と一言答えてくれれば、自身の誇大妄想《こだいもうそう》を一笑し、殺しのレシピは丸めて燃えるゴミへ、そうしてこれまでより少しはマシな日常を手に入れるのだろう。月《つき》森葉子《もりようこ》のいるという刺激的な日常を。

十分な成果ではないか。これ以上の望みは贅沢《ぜいたく》でしかない。過ぎたるは及ばざるがごとし、というやつなのだろう。

だが、もし、彼女が「私が殺したの」と答えたなら、僕はどうすれば良いのだろうか。

最初に思い浮かぶのは、殺しのレシピに書かれた内容と父親の死因が驚くほど合致していた点について。妄想《もうそう》好きの僕でなくとも、この二つの事実を並べた時、殺しのレシピが父親を殺す目的で書かれたものに違いないと解釈《かいしゃく》することだろう。

そして、その殺しのレシピの持ち主が父親殺しの犯人である、という帰結は至極《しごく》自然な流れだ。

肩口《かたぐち》に視線を落とす。目と鼻の先に、美しい螺旋《らせん》を描《えが》く黒い旋毛《つむじ》がある。

一粒《ひとつぶ》の水滴《すいてき》が、滑《なめ》らかな絹の黒髪《くろかみ》の上をコースターのように滑《すべ》り加速し、やがて毛先から暗《あん》灰色《かいしょく》の宙へとダイヴする。

水滴の末路に自身の命運を重ね、僕は少し億劫《おっくう》な気分になった。

僕の視線に気づいたのだろう。彼女は「ん？」と姉の顔で小さく首を傾《かし》げて見せた。

「もう少しそっちに寄るね。濡《ぬ》れちゃうから」

彼女はまるで恋人と接するような仕草《しぐさ》で、嬉《うれ》しそうにその身を寄せてくる。自然と僕の肘《ひじ》あたりで掌《てのひら》サイズの胸が柔《やわ》らかに潰《つぶ》れることとなった。

悪魔《あくま》のような彼女のことだ。僕を誘惑《ゆうわく》して楽しんでいるのだろう。

ただ、判《わか》っていても今の僕にはなす術《すべ》などなく。なぜなら、今は雨降りで、傘《かさ》は僕が持ってきた一本のみなのだから、選択肢《せんたくし》は至ってシンプル。それが僕と彼女の距離がいつもより近い理由だった。

ただ僕は彼女の鞄《かばん》の中に折畳《おりたたみ》傘が隠《かく》されているに違いないと疑っている。用意周到《しゅうとう》な彼女が傘を忘れてくるなど有り得ないことなのだから。

言うまでもなく、こんな女の子は僕の周りに二人といない。

唯一、月森葉子《つきもりようこ》をおいて他《ほか》に。

バイトを終えた僕は月森と最寄《もより》の駅へと歩いている。ストーカーの話が出て以来、僕がボディガードとして月森を駅まで送るのがバイト終わりの日課となっていた。

月森が「野々宮《ののみや》くんに送って貰《もら》えてとっても心強かったわ。迷惑《めいわく》でなければ毎回家まで送ってくれないかしら？」と言うので「迷惑だから断る」と即答したら、場所がスタッフルームだったので「送ってやれよ！」と未来《みらい》さんを筆頭にスタッフ全員を敵《てき》に回す羽目《はめ》になった。

僕が「駅まで送るということで妥協《だきょう》してくれ」と願い、ようやく皆は納得《なっとく》したのだった。実に理不尽《りふじん》だった。

しかし、人生とはどう転ぶか判らないものだ。幸いなことに、駅への道程は月森と二人きりになるという点においては都合が良かった。

信号待ちの瞬間《しゅんかん》を狙《ねら》って僕は「ニュースを観《み》て思ったんだが――」と前置きして始める。

「――人はどうして人を殺すんだろうね？」

昨日《きのう》はニュースを観てはいないのだが、こんな世の中だ、昨日も人が殺されているに違いなかった。

「あら、野々宮くん、今日《きょう》はいつになく哲学的ね。思い耽《ふけ》る横顔が私好みよ」

髪《かみ》だけでなく声も雨に濡れたのだろうか。月森の声はしっとりとしていた。

「雨降りの所為《せい》かしら？　雨降りって感傷的な気分になるわよね。普段はしない読書をしてみたくなったりとか」

「そうだね、今日の僕がいつもと違うとしたら、それは君の言うように雨降りの所為なのだろう」

月森に言われて、今日を選んだのは偶然《ぐうぜん》ではなく雨降りだったからなのかもしれないと感じた。

「良ければ君の意見を訊《き》かせてくれないか」

傘に跳《は》ねる雨粒《あまつぶ》の音、自動車のタイヤとアスファルトの発する水音、そして血液が身体《からだ》の内側を脈打つ音。それらが僕のＢＧＭだった。

「そうね――」

頬《ほお》に張り付く濡《ぬ》れ髪《がみ》を月森《つきもり》がかき上げると薔薇《ばら》の香りがした。

「――きっとそんな気分だったんだわ」

つまらなさそうな口調《くちょう》だった。

「……気分だって？　たったそれだけの理由？　それが人が人を殺すに足《た》る理由だと君は言うのか？」

あからさまに答えをはぐらかされたと感じて僕は不愉快《ふゆかい》だ。

「違うわよ」

「どういう意味？　凡人《ぼんじん》の僕には君のような天才様の考えは、もう少し説明をして貰《もら》わないと理解出来ないのだけど」

「もう、怒らないで。冗談《じょうだん》で言ってるわけじゃないから。私は本気でそう考えているのよ」

横目で睨《にら》む僕へ、月森《つきもり》は困ったように小さく肩《かた》を竦《すく》めてみせた。

「保険金殺人だとか特殊な場合を除《のぞ》いてね、痴情《ちじょう》の縺《もつ》れだとか、怨恨《えんこん》だとか、その他、多くの場合、目的を果たすだけならば、殺人という手段を必ずしも選ばなければならないってことはないと私は思うのよ」

信号が青へと変わる。動き出した色とりどりの傘《かさ》の群れの中、僕と月森が収まる赤い傘だけは静止したままだった。

「復讐《ふくしゅう》、報復、恨《うら》みを晴らす、そのような目的を果たすならば、相手を殺す以上に効果的な方法は幾《いく》らでもあるはずでしょう？」

僕には容易に思いつかないが、簡単に言ってのける月森には幾つもの方法が思い浮かんでいるのだろうとは容易に想像出来た。

「人を殺せば、殺した者にも相応《そうおう》の報《むく》いが与えられるわよね。例えば、法だったり社会的制裁《せいさい》だったり。『人を呪《のろ》わば穴二つ』という諺《ことわざ》があるけれど、殺人も同様だと私は思う。だから、私には殺人とは短絡《たんらく》的で愚《おろ》かな手段としか思えない。激情だとか衝動《しょうどう》だとか、他《ほか》にも適切な表現はあるのでしょうけど、私からすれば全部纏《まと》めて〝気分〟ね」

さらに「理にかなっていない行動はすべて私の基準からすれば気分だわ」と月森は付け加える。

「確かに君の言う通り殺人とはナンセンスな行為かもしれないね」

月森の意見に同調する。感心すらしていた。だからかもしれない。妙《みょう》に居心地の良いこの瞬《しゅん》間《かん》に僕は違和感を抱《いだ》いた。

一見して、理路整然と語る月森の姿は品行方正《ひんこうほうせい》で優等生然としている。しかし、語る内容をよくよく吟味《ぎんみ》すれば、それが『目的を達成する為《ため》の手段の話』だと判《わか》る。

月森《つきもり》の今の話を要約すれば、目的を達成する為《ため》の一つの手段として殺人を見た場合の有用性について考察しているのだ。

月森の物言いは、必ずしも殺人を否定していないのではないか。そう思った。

「けれどさ、君も認めているように例外はあるよね？」

斜め上から見下ろす僕《ぼく》の角度からは月森の表情全体を窺《うかが》うことは出来ない。僅《わず》かに覗《のぞ》くのは彼女の口元。

「……例えば？」

その口元が笑っていた。

四方を分厚い壁のような夜闇《よやみ》と雨のヴェールに囲まれ、丸くて狭《せま》い傘《かさ》の下に寄り添うように僕らは立っている。

街はこんなにも音が溢《あふ》れ、色が彩《いろど》り、人が行き交っているのに、それなのに、僕はまるで深夜のエレベーターに月森と二人きりであるかのような閉塞感《へいそくかん》を抱《いだ》いていた。

「殺人を、誰にも知られることなく果たすことが出来る場合とか」

原因は自身にあった。なぜならば、世界を閉ざしたのは僕だからだ。

僕の世界には今、月森葉子《ようこ》しか存在していなかった。

「もっと具体的に言ってくれない？　真《ま》っ当《とう》な私には野々宮《ののみや》くんのような捻《ひね》くれ者の話は複雑すぎるの」

月森はわざとらしく肩《かた》を竦《すく》めて僕をからかって見せる。

「計算された犯行が果たされた場合、それが結果として殺人ではなく事故だと世間が断定した場合、そのすべてを知る人間はその人物の犯行を――完全犯罪だと呼ぶのだろう」

僕は捲《まく》し立てるように言い切ると、月森の返答にじっと集中する。

「――そうね、完全犯罪なら、無計画な殺人とは一線を画《かく》すわね。完璧《かんぺき》を目指すのだから、冷静に、そして理知的に振る舞わなければいけない。気分で実行するようなことではないのでしようね」

あくまで有用性や効率がメインであって僕らの現在の会話には――倫理や道徳は含まれていない。

「だけど、日本の警察は世界的に見てとても優秀なんでしょう？　一昔前と比べて、科学捜査《そうさ》も飛躍的な進歩を遂《と》げているそうじゃない？　完全犯罪なんて現実には不可能ではない？」

夢物語だと言うように月森が喉《のど》を鳴らす。

ここに来てようやく少し前に感じた違和感に対する答えを得たような気がしていた。

一つ結論として言えることは、道端《みちばた》の真ん中で男子高生と女子高生が一つ傘の下で身を寄せ合いするには、あまりにもロマンスのない会話である。

ただし、これは自身の性質であろうが、僕はそんな月森との会話に夢中になっていた。

関わりのない誰が死のうが生きようが、僕の心が痛むことはない。そのような人間の死に対して、胸に抱《いだ》くのは精々《せいぜい》、好奇心《こうきしん》。むしろ、好奇心がすべてか。

どうやら自分が少々常識とはずれた感覚の持ち主であるとは、本人も自覚するところなのである。

一方、彼女はどうだろうか。

果たして皆の知る品行方正《ひんこうほうせい》な月森葉子《つきもりようこ》がこのような背徳《はいとく》的な会話を許容するだろうか。どのような相手に対しても常に笑顔を絶やさない寛容《かんよう》な月森葉子ならばあるいは、非常識だと内心では敬遠しつつも嫌《いや》な顔一つすることなく会話を続けることは然程《さほど》難しいことではないだろう。

しかし、僕《ぼく》にはそうは見えなかった。

どう見えないのか。それはつまり、彼女が僕と同様に背徳的な会話を——心底楽しんでいるように思えてしまったのだ。

「それじゃあさ、例えばの話なんだけどさ——」

僕は制服の左胸にそっと指先を添える。左胸の内ポケットには四つ折にした一枚の紙切れが。

「——完全犯罪を成立させることが可能な計画書が存在したなら君はどうする?」

僕は肌身《はだみ》離さず殺しのレシピを持っていた。

瞬間《しゅんかん》、彼女は鈴《すず》の音にように喉《のど》を鳴らす。

「そうね。確かに完全犯罪を成立させることが出来るならば、殺人も目的を達する為《ため》の一つの手段として考慮《こうりょ》するに値するかもしれないわね」

「ただ私ならね――」と悪戯《いたずら》っぽくくちびるを三日月にする。彼女の企《たくら》むような表情は僕の趣味に実に良く合う。

「――計画書なんて後々殺人の証拠《しょうこ》として残ってしまうような存在は最初から計算にいれないわ。だって完全犯罪を成立させる為の計画書が完全犯罪を不成立にするなんて本末転倒《ほんまつてんとう》も良いところだもの。計画を立てるならそれは全部頭の中でするべきだと思う」

しばらく、「うーん」と考え込んでいた月森が「……私が思うにね」とぽつりと洩《も》らす。

「いわゆる完全犯罪って結果論から単純に考えると、任意の行為を誰にも知られなければ成立するわけだよね？　行為が計画されたものであるとか、偶然《ぐうぜん》の賜物《たまもの》だとか、一切関係ない」

想像以上の光景が目の前にある。僕は起きながらにして夢を見ているのではないかと自分自身の頭を疑いたくなった。

「完全犯罪とはあくまで結果が決めることなのよね。どれだけ完璧《かんぺき》な計画を立てたって誰かに実行したことを知られたらそこで終わり。逆にどれだけ〝ちゃち〟な計画だったとして誰にも実行したことを知られなければそれは完全犯罪になる」

不意に、自分の身体《からだ》が震《ふる》えていることに気づいた。

「やっぱり人が関わる行為である以上、ミスはつき物でしょう？　だって人は完璧ではないから。すべての過程が順調に進んでいたとしても、最後の最後に完璧《かんぺき》でない人という存在が失敗を犯すのだわ。結局、最後の鍵は実行する人という存在が握《にぎ》っていると私は思うの」

寒いからじゃない。話が恐ろしいからじゃない。彼女が怖いわけでもない。

「つまり私の出した結論はね、完全犯罪において最も重要なのは、完璧な計画ではなく、完璧な実行でもなく、求められるのは人が完璧であるということかな——」

恐らく武者震《むしゃぶる》いなのだろう。どうやら僕《ぼく》はひどく興奮しているらしかった。

彼女がくすりと笑う。

「笑っちゃうわよね。こんなの机上《きじょう》の空論だよね。だって完璧な人なんてこの世に存在しないんだもの。もちろんね、行為の真相を探る側も人である以上、ミスを犯すことは度々あるとは思うわ。それでも、余程の偶然《ぐうぜん》でも重ならない限り完全犯罪なんて成立しようがないよね」

ダカラ、ワタシガチチヲコロシタナンテコトガアルワケナイジャナイノノミヤクン。

僕が天邪鬼《あまのじゃく》だからなのかもしれないが、そう彼女が非常にまどろっこしく宣告しているようにも思えた。

僕は大きく頭を振る。

「ダウト」

僕は彼女へと向き直ると、アーモンドのような大きな瞳《ひとみ》を覗《のぞ》き見る。彼女は網膜《もうまく》のスクリーンに僕の姿を映しながら「どうして?」と口元に三日月を浮かべる。

「それは嘘《うそ》だ。君はこの世に完璧な人なんていないと言ったが——少なくとも僕は完璧な人物を身近で一人知っているからね」

彼女は「誰？」とは尋《たず》ねてこなかった。短く「そう」と頷《うなず》いただけ。

……参《まい》ったね。楽しくて仕方がないじゃないか。

僕がいつもより饒舌《じょうぜつ》なのも、胸が高鳴るほど興奮しているのも、全部、月森葉子《つきもりようこ》の所為《せい》だ。

彼女とのスリルある会話はどうしてこんなに楽しいのだろうか。

単に僕の思考や志向や嗜好《しこう》が、背徳《はいとく》的な会話に喜びを見出しているとも言える。

しかし、もし相手が月森葉子でなかったらどうだろう。これほどまでに楽しいと感じられるだろうか。

彼女の言動や行動に辟易《へきえき》する僕だが、心の奥底では彼女と関わることに期待感を抱《いだ》いているようにも思う。

実のところ、内容など、どうだって良いのではないか。殺しのレシピを通して彼女と関わることで、僕は平凡《へいぼん》な日常では味わえないスリルを満喫《まんきつ》したいだけなのではないか。だからこそ、あくまで核心に迫るのではなく、ギリギリのラインを歩くことを無意識に選択《せんたく》しているのではないか。

殺しのレシピを彼女へ突きつけてしまえば、夢から目覚め、これまで通りの退屈《たいくつ》な現実に引き戻されてしまうことを恐れているのではないか。

僕《ぼく》の行動に正義感などない。あるのは興味、好奇《こうき》、そして、月森葉子《つきもりようこ》をもっと深く知りたいという欲求だった。

要するには、僕は月森葉子という魅惑《みわく》的な存在と、ただ繋《つな》がっていたいだけなのかもしれない。

しかし、同時に今は本当に彼女がこの殺しのレシピを使って、人を殺したのかどうかを確かめたいと思っていた。そんな矛盾《むじゅん》を抱《かか》える。

――なるほど。どうやら、僕は彼女へとさらに一歩踏み込もうとしているらしかった。

まだ誰も知らない月森葉子を見てみたいと僕は切実に願っていた。

横断歩道の信号機の青が点滅する。僕らは幾度目《いくどめ》かの赤を迎える。

相変わらず雨足は途切《とぎ》れることなく、一定のリズムをアスファルトに刻む。一方、駅へと向かう人波はいつしか疎《まば》らになり、街の温度は徐々《じょじょ》に下がる。

速まる鼓動《こどう》を悟《さと》られないように静かに息を整える。そして、ゆっくりと僕はボタンの間から制服の内ポケットへ指を差し入れる。

――僕は殺しのレシピについて、直接、彼女に尋《たず》ねる決意を固めた。

その時だ。突然、月森が正面から抱《だ》きついてきた。僕は制服に指先を僅《わず》かに差し入れた状態で固まることとなった。

「……寒い」

月森は僕が驚きの声を上げるより早く、白い吐息《といき》交じりに呟《つぶや》く。見上げる瞳《ひとみ》は潤《うる》おい、黒髪《くろかみ》がしっとりと濡《ぬ》れ、全身を脱力させしな垂《だ》れかかる月森の様《さま》は色っぽく、あご先にある彼女の艶《つや》やかなくちびるがくちづけをねだっているかのようだった。

確かに、制服の肩《かた》越しに感じる彼女の柔《やわ》らかさは相変わらずだが、温《ぬく》もりは失われているようだった。

雨に濡れた身体《からだ》で長話に付き合わせたことに対する引け目はある。だが、だからと言って、街中で衆人環視《しゆうじんかんし》に曝《さら》されながら女の子と抱き合うほど、僕は酔狂《すいきよう》ではないし恋愛経験も豊富ではないのだ。

密着する月森を強引に剝《は》がそうと、彼女の両肩に手をかける。

すると、彼女は「やだ」と駄々《だだ》っ子《こ》のように頭を振って更《さら》に身体を僕へと強く密着させる。子供染みた態度とは裏腹《うらはら》に、彼女の身体が十分過ぎるほど大人《おとな》であるという点は大いに僕を複雑な気分にさせるのである。

その時だった。月森の潰《つぶ》れた胸が小刻みに震《ふる》えた。

「……せっかく良い雰囲気《ふんいき》だったのになぁ」

月森は残念そうに眉尻《まゆじり》を下げると、胸ポケットからバイヴする携帯電話を取り出す。胸元でごそごそと彼女が動くのがくすぐったかった。

僕は胸元より手を引き抜きズボンのポケットにその手を仕舞《しま》う。タイミングを弁《わきま》えない無粋《ぶすい》な電話に、興《きよう》は完全に殺《そ》がれてしまった。

「……はい。葉子《ようこ》です」

携帯で話し始めると、月森《つきもり》は即座に神妙《しんみよう》な表情を浮かべる。

「……母が？　いえ、何も聞いていません。今朝《けさ》、私が学校に行く時は家にいました」

会話を繰り返すたびに月森の表情は曇《くも》ってゆく。相手の声は聴《き》こえてこないが、月森の表情を見れば良くない内容だというのは理解出来た。

「……はい。判《わか》りました。家に戻ります。ええ、何か判りましたら、折り返しそちらへお電話差し上げます」

電話を終えると月森は疲れたように吐息《といき》を零《こぼ》す。

「何かあった？」

尋《たず》ねると、月森は逡巡《しゆんじゆん》しているのか潤《うる》んだ瞳《ひとみ》で僕《ぼく》をしばらくじっと見詰めてから、

「……母が、勤め先の料理学校を無断で休んだそうなの」

やがて囁《ささや》くように告げる。

「母は無断で仕事を休むような人ではないわ。だから、心配した料理学校のスタッフさんが電話をくれたの」

「家で寝込んでいるとか？」

安い気休めを口にしてみた。

「どうかな……スタッフさんは何度か家に電話を入れてくれたそうなの。もちろん、母の携帯にも直接。だけど、繋《つな》がらないらしくて、それで娘《むすめ》の私に電話を……」

言葉は途切《とぎ》れ、月森は考え込むように長い睫毛《まつげ》を伏せる。

僕は短く息を吐《は》く。厄介事《やっかいごと》の予感しかしなかった。

「急いで家に向かおう」

月森の冷えた掌《てのひら》を握《にぎ》り締め僕は彼女を引っ張るように駅へと歩き出す。

「……え？」

斜《なな》め後ろから戸惑《とまど》う彼女の声が聴こえる。

「何やら大変そうな事態だね、君はいろいろと忙《いそが》しそうだから、ここらで僕は退散するとするよ」

僕は早口で言う。

「——と言うほうが僕らしいとは思うんだけどね……そんな顔の君を見て放っておけないだろ？　それに、ここで帰ったら未来《みらい》さんたちにまた何を言われるか判ったもんじゃない」

そう素《そ》っ気《け》無く言い捨てると、

「野々宮《ののみや》くんのそういう捻《ひね》くれたところってすごく可愛《かわい》いよね」

斜め後ろから嬉《うれ》しそうな彼女の声が聴こえた。

からかわれたと思い急ぎ反論の言葉を探す僕だったが、

「……ありがとう」

耳元で囁《ささや》かれる言葉と僕《ぼく》の指先に絡《から》みつく氷のように冷たい彼女の指先の温度を感じた途端《とたん》、何も言えなくなってしまった。

暗く熱のない住宅街に人影はない。延々と流れ続ける雨音のBGMが、隣《となり》に月森《つきもり》がいるというのに孤独を感じさせた。

急角度の長い階段を息を乱して登り切った先にその家はある。一度見たら忘れられない幾何《きか》学《がく》的な特徴あるデザインの邸宅《ていたく》は、高級住宅街にあって一際《ひときわ》異彩《い》を放っている。

月森家に来るまでの間、月森は何度も家の電話、母親の携帯とコールを入れた。しかし、繋《つな》がるのは留守番《るすばん》メッセージの音声ガイダンスのみ。募《つの》る焦燥感《しょうそうかん》からか、家に辿《たど》り着く頃には彼女からいつもの軽口は完全に消えていた。

そして僕はまったくどうしようもないことに、押し黙《だま》る彼女にかけるべき言葉を何一つとして思い浮かべることが出来なかった。

月森に続き玄関《げんかん》を潜《くぐ》る。家内には耳鳴りのするような静寂《せいじゃく》に支配されていた。

長い廊下《ろうか》の最奥は深淵《しんえん》に溶ける。今の状況が拍車《はくしゃ》をかけているのだろうが、不気味《ぶきみ》な雰囲気《ふんいき》に魔窟《まくつ》にでも迷い込んでしまったイメージを喚起《かんき》させた。

玄関でローファーを脱《ぬ》ぐ僕へ月森が言う。

「……このままじゃ風邪《かぜ》をひいてしまうわね。待ってて。今、タオルを持ってくるから」

暗闇《くらやみ》の廊下を早足で進みながら、月森は立ち止まることなく慣れた手つきで壁際のスイッチを幾《いく》つか押し、家に灯《あか》りを点《とも》してゆく。

照らされた廊下をゆっくり進み辿り着いたリビングで僕は月森が戻ってくるのを待つ。

前回と変わらないリビングの風景を眺《なが》める。そして前回と変わらない静寂に耳を澄《す》ます。思えばあの時、月森家には僕と彼女の二人だけだった。

だから、今回も二人だけしかいないのだろう。

家には誰もいない。家に一歩踏み込んだ時から人の気配がないと感じていた。

もっとも、家のどこかで母親が倒れているといった事態も考えられるわけだが、

「タオルを取りにゆくついでに幾つかの部屋を覗《のぞ》いたのだけれど母はいなかったわ。家にはいないのかもしれないわ……」

バスタオルを携《たずさ》え戻ってきた月森の言葉からするに、やはり母親は不在らしかった。

「事故や事件に巻き込まれてなければ良いのだけれど……」

思い耽《ふけ》る月森に僕は笑いかける。

「いや、そんな大袈裟《おおげさ》なものではなくてさ、今日《きょう》は雨降りだから気分が億劫《おっくう》になって仕事に向かう途中《とちゅう》で行きたくなくなっただけかもしれない」

「ただのさぼりってこと？」

「僕《ぼく》はよくさ、天気の良い日はこのまま自転車でどこかへ出かけたいと、学校やバイトをエスケープすることを真剣に考えるけどね」

我ながら下らないことを言っていると思うわけだが、

「だったら良いわね」

月森《つきもり》が小さく笑ったので自己嫌悪《けんお》せずに済んだ。

「もしかしたら、家のどこかに君へのメッセージが残っているかもしれないよ？　例えば、どこそこへ出かけてるので心配しないでくれ、みたいなメモ書きがさ」

「そうね。探してみる」

僕の提案に月森はにこやかに頷《うなず》く。彼女はいつもの落ち着きを思い出したようだ。

キッチンに向かう月森の後に僕は続く。何食わぬ顔で続く。

母親の身を案じる月森に付け込むことへの罪悪感がないわけではないが、公然と家捜《やさが》し出来る機会をふいにする僕ではなかった。

イエローで統一された立派なシステムキッチンが視界一面に広がっている。大きな冷蔵庫、珍《めずら》しい調理器具や食材の数々は、

「さすがは料理学校の先生だね」

「イタリア製のキッチンだったかな？」

月森がキッチンを調べる間、僕は手持ち無沙汰《ぶさた》に周囲をきょろきょろと眺《なが》め、母親の料理本を手に取りぱらぱらと捲《めく》る。

初めからメッセージには然程《さほど》期待はしていなかった。あれば幸い程度。むしろ僕としては、殺しのレシピに関係する何かしらの発見があるかもしれないという期待のほうが大きかった。

例えば——殺しのレシピに関する新たな情報であるとか。

不謹慎《ふきんしん》だという自覚はある。しかし、この雰囲気《ふんいき》を好ましく思う僕の気持ちに偽《いつわ》りはない。探検家よろしく洞窟《どうくつ》で宝探しをするような興奮《こうふん》がこの場所にはある。

「ここにはないみたい。部屋かな……？」

そう重苦しく洩《も》らしキッチンを出る月森に僕は無言で続く。

廊下《ろうか》沿いにある扉《とびら》の一つを月森が開ける。扉を開けた瞬間《しゅんかん》、香水の甘《あま》ったるい香りがした。白を基調とした壁紙、レースのカーテンに、壁際には化粧台《けしょうだい》がありサイドボードには数々の化粧品が所狭しと並んでいる。ここが母親の部屋なのだろう。

「お母《かあ》さんとは仲が良いんだね」

「そうね、悪くはないわよ」

花柄《はながら》のベッドの枕元《まくらもと》には幾《いく》つかの写真立てがある。写真はどれも母親と月森の二人で写っていた。

「君のところの両親は別々の部屋で寝ているんだね」

部屋にはシングルサイズのベッドが一つあるだけだった。

「言われてみればそうね。それが当たり前だと思ってたけど、同じ寝室で寝る夫婦のほうが多いのかな？　うちは共働きだからかもしれないわね。仕事の都合上、別々の部屋のほうが良かったのかも」

「僕《ぼく》のところは、キングサイズのベッドに両親二人仲良くかどうかは知らないが一緒《いっしょ》に寝ている。『寝てる間にあんたが私の布団《ふとん》を取ってゆくから寒くて夜中に目が覚める』と朝っぱらから母親が父親に怒鳴《どな》っているのを頻繁《ひんぱん》に見るに、仲は悪くはないのだろう」

話を聞く月森《つきもり》の顔には温かな微笑《ほほえ》みが浮かんでいた。

「素敵《すてき》なご両親ね」

だから、僕は「普通さ」と無表情で答えておいた。

「女性の部屋だからね。長居は遠慮《えんりょ》しとくよ」と僕は早々に母親の部屋を後にし、廊下《ろうか》で待機《たいき》する。単に甘《あま》ったるい香水の匂《にお》いに辟易《へきえき》しただけのことだった。

化粧台《けしようだい》周辺を調べている月森の背中に尋《たず》ねる。

「お父《とう》さんの部屋はどこ？」

下心がないとは言わない。

「父の部屋は廊下《ろうか》を挟《はさ》んで向かい側よ。どうして？」

月森家を一人で散策する為《ため》の口実であることも否定しない。

「手分けしたほうが効率が良い。お父《とう》さんの部屋は僕が調べよう」

ただ、あまりに大人《おとな》しい彼女の様子に少しくらい助けてやらなければなどと柄《がら》にもなく殊《しゅ》勝《しょう》なことを考えてしまったのもまた事実だった。

「助かるわ。でも、父の部屋は少し埃《ほこり》っぽいかも。父が亡くなってからずっとそのままだから……」

申し訳なさそうに言う月森に僕は「構わない」と応《こた》え、真向かいの扉《とびら》を目指す。

第一印象は書斎《しょさい》だった。

壁一面に並べられた本は、背表紙を注視するとそれらが建築関係のものだと判《わか》る。光沢《こうたく》あるシルバーの机には山積みの書類とデスクトップPC。机の両脇《わき》にはコードレス電話がある。この部屋は父親の書斎兼仕事場だったのだろう。

月森の忠告通り、僕が歩いた後には埃で縁《ふち》取《ど》られた足跡《あしあと》がフローリングにあった。窓枠《まどわく》にも随分《ずいぶん》と埃が溜《た》まっているようだった。

僕は立ち止まる。音を感じた。

月森の話によればここは手付かずの部屋であるはずだ。それなのに、どこからかモスキート音を連想させる微量《びりょう》な音が聴《き》こえてくる。

それはファンの回転する音だった。

シルバーの机の正面に回る。スリープ状態ではあるが、どうやらデスクトップPCが起動しているようだ。僕《ぼく》は適当なキーを一つ叩《たた》く。

「――月森《つきもり》」

ディスプレイを見た瞬間《しゅんかん》、向かいの部屋にいる彼女を呼んだ。

隣《となり》の部屋からやって来て「ん?」と瞳《ひとみ》を眇《すが》める月森に、「これ」と僕はPCのディスプレイを指差す。

確かに、母親からのメッセージがメモに残っていた。

「これは……」

そう驚きの声を上げると、月森はディスプレイをじっと見詰めたまま時が止まってしまったかのように沈黙《ちんもく》する。部屋には、窓を叩《たた》く雨の音とPCのファンが回転する規則正しい音だけが響《ひび》いていた。

この時、僕は、沈痛な眼差《まなざ》しを湛《たた》える彼女の美しい横顔をただ見詰め続けることしか出来なかった。

ディスプレイの〝メモ帳〟には、母親の名前と以下のような短いコメントがタイプされてあった。

『ごめんなさい』

その日、パトカーに乗せられた僕が自宅に到着したのは真夜中の三時過ぎだった。

【cigarette tiger】

眠気を堪《こら》えて登校した教室に月森の姿はない。

あれほど目立つ月森だ。彼女が教室にいないことはクラスメイトの誰もが気づいていた。

先ほどから隣《となり》の宇佐美《うさみ》が横目でちらちらと此方《こちら》の様子を窺《うかが》っている。恐らく月森のことを僕に尋《たず》ねたいのだろう。

それにしては宇佐美らしくない煮え切らない態度だ。もしかしたら先日の告白のことを意識しているのかもしれない。

宇佐美のことだ。勢いで告白したは良いが、家に帰ってからとんでもないことをしてしまったとベッドの上で七転八倒《しちてんばっとう》しながら激しく後悔したのかもしれない。

不意に、宇佐美と視線が重なる。瞬間《しゅんかん》、宇佐美はぱっと俯《うつむ》く。剝《む》き出しの耳裏や首筋が真《ま》っ赤《か》に染まっていた。

予想は的中したらしかった。

自然と僕から笑みが零《こぼ》れる。本当に宇佐美はいちいち可愛《かわい》い奴《やつ》である。

「どうしたんだ宇佐美?」

「……え！　な、何？　何が？　何がどうしたって？」と椅子《いす》から飛び上がる勢いで宇佐美《うさみ》が反応する。

「何か、僕《ぼく》に訊《き》きたいことでもあるんじゃないのか？」

「き、訊きたくない！　全然、訊きたくない！　まだ良いの！　もうちょっと心の準備が欲しいから！　今はまだ訊きたくないっ！」

そういうことか。

僕は呆《あき》れつつも「月森《つきもり》のことを尋《たず》ねたいんじゃないのか？」と宇佐美を落ち着かせるようにやんわりと促《うなが》す。

「……はぁ、そっちかぁ」

ない胸が更《さら》になくなってしまうのではないかと心配になるほどに、宇佐美は明らさまに胸を撫《な》で下ろしている。

「うんうん、ところで葉子《ようこ》さん今日《きょう》はどうしてお休みなの？」

ピグミーマーモセットがするみたいにくりくりと首を傾《かし》げる隣《となり》の宇佐美に、

「さあ？　昨日《きのう》は雨降りだったからね。風邪《かぜ》でも引いたんじゃないか？」

曖昧《あいまい》な答えを返す。

月森からも警察からも口止めされていたわけじゃないが、月森の母親失踪《しっそう》に関することをクラスメイトに言うつもりはなかった。僕は月森のことを気遣《きづか》っていた。

月森に同情するなんて柄《がら》にもないことだと誰かに言われるまでもなく自覚しているのだが、普段の彼女から想像も付かない気落ちした姿を見てしまったのだから仕方がない。

それに母親のことを話せば、どうして僕がそのことを知っているのか追及されるに決まってる。そこで、僕が月森家に行ったことがクラスメイト、特に鴨川《かもがわ》や宇佐美に、知れたらどのような事態になるか想像しただけで頭が痛くなる。そのような自己防衛も僕の曖昧《あいまい》さには含まれていた。

ただでさえ僕は徹夜《てつや》と頭の使い過ぎで疲弊《ひへい》しているのだ。これ以上の厄介事《やっかいごと》は心底勘弁《かんべん》願いたかった。

「葉子さんのお見舞いに行こうかなぁ」

だから、厄介事は勘弁だと。

「……自主練はどうするんだ？」

僕は溜息《ためいき》を吐《つ》いてから、宇佐美へ責める眼差《まなざ》しで詰問《きつもん》する。

「えっと……」

上目遣《うわめづか》いの宇佐美は、主人のご機嫌《きげん》を窺《うかが》う子犬のようだ。

「さぼるとか言うなよ？」

僕が釘《くぎ》を刺《さ》すと、

「……だよねぇ。言うと思ったぁ」

宇佐美《うさみ》は机にばたりと突っ伏した。

「判《わか》ってるなら最初から言わないでくれよ」

「でも心配じゃんっ」

宇佐美は机に突っ伏したままくちびるを尖《とが》らせている。

「風邪《かぜ》かもしれないと言っただけだ。決まったわけじゃない。もし明日《あした》休みだったら電話の一つでもしてみたら良いさ」

面倒《めんどう》だが『君は風邪で休んでいるらしい』と月森《つきもり》へ連絡を入れる必要がありそうだった。まったく嘘《うそ》をつくのも楽じゃない。

ただ最後に「うん。判《わか》った」と柔《やわ》らかそうな頬《ほお》を机に潰《つぶ》したまま素直に頷《うなず》く宇佐美の微笑《ほほえ》ましい姿に救われた。


学校の時間がいつもより穏《おだ》やかに流れてゆく。

教室に月森がいない。それが理由の一つ。鴨川《かもがわ》あたりがいつもより静かなのもその所為《せい》なのだろう。

これほど落ち着いた時間はいつ以来だろうか。

あの日の放課後、教室で一枚の紙を拾って以来、僕《ぼく》にとって月森葉子《ようこ》は特別だった。もちろん、皆の特別とは違う意味の特別だ。

誰も知らない僕だけが知る彼女の秘密――殺しのレシピ。

僕は殺しのレシピを介《かい》し彼女を注意深く見続けてきた。そして、彼女が父親を殺したのではないかと疑い油断なく関わってきた。

少なくとも、月森葉子を前にして、今日《きょう》のような落ち着いた気持ちで接したことはない。しかし、そんな日々にも、どうやら終止符が打たれようとしているらしい。

僕は指先でそっと左胸に触《ふ》れる。

「……そろそろこいつともお別れかな」

自然と洩《も》れた感傷めいた呟《つぶや》きに自分自身で驚いた。

どうやら殺しのレシピと月森のある日常を、僕は僕が思うより好んでいたようだ。

だから、平穏《へいおん》な日常に身を置いてることに、後ろ髪《がみ》が引かれるような小さな寂寥感《せきりょうかん》を抱《いだ》いてしまっているのだろう。

僕は今回の殺しのレシピに関するさまざまな出来事に一つの結論を導き出していた。

月森葉子は誰も殺してはいない。

僕は月森葉子ほど賢《かしこ》く強《したた》かな人物を他《ほか》に知らない。月森葉子という特別な存在を常識的な尺度で計ろうとすること自体、そもそも間違っているのかもしれない。

しかし、父親での葬儀《そうぎ》で見た姉のように優しい彼女や母親の遺書《いしょ》と思しきディスプレイの文字を呆然《ぼうぜん》と見詰め立ち尽《つ》くす彼女は、普通の女の子であるように僕《ぼく》には思えた。

それに月森《つきもり》自身も言っていたではないか『殺人とは短絡《たんらく》的で愚《おろ》かな手段としか思えない』と。

僕が知る誰よりクレバーな彼女が、たとえどのような理由があろうとも殺人を犯すはずがない。

少なくとも僕には説明が付かなかった。

結局のところ、僕にはどうしても月森が人を殺すような人物には見えなかった。


月森葉子《ようこ》のいない日常が続く。

初日は平穏《へいおん》だった。しかし、二日目にして早くもクラスメイトが騒《さわ》ぎ出した。月森の身に何事かあったのではないかと。

予想通り、同じカフェでバイトをする僕へと皆の矛先《ほこさき》は向いた。予定通り、僕はあくまで知らぬ存ぜぬを貫く。

すると、どうだろう。三日目には憶測《おくそく》が憶測を呼び、やがて憶測は噂《うわさ》となり、学校中のそこかしこで月森葉子の名前を聞くこととなった。

風邪《かぜ》を拗《こじ》らせ入院してるだの、拉致監禁《らちかんきん》されてるだの、果てはハリウッドで女優として映画撮影の真《ま》っ最中《さいちゅう》であるだの、どこぞの王子《おうじ》に街で見初《みそ》められどこぞの国の姫《ひめ》となったなどという突飛な噂《うわさ》まで飛び交う始末だ。笑うしかないのである。

いたらいたで話題になり、いなければいないで話題になる。改めて、月森葉子ほど目立つ女はそうそういないと思わされた。

ところが四日目。笑えない噂が流れ始める。

それは月森葉子の母親が失踪《しっそう》しているという噂。

月森は失踪した母親を警察と協力し捜索《そうさく》しているらしく、母親の友人知人と連絡《れんらく》を取り、母親が行きそうな場所へ出向き、粉骨砕身《ふんこつさいしん》、寝る間も惜《お》しんで動き回っているそうだ。

噂の出所《でどころ》を辿《たど》ると、身内に警察関係者がいる生徒からの情報だった。

それはまるで流行病《はやりやまい》が蔓延《まんえん》するかのようなスピードだった。次々と月森の母親失踪の噂を裏付ける情報が各処《かくしょ》より飛び出し、翌週の月曜日には噂ではなく確定情報、つまり事実として、母親失踪は学校内で認定されていた。

そして一週間目。その日はここ一週間ばかり続いていた長雨が嘘《うそ》であるかのように雲ひとつない快晴だった。

早朝、遂《つい》に母親が発見される。

ただし——故人として。

母親が発見されたのは、高級住宅街の目と鼻の先にある裏山の斜面だった。

裏山の頂上には街全体が一望出来る見晴らしの良い小さな公園がある。公園の端は崖《がけ》になっており、フェンスによって仕切られているにはいたが、大人《おとな》なら誰でも簡単に越えられる腰丈《こしたけ》の古びたフェンスがあるのみだった。

発見された場所から見て、どうやら母親はその公園から崖下《がけした》へと転落したらしい。

死後数日。発見が遅れた理由としては、母親が崖下まで転がり落ちずに斜面で止まっていたこと。それと、崖の斜面一杯に咲き乱れるツツジに母親の姿が埋《う》もれてしまったからだった。

現場検証に出向いた警察関係者曰《いわ》く。これほど美しい死体を見るのは初めてだったそうだ。薄紫《うすむらさき》のツツジに飾られた美しい母親の姿は額縁《がくぶち》に入れられた西洋絵画のようであり、匂《にお》い立つ花の香りに酔《よ》ったのか、しばしそれが死体であることを忘れて魅入《みい》ってしまったそうだ。

想像したら身震《みぶる》いした。是非《ぜひ》、その瞬間《しゅんかん》に立ち会いたかったものだと切なくなった。

母親死亡のニュースは、大きな驚きとして学校中を瞬《また》く間に駆《か》け巡《めぐ》り、最終的には相次ぐ身内の不幸に月森葉子《つきもりようこ》はなんと可哀想《かわいそう》な女の子なのだと大きな同情を以って皆に受け止められた。

例外は僕《ぼく》だけに違いない。

人並みに月森に対する同情心はある。母親のことも気の毒だとは思う。

しかし、皆のように母親死亡に驚くことはなかった。僕にとって母親の死は想定された結末だった。

なぜならば——殺しのレシピによって父親を殺したのは母親だと結論していたからだ。

理由は二つあった。

一つは家庭環境、取り分け夫婦仲について。

父親の葬儀《そうぎ》の際、月森の家庭についての噂話《うわさばなし》を耳にした。父、母、娘《むすめ》それぞれに愛想《あいそ》が良く、良好な近所付き合いが行われているのだと噂話からは窺《うかが》い知れた。また、父親の遺影《いえい》を前に泣き崩《くず》れる母親の姿からは最愛の夫を事故で亡くした未亡人の悲痛が感じられた。

円満な家庭、円満な夫婦関係を僕は月森家に思い描いていた。

しかし、母親の寝室を見てこれまでの認識に疑問を抱《いだ》かずにはいられなかった。

両親の寝室が別々であることに大した関心を示さなかった月森の対応は、円満な家庭とは距離を隔《へだ》てているように感じられたし、何より別々の寝室を持つ夫婦を円満だと言い切るのは一般的に考えて吝《やぶさ》かではなかった。

僕は寝室が別であるという事実から、むしろ円満とは真逆《まぎやく》、母親と父親が不仲だったのではないかという仮説を立てた。母親の寝室にあった写真に父親がまったく写ってなかったことも、不仲説への確信を深めさせる要因となった。

もう一つ。これが決定的な理由である。殺しのレシピの作者についてである。

僕は当初より不思議に思っていた。どうして〝レシピ〟なのだと。これは〝計画〟ではないのかと。内容的に殺しの計画が相応《ふさわ》しいタイトルだと思われる。

ただ、僕《ぼく》には馴染《なじ》みのないレシピという言葉も、料理学校の先生ならば日常的であったということなのだろう。

母親が料理学校の先生だと聞いた直後から、殺しのレシピの作者が母親である可能性について僕は考え始めていた。

失踪《しっそう》した母親の手掛かりを求めて月森家《つきもりけ》を訪れた際、月森に知られることなく一つの証拠品《しょうこひん》をこっそりと持ち帰っていた。

母親の料理本から出てきた調理法に関する補足説明がされた直筆《じきひつ》のメモ書きである。

内容など問題ではない。メモ書きが母親の手によって書かれたものであるという事実が重要なのである。

殺しのレシピとメモ書きを左右に並べる。

一目瞭然《いちもくりょうぜん》である。筆跡《ひっせき》からこの二つが同一人物によって書かれた代物《しろもの》だと判《わか》る。

つまり、今回の殺しのレシピに纏《まつ》わる一連の事件の答えは、
父親と不仲だった母親が殺害を目的に殺しのレシピを書き、実行に移し、父親を事故死として葬《ほうむ》り去ったのだが、罪の重さに耐えかね自らの命を絶った。

そういうことなのだろう。

だとすれば、月森の母親に対して遠慮《えんりょ》するところはない。人が死んだというのに自業自得《じごうじとく》だと冷《さ》めたものである。胸中に感慨《かんがい》はなく、日々の張り合いを失ったことへの一抹《いちまつ》の名残惜《なごりお》しさがあるのみだった。

僕の中ではすでに殺しのレシピは色褪《いろあ》せていた。母親の死によって殺しのレシピを巡《めぐ》る僕の妄想《もうそう》は完結を迎えたのだ。

用済みとなった殺しのレシピは思い出の品の一つとして自室の机の引き出しの奥へと消えることとなるのであろう。

もちろん、これらはあくまで推測に過ぎない。

想像によって補完した不確定な要素を幾《いく》つも含んでいることを否定しない。しかし、ただの高校生にこれ以上の真実を知る術《すべ》がそうそうあるとも思えない。そして何より僕は導き出した答えに満足をしていた。

だから、月森葉子《ようこ》に真意を追及するつもりはなかった。

いずれ機会があれば、今回の出来事を彼女に尋《たず》ねる日も来るかもしれないが、少なくともそれは今ではなかった。

今しばらく僕は安堵《あんど》していたかったのだ。

彼女が誰も殺していなかったという結末に。

ところが、幸か不幸か静かなる日々は長くは続かなかった。

切《き》っ掛《か》けは先頃知り合った警察関係者からの言葉だった。

その男との出会いは月森《つきもり》の母親が失踪《しっそう》したあの夜へと遡《さかのぼ》る——


——パソコンに残された母親からのメッセージを発見してすぐに、ディスプレイを見詰めたまま立ち尽くす月森に代わり僕が110番に電話し母親失踪《しっそう》の旨《むね》を伝えた。

時を刻む針の音と雨音に支配された三十分の後に一台のパトカーが月森家にやって来る。パトカーから降りてきたのは制服警官が一人とスーツ姿の長身の刑事《けいじ》が一人。

「はいはいはい。なるほどなるほど。これは遺書《いしょ》かもしれないぜ」

ディスプレイを一目見るなりそう軽い調子で言ったのは長身の刑事。男は虎南《こなん》と名乗った。

僕は刑事による聞き込みというものを過去に一度だけ体験したことがあった。数年前、近所のコンビニで強盗《ごうとう》事件が起きた時のことだった。

二人の刑事が家にやって来た。実際のところは聞き込みと言うよりは、近辺の住人に逃走中の強盗犯《ごうとうはん》への注意を促《うなが》すことが主な目的であったようだ。

その時の刑事は二人とも物腰《ものごし》が柔《やわ》らかく、トレンチコートに地味めの上下揃《そろ》いのスーツと一見すればサラリーマン然としていた。しかし、纏《まと》う雰囲気《ふんいき》が一般人とは明らかに異なっていた。時折見せる鋭い眼差《まなざ》しも迫力に満ちていた。

これが常に命の危険と隣《とな》り合わせにある刑事という人種の〝凄《すご》み〟なのだと、僕はひどく納《なっ》得《とく》したものである。

ちなみに後でニュースを観《み》て知った事実だが、実はこの聞き込みの最中にすでに強盗犯は逮《たい》捕《ほ》されていた。

ところが、虎南という男は僕が抱《いだ》く刑事の印象とはかけ離れていた。

見た目は二十代後半といったところ。二十代前半と思《おぼ》しき若い制服警官との力関係からするに実際はもう少し年齢《ねんれい》が上かもしれないが。

濃紺地《のうこんじ》に白のストライプの入った細身のスーツを着こなす虎南という男は刑事というよりはホストと言われたほうがしっくりくる風体《ふうてい》の優男《やさおとこ》だった。

この虎南という刑事は軽薄《けいはく》そうな見た目通り実によく喋《しゃべ》る男で、僕の最も〝苦手〟とするタイプの人種だった。

「君、可愛《かわい》いね。芸能人？　違うの？　でも、なれそうじゃない？　芸能人でも君くらい可愛い娘はいないな。いやいや、お世辞《せじ》じゃなくてね。ところで葉子《ようこ》ちゃんは幾《いく》つだっけ？　十七。あっそ。お姉《ねえ》さんは幾つ？　あれ、いないの？　お姉さん？　本当に？　一人娘《むすめ》なんだ。残念。

実に残念だ。あ、でもあれだ。お母《かあ》さんも美人だろ？　それにまだ若いだろ？　そうか！　やっぱり！　おい、聞いたか？　頑張《がんば》って探そうな！」

隣《となり》のソファーに並んで座る制服警官の若い男が渋《しぶ》い顔を作っているのにもお構いなしに虎南《こなん》はひたすら喋《しゃべ》っている。端《はな》から苦手な男ではあったが、出会ってから数十分で僕《ぼく》は虎南を〝嫌《きら》い〟になった。

月森《つきもり》に同情するだとか言う以前の問題である。仮にも警察ではないのか。これが母親が家に帰ってこないと気落ちする娘《むすめ》に取る態度だろうか。

虎南とはまったくもって僕には理解し難《がた》い不愉快《ふゆかい》な人物だった。

上司《じょうし》に代わって若い警官から月森と僕は二、三、母親失踪《しっそう》に関する質問を受けた。

母親が悩んでいる様子はなかったのか、母親の行き先への心当たりはないか、等々の質問だった。

月森は長い睫毛《まつげ》を伏せ小さな溜息《ためいき》を洩《も》らすと、「行き先の心当たりはありません」と黒髪《くろかみ》を左右に揺らした。

若い警官は月森を慮《おもんぱか》る静かな口調《くちょう》で告げた。

「非常に言い難《にく》いのですが、状況からして貴女《あなた》のお母さんは自殺を図る為《ため》に失踪した可能性があります。全力で捜索《そうさく》しますが、最悪の場合も覚悟《かくご》して下さい」

月森から返事はなく首を少しだけ縦《たて》に振るのみだった。

言葉なく身動き少ない月森《つきもり》は、まるで精巧に作られた西洋人形のような冷ややかな美しさを纏《まと》っていた。

僕《ぼく》は不謹慎《ふきんしん》極まりないことに、簡単に折れてしまいそうな細い首筋を、白い肌《はだ》に映える朱色のくちびるを、自由に弄《もてあそ》ぶ夢を人形の彼女に見て悦《えつ》に浸《ひた》っていた。

父親の葬儀《そうぎ》の時にも感じたことだが、物憂《ものう》げな月森には真夜中の月のような静謐《せいひつ》な魅力《みりょく》があり、いつまで眺《なが》めていても飽《あ》きがこない。

母親に関する質問に答えようもない僕はひたすら退屈《たいくつ》で、虎南《こなん》という軽薄《けいはく》な男の無駄《むだ》に長い話を聞かされるのは憂鬱《ゆううつ》でしかなかったのだが、コーヒーを片手に横目で〝月見〟を思う存分楽しむことで辛《かろ》うじて満更《まんざら》でもない時間となった。

ひとしきり母親失踪《しっそう》に関する話し合いがなされた頃、虎南が「そう言えば、君の名前は？」と唐突《とうとつ》に僕へと尋《たず》ねてきた。

訝《いぶか》しい気分を内心に隠《かく》して名前を答えると、

「じゃあ野々宮《ののみや》くんは我々が送っていこう。もう一時過ぎだ。この時間じゃ交通機関はすべてストップしているだろ？」

虎南が提案してきた。

すると、物言いたげな瞳《ひとみ》で隣《となり》の月森が此方《こちら》をじっと見詰めてきた。僕はしばし逡巡《しゅんじゅん》した結果、「お願いします」と虎南に頭を下げた。

帰り際に僕にだけに聞こえる音量で「今夜は一人で居たくなかったのだけれども」と恨《うら》めしそうに月森が耳元で囁《ささや》き、制服の裾《すそ》を指先できゅっと摘《つま》んできた。

僕は聞こえない振りを決め込みそっと彼女の指先を振り解《ほど》いた。

月森を独りきりの家に残して去ることに、後ろ髪《がみ》が引かれないわけがなかった。もちろん、僕が居たところで状況がどうこうなるわけではないが、月森の話し相手くらいにはなるだろう。それで彼女の気が少しでも紛《まぎ》れるのならば、安い同情だったとしてもまるきり無駄《むだ》ではないはずだ。

しかし、にやけた眼差《まなざ》しで月森と僕を眺めやる虎南の好奇心《こうきしん》を刺激してやるようなサービスをすることが僕にはどうしても許せなかった。

パトカーの後部座席に座ると、助手席に座るものだと思っていた虎南がなぜか僕の隣《となり》へやってきた。

僕が不思議そうに眺めていたからだろう。

「いやね、君と少し話がしてみたくてさ」

虎南がにやりと笑った。なぜだか僕はその笑顔に刑事《けいじ》の凄《すご》みのようなものを感じてしまった。

月森家から自宅までの時間、僕と虎南は取り留めない話をした。もっとも、八割は虎南が喋《しゃべ》っていたのだが。

「野々宮《ののみや》くんは、葉子《ようこ》ちゃんの彼氏なんだろ？　あれ？　違うの？　でも家に一緒《いっしょ》にいたじゃないの？　普通さ、彼氏でも何でもない男がさ、あんな夜遅くに女の子の家に上がったりはしないよな？　ああ、そう。バイト仲間なの。クラスも一緒《いっしょ》なんだ。へー、本当に何でもないんだ。いやね、あんなさ美人の彼女がいて羨《うらや》ましいとお兄《にい》さんは思ったわけよ。なぁ？　羨ましいよな？　おい、ちゃんと前見て運転しろよ。まぁな！　話しかけたのは俺《おれ》だけどな！」

運転中の若い警官も巻き込みながら、虎南《こなん》は終始喋《しゃべ》り続けていた。

「じゃぁ、これお兄さんの携帯番号ね。仕事用の携帯だから心配しないでかけてよ。どういう意味って、そりゃ〝ゾッチ〟系の人じゃないってアピールさ。お兄さんはこう見えても女性が大好きだからな。見たまんまだって？　どうしてだか良くそう言われるね。あれ？　聞きたいのはそうじゃなくて？　ああ、捜査《そうさ》の都合だよ。人探しをするなら、少しでも情報が多いほうが有益だろ。どんな情報が母親発見の切《き》っ掛《か》けになるか判《わか》らないからな。例えば、野々宮《ののみや》くんにとっては些細《ささい》な情報だとしてもね。野々宮くんは彼氏ではないと否定するが、葉子《ようこ》ちゃんの態度や話をいろいろ聞く限りじゃ、葉子ちゃんに近しい存在であるという点に間違いはなさそうだからな。お母《かあ》さんの情報、葉子ちゃんの情報、何でも良いんだが、気づいたり思い出したりすることがあったら、お兄さんに教えてくれよな」

この時から定期的に僕《ぼく》の携帯へと虎南から電話がくるようになった。

お喋り好きの虎南との電話は毎回毎回長い。

長電話には心底辟易《へきえき》していたし、相変わらず虎南のことは好きにはなれなかったが、それでも律儀《りちぎ》に相手をしていたのは、虎南が僕を利用しようとするならば、僕も虎南を利用すれば良いと考えていたからだった。

僕が知る母親や月森《つきもり》の情報を提供する代わりに、虎南から失踪《しっそう》した母親の捜索《そうさく》状況を聞き出した。僕の提供する情報など誰もが知る当たり前の情報だったので、交換条件としては虎南にとって割りに合わないものだっただろう。虎南が快く捜査状況を教えてくれたのは生来《せいらい》のお喋りな性格故《ゆえ》か、それとも、この程度の情報ならば洩《も》らしても問題にならないからなのか。

何《いず》れにせよ、虎南の話は内容に関わらずいつだって興味深かった。

虎南への個人的な感情とは別に、刑事《けいじ》という特殊《とくしゅ》な職業に就《つ》く人物に興味があったし、その人物の話は妄想《もうそう》好きの僕の好みに良く合った。


ようやく事後処理にも一段落がついたらしく、明日《あした》から月森葉子が学校やバイトに復帰することが決まった。そんな前日のこと。

閉店間際のヴィクトリアに一人の男性客がやって来た。

「なるほど、道理で野々宮が女に興味を示さないわけだ」

あごに指を当てた未来《みらい》さんが訝《いぶか》しげな眼差《まなざ》しで、テーブル席に座る細身のスーツ姿の男性客を見詰めていた。

その色男然《ぜん》とした男性客は、厨房《ちゅうぼう》内にいる僕《ぼく》に向かってにこやかな表情で手を振っている。

「未来《みらい》さんがどんな想像をしたのかは敢《あ》えて追及しませんが、一言、誤解とだけ言っておきます」

「じゃあ何だ？　友達か？　友達にしては随分《ずいぶん》と年が離れてるじゃないか」

「いや、あの人は刑事《けいじ》なんです」

「あれが刑事だって？」

未来さんは「どう見てもホストだろ」と益々訝《ますますいぶか》しげな表情を作る。

「で、野々宮《ののみや》、お前はどんな罪を犯したんだ？　野々宮ならいつかやるだろうとは思って――」

「未来さん」

「何だ犯罪者」

「貴女《あなた》とは一度、じっくり話し合う必要がありそうですね」

「違うのか」

「違います。あの人は虎南《こなん》さんと言って、月森《つきもり》のお母《かあ》さんが失踪《しっそう》した際にお世話になった人なんです」

「なるほどな……」と未来さんは眉根《まゆね》を寄せると一粒アーモンドチョコを口に含む。

きっと月森のことを想《おも》っているのだろう。思えば、月森がいない間の未来さんはどことなく静かだった。それは店長や猿渡《さるわたり》さんもか。

今やこのカフェの誰にとっても月森葉子《ようこ》とは欠かせない存在となっているらしかった。

「それで？　どういう理由があって、その虎南って刑事がお前に会いに来てるんだ？」

「知りませんよ。僕が訊《き》きたいくらいです」

直後、未来さんが目を丸くする。

「うわっ！　おいっ！　野々宮！　今、あの刑事、私に向かってウィンクしたぞ？」

「見たまんまそういう軽薄《けいはく》な人なんですよ」

「ああ殴《なぐ》りてぇ」

「止《や》めて下さい。相手はあれでも警察の人間なんですから」

「お前、付き合う人間はちゃんと選べよな」

「ええ、まったくですね……」

未来さんに諭《さと》されるなんて不本意《ふほんい》以外の何ものでもないのだが、それが的《まと》を射た指摘《してき》なだけに胸中は非常に複雑だった。

此方《こちら》の複雑な心境など知らない虎南は僕がコーヒーを持って席へと訪れると、

「良いね。あの鋭い目つき。まるで得体の知れない虫けらでも見るような訝しげな目つきだ。ぞくぞくしちゃうな。俺《おれ》はね、こう見えてMの気があってね。ああいうさ、気の強そうな女の子がタイプなんだよな。彼女、名前は？　歳《とし》は幾《いく》つ？　彼氏いるの？　なぁ、野々宮くん、是《ぜ》非紹介《ひしょうかい》してくれよ」

厨房《ちゅうぼう》の未来《みらい》さんを遠目にしながら、遠慮《えんりょ》という言葉など知らない態度で一人喋《しゃべ》り捲《まく》るのである。

「暇《ひま》そうですね」

僕《ぼく》は言いながら虎南《こなん》のテーブルにコーヒーを置く。

「暇なものか。女の子とデートする時間さえない。おっと、デートする女の子なんているのかって質問には答えられないぞ？」

「興味ないですから」

「君は相変わらずだな、野々宮《ののみや》くん」

虎南は一つ鼻で笑うと、コーヒーを啜《すす》り「うまいっ」と幸せそうに眉尻《まゆじり》を下げる。

「たまには何事もない平和な日があっても良いのにな。こんな小さな街でもさ、毎日毎日、何かしらの事件が起きるんだからさ、お陰で嬉《うれ》しくないことに商売繁盛《はんじょう》年中無休だ」

虎南はおどけた表情で両手を挙げてみせる。

「尚更《なおさら》、ここで油を売っている暇なんてないんじゃないですか？」

僕が尋《たず》ねると、虎南は苦い表情を浮かべる。

「ああ、なんて血も涙《なみだ》もない男だ。警察だって人間なんだぞ？　少しは労《いたわ》ってくれよ」

虎南は恨《うら》めしそうな眼差《まなざ》しで、「せめてさ、一杯くらいは良いだろ？」とコーヒーに口をつける。

嫌味《いやみ》ではなかった。心底そう思って尋ねたのだ。

月森《つきもり》の母親の件が解決した今、虎南が僕とわざわざ関わる理由などないはずだ。実際に母親が発見されてからは僕からも虎南からも互いに連絡《れんらく》はしなかった。

確かにヴィクトリアのコーヒーが美味《うま》いと虎南に語ったが、今日《きょう》このタイミングで、わざわざコーヒーを飲みに来たとは思えなかった。

すると、虎南が僕の疑問に答えるかのように言った。

「この後さ時間作れる？　もう少しでバイトは終わりだろ？　お兄《にい》さんの奢《おご》りで良いからさ、駅前のファミレスで飯でも食いながらちょっとお話ししようぜ。言っておくが、デートじゃないからな。勘違《かんちが》いするなよ」

理解する。閉店間際に来たのは偶然《ぐうぜん》ではなく、僕に用事があったからなのだと。

僕は「判《わか》りました」と頷《うなず》く。

虎南がどのような用件を持って会いに来たのかは想像もつかないが、この型破りな刑事《けいじ》との会話が嫌《きら》いじゃない僕に拒《こば》む理由はなかった。

バイトを終え駅前のファミレスに着くと、僕を見つけた店内の虎南がウィンドウ越しに手招きをしてきた。

週末だからだろう。店内は老若男女《ろうにゃくなんにょ》さまざまな人たちで賑《にぎ》わう満席状態だった。

虎南の対面に腰掛《こしか》けると同時に、虎南がメニュー表を僕へと差し出してくる。

「好きなものを遠慮《えんりょ》なく頼んでくれよ」

「それじゃ、この店で一番高いメニューを」

僕の答えがお気に召したらしく虎南《こなん》は「君のそういう割り切った感じ好きだなぁ」と肩《かた》を揺らして笑う。

「ところで、用件は何です？」

メニュー表を指先で捲《めく》りながら尋《たず》ねる。

「葉子《ようこ》ちゃんについて幾《いく》つか話を訊《き》かせて欲しくてね」

思わずまじまじと虎南の顔を見詰めてしまった。

「そう怖い顔するなよ。何も野々宮《ののみや》くんから葉子ちゃんを奪《うば》おうというんじゃないんだからさ」

「意味が判《わか》りません」

虎南は「吸うよ」とタバコを咥《くわ》えると慣れた手つきで、どこぞのバーの名前が印字されたライターで火をつける。

「……なぜです？」

僕《ぼく》の中で虎南への猜疑《さいぎ》心《しん》が芽生え始める。

「うーん、詳《くわ》しい理由は言えないけどっていうのはダメかい？」

「虎南さんの個人的な頼みならば答えなくもないですが？」

このファミレスの中でこの男が刑事《けいじ》だと判《わか》る人間が果たしているのだろうか。

「葉子ちゃんは美少女だからな。個人的な興味が多分に含まれていることは否定しないが、基本的にはお仕事だね」

「守秘《しゅひ》義務ですか？」

「まぁね。俺《おれ》も立場上、迂闊《うかつ》なことは言えないからさ。ちょっとばかし、歯切れが悪いのは勘弁《かんべん》してくれよな」

虎南はにやりと笑ってみせる。

恐らく無自覚だろう。虎南はこんな風に笑う時、いつにも増して眼差《まなざ》しが鋭くなる。笑う口元とのコントラストに鳥肌《とりはだ》が立つような凄《すご》みを感じる。これが常に危険と隣《とな》り合わせにいる人間の胆力《たんりょく》というやつなのかもしれない。

見た目はさておき、虎南は紛《まぎ》れもない警察関係者だった。

「……月森《つきもり》を疑っているんですか？」

直後、虎南は眉根《まゆね》に深いしわを刻み、大きくタバコの煙《けむり》を吹かす。

「……それ訊いちゃうんだ。聡《さと》いだけならまだしも、そこに度胸が加わると手に負えないな。野々宮くん、どうだい将来は警察なんて。野々宮くんは良い刑事になれそうだ」

「僕は運動がまるでダメなので遠慮《えんりょ》しておきます」

「あ、そう。じゃあせめて犯罪者にはならないでくれよ。君みたいなタイプにあっち側へ行かれると俺《おれ》たち警察が苦労することになるからさ」

冗談《じょうだん》めかして言うと、虎南《こなん》は片手を挙げてウェイトレスを呼び止める。「注文しなよ」と促《うなが》してきたので、店で一番高そうな国産牛のシャリアピンステーキ定食を頼んだ。

ウェイトレスがオーダーを繰り返し厨房《ちゅうぼう》へと姿を消すと、

「単刀直入《たんとうちょくにゅう》に言っちゃえば今回の事件——他殺の可能性もあると思っている」

世間話でもする何気ない調子で虎南がぽつりと洩《も》らす。

「……秘密じゃなかったんですか？」

「体裁《ていさい》の問題さ。一応、俺《おれ》は警察としての義務は果たした。ここから先は個人的な判断ね」

虎南はタバコを灰皿に押し付けた。

「最初から話すつもりだった。野々宮《ののみや》くんとは短い付き合いだが、頭の回転が速い少年だってのは良く判《わか》ってるつもりだ。だから、どうせ隠《かく》したってすぐばれるだろうってね」

「随分《ずいぶん》と持ち上げますね」

僕《ぼく》が訝《いぶか》しげに睨《にら》むのを虎南はむしろ楽しそうに口角を緩《ゆる》め眺《なが》めている。

「嘘《うそ》じゃないさ。本心から褒《ほ》めてるんだ。もちろん、野々宮くんを味方につけたいなぁっていう下心《したごころ》があるのは事実だがね」

〝下心〟という言葉を耳して、即座《そくざ》に数日前の記憶《きおく》へと辿《たど》り着く。初めて会ったあの時、虎南は僕と『君と少し話がしてみたくてさ』と言った。

「失踪《しっそう》した母親を捜索《そうさく》する際にいろいろ調べたんだが、現在のところ野々宮くん以上に葉子《ようこ》ちゃんと親しい存在はいないって結論に達したんだ。だから、葉子ちゃんの話を訊《き》くなら君だって思ってね」

僕はずっと不思議だった。あの時、どうして虎南が僕なんかと話したがるのかと。どうして母親の捜索状況を僕なんかに詳《くわ》しく教えてくれるのかと。

思えば、虎南は最初から僕に失踪した母親のことだけではなく、月森《つきもり》のことも教えて欲しいと言っていた。

想像が正しければ、虎南は母親が失踪した段階から——

「——月森が母親を殺したかもしれないと疑っていたんですね？」

僕が静かに尋《たず》ねると、虎南はゆっくりとグラスの水を口に含んだ。

その時、ウェイトレスがステーキ定食を持ってやって来る。僕はステーキ定食を受け取り、虎南はコーヒーのお代わりを頼む。

広い店内さまざまな客が居《お》れど、僕たちほど物騒《ぶっそう》な話をしている客は他《ほか》にはいまい。こんな奇妙《きみょう》な状況を少しだけ愉快《ゆかい》だと僕は感じていた。

ウェイトレスが立ち去るのを横目で確認すると虎南はようやく口を開く。

「警察ってのはさ、常にあらゆる可能性を考慮《こうりょ》して行動しなきゃならんのだよ。だからさ、君が言うような線も一つの可能性として当初からあるにはあった」

虎南らしからぬ非常に消極的な肯定《こうてい》である。事が事だけに慎重《しんちょう》になっているのだろう。

しかし、あくまで否定ではなかった。

瞬間《しゅんかん》、眠《ねむ》っていた殺しのレシピが目を覚ます。

もしかしたら、警察は殺しのレシピの存在に気づいたのではないか。だからこそ、月森《つきもり》が疑われているのではないのか。

喉《のど》が渇《かわ》く。どうやら僕《ぼく》は緊張《きんちょう》しているらしい。

「比べちゃダメだとは判《わか》っているんだが、野々宮《ののみや》くんのとこのコーヒーが美味《うま》過ぎたな」

虎南《こなん》は運ばれてきたコーヒーを一口飲んで渋《しぶ》い表情を浮かべる。

視界の端《はし》にある店内のウィンドウには、つまらなさそうな顔をした高校生男子が映ってる。

幸いなことにポーカーフェイスは得意だった。

「……動機は何なんですかね？」

月森葉子《ようこ》を疑う場合、最も腑《ふ》に落ちない点が動機である。

彼女には母親を殺害する理由がない。少なくとも僕には思い至らない。月森が誰も殺していないと僕が判断したのもこの点が大きい。

もし警察が動機を摑《つか》んでいるならば、是非《ぜひ》教えて欲しいと願う好奇心《こうきしん》からの質問だったのだが、「さぁね。何なんだろうな？」と素《そ》っ気《け》無い答えが虎南からは返ってきた。

「両親と不仲《ふなか》だったわけでもなさそうだしなぁ……その辺りを知りたくて野々宮くんから葉子ちゃんについての話を訊《き》こうと思ってるくらいだからさっぱりだな」

虎南の表情を見る限り、真実、心当たりがないように映った。

だったら、なぜ、月森を疑うのか。

やはり、警察は殺しのレシピの存在に気づいているのだろうか。もしくは僕の知らない証拠《しょうこ》を手に入れているとでもいうのだろうか。

僕が黙《だま》り込んでしまったからだろう。虎南はにこやかな表情を僕へと向けてきた。

「そう深く考え込まないでくれよ。あくまで可能性の話なんだからさ。こんな風に重箱の隅《すみ》を突付くような真似《まね》をするのがお兄《にい》さんの仕事なもんでね。気を悪くしないでくれよ」

僕は「いえ、怒ってはいませんよ」と笑顔で取り繕《つくろ》い、

「……ただ、動機が不確かなのにどうして月森が疑われているのだろうかと不思議だったものですから」

笑みを湛《たた》えたままグラスの水で口内を潤《うるお》す。

虎南がどこまで月森のことを知っているかが重要だった。

すると、虎南も笑みを浮かべたまま当然だと言わんばかりの口調《くちょう》で告げた。

「普通じゃないだろ？　短期間に身内が二人も死ぬなんてさ」

瞬間《しゅんかん》、僕からは自然と「なるほど」の言葉が零《こぼ》れる。

「明らかに不自然だからな。警察としては何らかのリアクションを取らざるを得ないわけよ。不運な偶然《ぐうぜん》ならば俺《おれ》たちの役目はそこで終わりね。要するに、それを確認する為《ため》に今は動いて

いる」

もう一度「なるほど」と呟《つぶや》く。

僕《ぼく》は驚いていた。戸惑《とまど》っているというほうがより正確か。

僕の中で月森葉子《つきもりようこ》への疑いは晴れていたはずだった。しかし、虎南《こなん》の言葉にもっともだと納《なっ》得《とく》してしまったのだ。

「……月森にはこの件に関して話を訊《き》いてみたんですか?」

虎南は「もちろん」と即答する。

「それこそ守秘《しゅひ》義務というやつでさ、俺《おれ》からは内容の詳細《しょうさい》を語れない。とは言え、葉子ちゃんに直接尋《たず》ねれば簡単に知られちゃう話なんだがね。まぁ、どのみち大した話じゃない。何せ、短期間に両親が揃《そろ》って亡くなるなんて不自然だという程度にしか、俺たち警察に娘《むすめ》の葉子ちゃんを疑う理由がないからな」

虎南の言葉をすべて鵜《う》呑みにする気はないが、警察は月森が母親を殺したという決定的な証《しょう》拠《こ》を手に入れているわけではなさそうだった。

「呆《あき》れた。日本の警察とは世界的に見ても優秀だと聞いていたのですが、僕の誤認だったのでしょうか。無実の女子高生を容疑者扱いしてしまいましたごめんなさいでは、世間もマスコミも許してくれないのでは?」

確かに納得はした。しかし、この程度で僕が導き出した結論が覆《くつがえ》るわけがない。月森を犯人扱いするのに到底納得出来る理由ではなかった。

「そう苛《いじ》めないでくれよ。警察だって公務員に違いないからな。昨今《さっこん》の公務員への風当たりの強さは君の言う通りなかなかに厳しくてね。一定の確証もないのに大っぴらな捜査《そうさ》に乗り出すわけにはいかないんだよな」

虎南はまるで欧米人《おうべいじん》のような大袈裟《おおげさ》なジェスチャーで首を竦《すく》めてみせる。

「で、結局、虎南さんは僕に何を期待してるんですか？」

「あれ？ 気づいてた？ さっすがぁ」

虎南が器用に口先だけで口笛《くちぶえ》を吹いてみせる。

同様に僕だって虎南とは短い付き合いではあるが、この男が一癖《ひとくせ》も二癖《ふたくせ》もある人物であることは十分に承知している。虎南はまだ語ってはいない何かしらの用件を含んでいるに違いない。

突然、虎南がテーブルに大きく身を乗り出し、

「そこでだ！ 君に協力願いたいというわけさ」

僕の鼻先で不適《ふてき》に笑む。

これまでの話を整理することで、ようやく虎南の意図が徐々《じょじょ》に見えてきた。

「……警察とは関係ない人間が月森を詮索《せんさく》する分には角が立たないと。それが彼女と近しい人間なら都合が良いと。だから僕なんですね」

虎南は「理解が早くて助かるね」と満足そうな顔でコーヒーカップを傾ける。

「それに野々宮《ののみや》くんこういうこと嫌《きら》いじゃないだろ？」

「面倒《めんどう》なのは御免《ごめん》です」

僕《ぼく》は「勝手に決めないで下さいよ」と更《さら》に文句を口では付け加えているが、内心では確かに興味があった。

「隠《かく》すな隠すな」と余裕《よゆう》の笑顔は揺るがない。

失踪《しっそう》した母親の捜索《そうさく》状況に興味を示したからだろうか。それとも刑事《けいじ》である虎南《こなん》に興味を示したからだろうか。どちらにせよ興味を隠《かく》すつもりがなかったのだから仕方がないが、的確に僕の性質を見抜いて見せる虎南の洞察《どうさつ》力には一目置かずにはいられなかった。

「君に白羽《しらは》の矢を立てた理由はこんなところだな」

「具体的には僕は何をさせられるのでしょう？」

あくまで慎重《しんちょう》な態度を保つ。今しばらく虎南の出方を窺《うかが》うつもりだった。

「そんな構えないでくれよ。基本的には葉子《ようこ》ちゃんの話を聞かせて貰《もら》うだけだ。あれこれ君に指示を出して動いて貰おうだなんて虫の良いことは考えてないさ。あ、ステーキ冷《さ》めないうちにどうぞ。デザートも頼んで良いからな」

虎南がにやにやと笑っている。明らかに虫の良いことを考えているとしか思えない。

食欲なんてあるはずないのだが、僕は仕方なしにとっくに冷めてるに違いないステーキにナイフを入れる。

「――実はこれ警察の総意じゃないんだ。俺《おれ》の個人的な頼みに近い。ぶっちゃけ葉子ちゃんのことを気にしているのなんて署《しょ》では俺くらいのものさ」

しばらく僕の食事を黙《だま》って眺《なが》めていた虎南が前置きなく話し始める。

「今回の母親の自殺にしたって事件性なんてほとんど見当たらないわけ。自殺の動機もさ、旦《だん》那《な》を事故で亡くして傷心していたって考えれば辻褄《つじつま》合うんだよな。旦那を亡くしてから母親の元気がなかったたって証言も数人から取れてるしな」

虎南は自嘲《じちょうぎ》気味《み》に口端《くちは》を緩《ゆる》める。

「そりゃさ、遺書《いしょ》が直筆《じきひつ》じゃなくてね、パソコンにタイプされていたという辺りは注目すべき点だよ。母親を自殺に見せかけようとした母親ではない何者かの手によってタイプすることも物理的には可能なわけだし。ただ事件性を疑うにはそれだけでは不十分だ。世の中には遺書のない自殺だって沢山《たくさん》あるしな。葉子ちゃんにしたって娘《むすめ》だから真っ先に疑われているのであって、行動にしても言動にしても、特別、疑わしいわけではない」

僕は食事の手を止め、真《ま》っ直《す》ぐ虎南を見ながら尋《たず》ねる。

「ますます理解出来ません。だったらどうして月森《つきもり》を疑うのか、納得《なっとく》出来る説明をして欲しい。そうでなければ協力なんてしたくないです」

最近、月森を知ったばかりの虎南が、殺しのレシピを知ってから常に月森を観察し続けてきたこの僕以上に何を知っているというのか。殺しのレシピを持っている僕以上に、虎南が月森の何を知っているというのか。

仮に本当に僕《ぼく》の知らない月森《つきもり》を虎南《こなん》が知っているというのならば話は別だ。

——それは、どうしても訊《き》き出さなくてはならないことなのだから。

すると、虎南はしれっとした表情で言ってのける。

「刑事《けいじ》の勘《かん》」

と。

「……はぁ？」

一瞬《いっしゅん》、冗談《じょうだん》で言っているのかと耳を疑った。そんな僕の呆《あき》れる態度に気づいたのか、虎南が慌《あわ》てて付け加える。

「まぁ、そういう風に一言で言っちゃうと身も蓋《ふた》もないよな。だけどさ、言葉で説明するのは難しいのよ。強《し》いて言うなら、〝違和感〟って言うのかな？」

「違和感ですか……」

釈然《しゃくぜん》としない気分で呟《つぶや》く僕だったが、続く虎南の言葉には心底驚かされた。

「だってさ葉子《ようこ》ちゃんって完璧《かんぺき》だろ？」

急激に鼓動《こどう》が速まるのを感じていた。

月森葉子が完璧な存在であるとは、僕も度々《たびたび》抱《いだ》いていた感想であった。

「職業柄《がら》こういう事例をこれまで何度か体験してきたわけだが、野々宮《ののみや》くんぐらいの年で両親を亡くすってのはね、当事者たちにとって大変な出来事なんだよな。人生が変わっちゃうくらいにね。そりゃ、もう、悲惨《ひさん》なものさ。事故にせよ事件にせよ、そんな時、俺《おれ》は子供たちにどんな声をかけてやれば良いのか、未《いま》だに判《わか》らない。それが短期間に両親を揃《そろ》って亡くしたとなればどれほどの辛《つら》さか」

直後、虎南が険しい表情を浮かべる。

「ところが、どうだ。俺にはどうにも葉子ちゃんがさ、両親を亡くして心細い思いをしている十七歳《さい》の少女には見えなくてね。会話をしててさ、あまりにも非の打ち所がないんだよ。しっかりしているだとか、大人《おとな》びているだとかさ、そんな言葉ではあの娘《こ》の完璧さは片付けられないよな?」

――完璧すぎて息が詰まる。

思えば、それは僕の彼女への第一印象であった。

「俺には両親がいなくてもあの娘はちゃんと生きていけるってね、俺たちが心配しなくても大《だい》丈夫《じょうぶ》、問題ないって見てて思えてしまったんだな」

一気に喋《しゃべ》って喉《のど》が渇《かわ》いたのか、虎南はコーヒーではなく、すぐ横にあるグラスの水を飲み干した。

「申し訳ないね。こんな根拠《こんきょ》のない理由でさ。でも、馬鹿にしたもんでもないんだなこれが。俺《おれ》たちの世界じゃ、ちょっとした違和感を糸口に事件の真相が明らかになるってことは決して珍《めずら》しくない」

一貫して自信に満ちた表情を浮かべ続ける虎南《こなん》を見るにつけ、

「物事の本質なんてのはさ、難しく考えちゃいけない。案外、どれもシンプルなんだ。要するに、普通じゃない人間の周りでは普通でないことが起きるってだけの話さ。判《わか》りやすいだろ？」

『刑事《けいじ》の勘《かん》』とは実は適切な表現だったのではないのかとさえ思てくるのだった。僕《ぼく》が黙《だま》り込むのが不機嫌《ふきげん》の所為《せい》だと虎南は思ったらしい。

「気を悪くしたか？　そりゃ当然だろうな。野々宮《ののみや》くんと葉子《ようこ》ちゃんが親しいのを知った上で、君にあの娘《こ》を疑う手伝いをしてくれと言ってるわけだしな。そう考えると相当性質《たち》が悪いお願いだよな」

虎南は「こんな大人《おとな》にはなるなよ」と笑ってみせる。

気を悪くしたわけではない。僕はただひたすら考え込んでいた。さまざまな考えが沸き上がり思考の収集がつかない状態だった。

——恐らく、虎南は殺しのレシピの存在を知らない。

唯一、この時、僕の中ではっきりしているのはこのことだけ。しかし、同時に最も重要なことだった。

見ると、虎南が真剣な眼差《まなざ》しで僕のことを見詰めていた。

「逆にさ、こう考えてはくれないか。葉子ちゃんの潔白を証明する為《ため》に俺に協力するのだと。発想の転換ってやつさ。嫌《いや》だろ？　葉子ちゃんが疑われたままってのはさ」

気づいたら口から零《こぼ》れていた。

「嫌ですね」


心底嫌だった。これまでずっと月森《つきもり》葉子を疑い続けてきたのは僕だ。それをいきなり現れた警察に疑われるだなんて、まるで隣《となり》からあれこれとゲームの仕方に口出しをされたような不快感だった。

虎南は僕の言葉を肯定《こうてい》と受け止めたらしく「だろ！」と満足そうに頷《うなず》いている。

「お姉《ねえ》さん！　コーヒーお代わりね！　ついでに水もお願い！」

残り僅《わず》かとなった手元のコーヒーを虎南は飲み切った。

それから一時間ほど虎南に月森のことをじっくりと語った。

学校やカフェでどれほど人気者であるのかどれほど優秀であるのか、これまで曖昧《あいまい》にしていた所感も交えつつ包《つつ》み隠《かく》さず月森葉子を語った。図書室での告白などについてはさすがに明言しなかったが、それ以外の出来事、例えば彼女がアルバイトすることになった経緯《けいい》についてや、母親が失踪《しっそう》した夜については一部始終可能な限り詳細《しょうさい》に語った。

この男に明らさまな隠《かく》し事は通じないと判断した。だったら、出し惜《お》しみなく月森葉子《つきもりようこ》を語ることで信頼を植えつけたほうが得策だと考えた。

他《ほか》にも何か気づいた点があれば連絡《れんらく》して欲しいと、此方《こちら》からも何か手伝って欲しいことがあれば連絡すると、そのように虎南《こなん》が締《し》め括《くく》り僕《ぼく》らは解散した。

もちろん、殺しのレシピついては語らなかった。考えなかったわけではない。

虎南が優秀な刑事《けいじ》であるということは、その優男《やさおとこ》然《ぜん》とした容姿や言動の軽さぐらいでは揺らがないほどすでに確実な事実である。この男に殺しのレシピという燃料を与えれば、僕だけでは到底辿《たど》り着けない事件の〝深層〟に到達することも不可能ではないはずだ。

客観的に考えれば、僕が望む〝月森葉子のすべて〟を知る為《ため》の選択肢《せんたくし》として『虎南に殺しのレシピを語る』以上に有用な手段は有り得ないのではないかと思う。それでも僕にはどうしても語る気にはなれなかった。

なぜならば、殺しのレシピは僕のものだからだ。

今回、確かなことを一つ発見した。それが唯一にして最大の収穫だった。

そう——まだ殺しのレシピは色褪《いろあ》せてなんかいなかった。

【hesitation】

まったくもって僕には理解し難《がた》いことに、同情ならまだしも、ほとんどの生徒は羨望《せんぼう》に似た眼差《まなざ》しを向けていた。

久方《ひさかた》ぶりに学校に姿を現した月森葉子を皆が我先にと取り囲む。あれよあれよという間に、月森を城とした城壁がごとき人壁が教室内に建設されることとなった。

「葉子さん大丈夫《だいじょうぶ》？　疲れてない？　私で力になれることがあったら何でも言ってよ？　遠慮《えんりょ》なんかしちゃ嫌《いや》だよ？」

「ありがとう千鶴《ちづる》。千鶴の可愛《かわい》らしい顔を見たら疲れなんて吹き飛んじゃったわ。こんなことなら無理してでも早く学校に復帰するんだった」

月森は眩《まぶ》しそうな表情を浮かべ、眉毛《まゆげ》をハの字にして見上げる宇佐美の頬《ほお》に指先でそっと触《ふ》れた。それから自身を囲む人垣《ひとがき》をぐるりと見回し、

「みんなもありがとう。こんなにもみんなが私のことを心配してくれていたなんて……この嬉《うれ》しい気持ちは言葉にならないわ。ただただ胸が一杯よ」

ふくよかな胸元に手を添え木漏《こも》れ日《び》の微笑《ほほえ》みを湛《たた》えながら、すっと瞳《ひとみ》を閉じるのである。

感慨《かんがい》深げな月森の姿に釣《つ》られたのか、皆は口を真《ま》一文字《いちもんじ》に結び一様に神妙《しんみょう》な表情でぐっと頷《うなず》

いていた。

鴨川《かもがわ》たちもが、その輪に加わり神妙《しんみょう》な表情を浮かべていたのには、柄《がら》にもないことをと笑ってしまいそうだったが。

本来、気落ちする月森葉子《つきもりようこ》を慰《なぐさ》めるクラスメイトという絵を皆は描きたかったのだろうが、実際はまったくの逆でこの瞬間《しゅんかん》の光景だけ切り取って見れば、気落ちするクラスメイトを慰める月森葉子であると言われても不思議ではなかった。

要するに、凡百《ぼんびゃく》なる我々に同情される余地など月森葉子という特別な存在にはないということか。

こうして大勢《おおぜい》に紛《まぎ》れた時こそ彼女の真価が明らかになる。

同じ制服を身に纏《まと》った同じ世代の人間同士のはずなのに、彼女の存在だけが周囲から突出しているのだ。

それはまるで闇夜《やみよ》に浮かぶ月のように華《はな》やかに艶《つや》やかに輝く。

城壁のような人の群れに囲われた彼女の周辺は難攻不落《なんこうふらく》で、会話をする隙《すき》などあるはずもなく、さながら遠巻きに囚《とら》われの姫《ひめ》を眺《なが》める僕《ぼく》は単なる村人Aだった。

ただ時々、彼女と視線が重なった。

彼女の瞳《ひとみ》が『助けろ』と訴えかけているような気がしないでもなかったが、気のせいだったら馬鹿らしく、騎士道《きしどう》精神を持ち合わせない僕がいかにもカロリーを消費しそうな状況へ進んで飛び込むような真似《まね》をするはずもなく、息苦しい教室を抜け出しHRが始まるまでの猶予《ゆうよ》をぼんやりと廊下《ろうか》の窓から雲を眺《なが》めて過ごす僕は生粋《きっすい》の村人Aであった。

休み時間になっても月森を取り巻く環境は相変わらず。

しばらくは月森と学校でまともに会話することなど出来ないだろうと早々に見切りをつけ、僕は休み時間の度に喧騒《けんそう》の教室から抜け出し静寂《せいじゃく》の廊下で過ごすことを選んだ。

早々に諦《あきら》めた僕に対して月森は考えたもので、直接会話が出来ない代わりに休み時間の度に四分の一にカットしたレポート用紙に文章を書いて寄越《よこ》してきた。

他《ほか》の連中に知られないよう僕の脇《わき》を通り過ぎる間際《まぎわ》に、目を合わせることなく手渡しで或《ある》いはポケットへとレポート用紙の切れ端《はし》を残してゆく。

そうして放課後になる頃には五枚の紙切れが僕の下《もと》にはあった。

それらを一時間目終わりの休み時間から受け取った順に並べてみる。

『どうして助けてくれなかったの？』

『判《わか》るでしょう？　私の気持ち』

『久しぶりに二人きりで会話がしたいのよ』

『昼休みは図書室に行こうと思うの』

『忘れてた。野々宮《ののみや》くんって冷たい人だったわね』

メールという手段に気づかない月森《つきもり》ではないはずだ。無視を続ける僕《ぼく》へそれでも紙切れを渡し続けるあたりに、彼女の負けん気というか意地みたいなものを垣間見《かいまみ》ずにはいられない。

ちなみに昼休みは屋上で昼寝した。どのみち学校が終わればバイトでいやがうえにも顔を付き合わせることになるのだから、いちいち構うこともないだろう、と。

それと、順当に考えれば僕が手に入れる紙切れは後一枚あるはずである。放課後の一枚をまだ受け取ってはいない。それを読んでからどう対応するか決めても遅くはないはずだ。

案の定、月森は周囲へにこやかな挨拶《あいさつ》を振り撒《ま》きながら、去り際に僕の机へと紙切れを落としてゆく。

紙面に走り書きされた内容に思わず頬《ほお》が緩《ゆる》む。さすがにこれは断れないと僕は急ぎ帰り支度《じたく》をして教室を後にする。

『今日は疲れた。歩きたくない。カフェまで野々宮くんの自転車の後ろに乗る。それで今日《きょう》のことは忘れてあげる』

人気者も楽じゃないらしい。見ているだけで辟易《へきえき》するのだから、注目を一身に集める当人の疲労は並大抵ではないのだろう。

文章とはいえあの月森葉子《ようこ》から弱音を引き出せたことに満足する僕は、今日くらいお姫《ひめ》様の希望通り自転車の後ろに乗せてやろうかと思った。

そんなことを考えながら校舎を出ると、僕の視線の先――校門付近に背の高い細身の人物が立っていた。

目敏《めざと》いその人物は早速僕を発見すると、隠《かく》れているつもりか校門の陰から『こっちに来い』と手招きしてくる。

気づかぬ振りをしたいところではあるが、相手は無視を許すような人ではない。逃げたところでどこまでも後を追ってくることだろう。

僕は携帯を取り出し手早く文章を打ち込み送信する。月森へバイトには一緒《いっしょ》に行けない旨《むね》を伝えた。

僕は〝この件〟に月森を巻き込みたくないと考えていた。彼女を守ろうという気の利いたヒロイズムなどではない。僕にとってこれは個人的用件に過ぎないのだ。

すると、数秒も経《た》たぬ間に月森からのメールが返ってくる。

『もう野々宮くんのことなんて知らないから』と。

文字数に対してこの返信の速さ。目にも止まらぬスピードで仇《かたき》のようにボタンを押す月森の姿が想像された。

見上げた空の青さにやるせない気持ちを抱《いだ》いてたとしても、自業自得《じごうじとく》だと諦《あきら》める他《ほか》ない。今日一日彼女のことを避《さ》けていたのは僕自身なのだから。

特に深い理由はない。

ただ大勢《おおぜい》の中の一人になりたくないだけだった。

「やぁやぁ、ここで立ち話もなんだから俺《おれ》の車にでも移動しよう」

相変わらず虎南《こなん》はご機嫌《きげん》な調子だ。

「今日《きょう》はどのようなご用件で？」

だから僕《ぼく》は敢《あ》えて不機嫌に返す。

「言わなきゃダメかい？」

「ええ。僕はこの後、バイトがあるんです。下らない内容なら断らなければならないので」

「うーん、喋《しゃべ》っても良いけどさぁ、校門の前でするには相応《ふさわ》しくないとっても如何《いかが》わしい話なんだけれどぉ、大丈夫《だいじょうぶ》ー？」

大声の虎南がわざとらしく眉《まゆ》を顰《ひそ》めたものだから、僕は下校途中《とちゅう》の生徒たちから一斉《いっせい》にぎょっとした表情を浴びせられる羽目《はめ》になった。

「……速《すみ》やかに移動しましょう」

「快い了承《りょうしょう》感謝するよ！　いやぁ、野々宮《ののみや》くんはいつも話が早くて助かるなぁ」

長居は悪い噂《うわさ》しか生まないと、虎南に従い渋々《しぶしぶ》と校門を後にする。

学校近くの裏路地に停められた車は派手《はで》な見た目の虎南らしい赤色のスポーツカーだった。

「カッコ良いだろ？　ポルシェやフェラーリでなくアルファロメオでもなく、敢《あ》えてアウディをチョイスするあたりがお洒落《しゃれ》だろ？　公務員の給料ではアウディが限界だったんだろって突っ込みは自由だが口にするのは禁止な」

「良いんですか？　刑事《けいじ》が路上駐車《ちゅうしゃ》なんてして」

車種など僕には判《わか》らないが、駐車禁止の標識がスポーツカーの脇《わき》に立っていることだけは良く判っている。

「刑事だから良いんだ。もし仮に駐車禁止の切符《きっぷ》を切られても、立場を存分に生かして違反を揉《も》み消すことが出来るからな」

「ひどい世の中ですね」

「誰の所為《せい》だろうな」

「断言します。答えは貴方《あなた》の胸の中にある」

「ほう、哲学的だ。俺《おれ》には難しくて良く判らないから、さっさと車に乗ってくれ」

しれっとした表情で惚《とぼ》けて見せるところがいかにも虎南らしく、それを認めてしまった僕は諦《あきら》めて車に乗るしかなかった。

「――此間《こないだ》さ、葉子《ようこ》ちゃんの母親が失踪《しっそう》した日の話を聞かせてくれたよな？　ほら、ファミレスで」

「ええ」

僕《ぼく》が助手席に乗り込むと同時に、虎南《こなん》が神妙《しんみょう》な声色で告げる。

虎南の醸《かも》し出す迫力に、ここまでの和《なご》やかムードはどこへやら、瞬間《しゅんかん》的に車内の空気が圧縮されてしまったかのように重苦しく感じた。

「あれからさ、いろいろ考えたんだが、どうしても納得《なっとく》出来ない点が幾《いく》つかあるんだよな」

虎南は車のウィンドウを下げると、胸元からタバコを取り出し銜《くわ》える。

「母親の職場からの電話なんだけどね、タイミングが良すぎると俺《おれ》は思っちゃったんだよな。葉子《ようこ》ちゃんは最初から野々宮《ののみや》くんと一緒《いっしょ》にいるタイミングを狙《ねら》って電話に出たんじゃないだろうか？」

虎南が煙《けむり》を車外へと吹き出す。

「抱《だ》きつかれた直後に電話が鳴るなんてあまりに都合が良いと思わなかったかい？」

あの夜の——雨降る交差点の情景が、色とりどりのパラソルが、脳裏に蘇《よみがえ》る。

「どうやって料理学校のスタッフにタイミング良く電話をかけさせたんです？」

もちろん、タイミングの良さは感じていた。しかし、僕には都合の良い電話のかけさせ方が判《わか》らなかった。

「ああ、例えばだが、君に抱きつく直前に着信履歴《りれき》を相手方に残すとか？」

緊急《きんきゅう》事態だった。

「急ぎの内容だからな、むしろ、君たちがバイトをしている間にも何度か料理学校から葉子ちやんの携帯に電話があったと考えるべきかもしれないな」

料理学校側からすれば講師の一人が無断欠席し、しかも連絡《れんらく》が一切取れない状態にあるのだ。例え登録されていない電話番号だったとしても、着信履歴があれば即座に折り返しの電話を寄《よ》越《こ》しても不思議ではない。

「ただし、電話の有無《うむ》を葉子ちゃん以外の人間が知ることは決してなかった。一緒にバイトをしている程度では絶対に判りえない状態だった」

虎南の口元が弓形に吊《つ》り上る。

「例えば、抱きついて密着でもしない限りね」

あの夜の感触《かんしょく》を思い出す。僕の懐《ふところ》に小さく収まる月森の潰《つぶ》れた胸が震《ふる》えたあの感触を。

「……確かに月森の携帯は――マナーモードだった」

「そういうこと。もっとも、あの葉子ちゃんのことだ。実際には電話などなかったということも十分に考えられるけどな。要するに振りだ。演技だ」

「演技?」

「野々宮くんは携帯のアラーム機能ってのを知ってるか?」

「そんなの知ってるに決まって――」

言いかけて、虎南の意図を完全に理解した僕は口を噤《つぐ》む。虎南が飄々《ひょうひょう》と語る。

「携帯がバイブするのは電話がかかった時だけではない。しかも最近のアラーム機能ってのは便利でさ、指定の操作をしないと何度でも繰り返し震《ふる》えてくれるんだよなぁ」

そこまでやるか。そう咄嗟《とっさ》に幾《いく》つか疑問符《ふ》を浮かべてみた。しかし、可能か不可能かという点だけに言及《げんきゅう》すれば答えは明白だった。

「あの娘《こ》ならやりかねないだろ?」

否定は出来なかった。〝やれないことはない〟と思っているのだから。

「ま、演技していたのか真実、電話があったのか、俺《おれ》たちには計り知れないところだよな。野々《のの》宮《みや》くんより受けた状況説明から、そう考えることも出来るって俺の推測さ。どちらにせよ、そこは大した問題ではないので忘れてくれて構わない。あの娘の本来の意図は別にあるんだからな」

「本来の意図ですか……?」

僕《ぼく》が逡巡《しゅんじゅん》している様子を察してか、虎南《こなん》は黙《だま》って続く僕からの言葉を待っている。

あの夜、電話連絡を偽装《ぎそう》してまでも遂行したかった月森《つきもり》の目的とは――

「――僕を自宅に呼び寄せること?」

ぱちんと虎南が指先を鳴らす。

「ビンゴ! 君を自宅に連れてゆくことが目的だとすると辻褄《つじつま》が合う。母親が行方不明《ゆくえふめい》だと真剣な表情で語る人間を放っておけるわけがないよな。幾らドライな野々宮くんだとしてもさ。事実、君はあの娘の家に行ったわけだしな」

虎南からの指摘《してき》を考慮《こうりよ》してあの夜を振り返る。

――それは崩壊《ほうかい》したブロックが凄《すさ》まじい勢いで再構築されるようなイメージだ。そして、出来上がったブロックの形は崩壊以前僕が見ていた形とはまるで異なっていた。

タバコを灰皿に捻《ひね》り込みながら虎南が言う。

「そうだ。あの娘は君に遺書《いしよ》を発見させる役目を担《にな》わせたんだ」

首筋《くびすじ》がぞくりとする。

虎南の指摘《してき》が真実だとするならば、あの夜の出来事はすべて月森葉子によって描かれたシナリオに基づいていたことになる。

「それともう一つの疑問だ。君が葉子ちゃんの自宅に着いた直後のことを、もう一度思い出して欲しい。野々宮くんは言ったよね、自宅に戻った葉子ちゃんが最初に取った行動は雨に濡《ぬ》れた身体《からだ》を拭《ふ》く為《ため》のタオルを用意することだったと」

面《おも》を上げた虎南の眼差《まなざ》しが刃物の切っ先に引き絞《しぼ》られる。

「そうじゃないだろ? 普通、最初にすることは〝タオルを用意すること〟ではなく〝母親を探すこと〟だろ?」

本来、『月森葉子は誰も殺していない』と結論する僕からすれば、虎南の意見は内容に関わらず否定すべき対象である。

「確かにそうかもしれません。ただ月森の家に一歩足を踏み入れた瞬間《しゆんかん》に、この家には誰もいないのだと、そう判断出来るほど家内が静かだったのも事実です。他人がそう感じたんですから、日々暮らす月森《つきもり》は家の状況を僕《ぼく》以上に敏感に把握《はあく》していたはずです」

しかし、僕は内心では虎南《こなん》の数々の指摘《してき》に残らず感心していた。

「で、家の中を探すまでもなく母親が不在だと葉子《ようこ》ちゃんが判断した。そう君は言うんだな?」

「はい」と頷《うなず》く僕へ、虎南が「俺《おれ》にはそうは思えないね」と口角《こうかく》を器用に吊《つ》り上げる。

「俺は酸《す》いも甘《あま》いも良く知る大人《おとな》だからさ、どうも君のように素直には考えられないんだな。葉子ちゃんはさ単純にね、死んだ者より生きてる者を優先しただけだってね――」

僅《わず》かな情報を頼りにここまで洞察《どうさつ》してみせるとは刑事《けいじ》という肩書《かたが》きは伊達《だて》じゃない。やはり虎南とは非常に優れた人物である。そう改めて理解した。

それは僕に焦燥《しょうそう》を抱《いだ》かせるほどに――。

「要はさ、君が自宅に行った時にはすでに母親は故人だったのさ。そして、あの娘《こ》はそのことを知っていた。だから母親を探そうとは思わなかった。あの娘の不自然な行動から、そう考えることも出来るよな?」

「……だから?」

搾《しぼ》り出した声が僅かに掠《かす》れた。

「それがどうだと言うんですか?」

これから虎南が何を言わんとしているのか、僕にははっきりと認識出来ていたからだ。

僕が虎南から視線を逸《そ》らした瞬間《しゅんかん》――ぐんっと長い腕《うで》が顔の真横を通り過ぎ、掌《てのひら》が助手席のウィンドウを強《したた》かに叩《たた》いた。

「判《わか》り難《にく》かったか？　だったら、はっきり言ってやるよ……」

運転席から身を乗り出した虎南の尖《とが》った顔が僕の鼻先にある。煤《すす》けたタバコの香りがした。

「……あの娘が、月森葉子が――母親を殺したんだ」

言い切った虎南の眼差《まなざ》しがフロントガラスの向こう側へと引き絞《しぼ》られている。誘《さそ》われ瞳《ひとみ》を凝《こ》らす。真《ま》っ直《す》ぐ延びる路地裏の先には茜色《あかねいろ》に染まる大通りがあり、下校する生徒たちが魚の群れのように途切《とぎ》れることなく流れてゆくのが見える。

そんな中、群れから逸れてしまったのか、路地裏と大通りとの境目に立つ人影があった。長い髪《かみ》をした細身のシルエット。夕陽《ゆうひ》を背にした人物の顔は逆光で判《わか》らない。しかし、その女子高生が此方《こちら》を見ていることははっきりと判る。

近づくでもなく遠のくわけでもなく、ただじっと此方を見詰めている。影は何を語るわけでもないのに強烈《きょうれつ》な存在感を主張していた。

僕は身を縮めるように座席に深く沈むと「……車を今すぐ出して下さい」と早口で告げる。虎南が正面に視線を預けたまま「良いのかい？」と尋《たず》ねてくる。「構いません」と答えると「ふーん」と虎南《こなん》は含みのある返事をした。

直後、虎南はエンジンを一度だけ空《から》ぶかしさせてからギアを素早く操作し、狭い路地裏を猛《もう》スピードで車をバックさせる。あっという間に女生徒の影とは反対側の通りへと抜ける。

その間、痛いほどに僕《ぼく》は掌《てのひら》を握《にぎ》り締《し》めることしか出来なかった。

しばらく無言で車を走らせる虎南だったが、信号待ちのタイミングを見計らっていたかのように先ほどまでの会話を再開させる。

「あの娘《こ》が母親の遺書《いしょ》を偽装《ぎそう》する為《ため》の条件を十分に満たしていることは、今更《いまさら》説明するまでもないよな？」

僕は頷《うなず》く。それだけが精一杯だった。口を開いたら何を言い出してしまうのか自分でも判《わか》らなかった。

「賢《かしこ》いあの娘のことだ。自身で遺書を発見するより、第三者に発見させたほうが断然信憑性《しんぴょうせい》が増すと考えた。そこで君に目をつけた。そうして選ばれた君はあの娘の思惑《おもわく》通り見事に遺書を発見してみせたわけだ」

奥歯をぐっと噛《か》み締める。

「母親を殺害することも、身内であるあの娘にならば難しいことだとは思わない。母親を外に連れ出す方法なんて幾《いく》らでもあるだろうしな。後は誰にも知られることなく高台の公園にて、母親を崖下《がけした》へ突き落とすだけ」

掌をきついくらいに握り締《し》める。

「あの娘がその気になれば、この程度のことは子供のお使いみたいなもんだろ?」

僕よりも月森葉子《つきもりようこ》のことを知らないくせに知った風な口を僕の前できくな——そう叫び散らしたい衝動《しょうどう》と葛藤《かっとう》する自分が内側にいる。

この瞬間《しゅんかん》の僕を形成していたのは焦燥《しょうそう》ではなく激昂《げっこう》だった。彼女について他人から語られることに自分の庭を踏み躙《にじ》られているような苛立《いらだ》ちを感じていた。

虎南は車を路肩《ろかた》に寄せると「着いたよ」と微笑《ほほえ》む。外を覗《のぞ》くと、此処《ここ》がカフェから数メートルの距離にある国道沿いだと知る。「ありがとございました」と小さく会釈《えしゃく》する。

直後、虎南は見慣れた軽薄《けいはく》な笑みを浮かべてまるで欧米人《おうべいじん》のように首を竦《すく》めた。

「驚かせて悪かったね。でも、たまには俺《おれ》が警察なんだぞってね、刑事《けいじ》なんだぞってところも見せておかないとな」

にやりと笑う虎南の目元はやはりいつものように笑ってはいなかった。

「俺に隠《かく》し事がいつまでも通じると誤解されてもいけないしさ」

直後、虎南は僕の肩《かた》をぐっと引き寄せると、

「……野々宮《ののみや》くんが早目に葉子ちゃんに関するいろいろなことを思い出してくれると、此方《こちら》としては手荒なことしなくて済むんだけどさぁ」

耳元でねちっこく囁《ささや》いた。怖気《おぞけ》がした。きっと首筋にナイフを突きつけられる感覚とはこん

な感じなのだろう。

僕《ぼく》は返事をすることなく顔を虎南《こなん》から背《そむ》ける。逸《そ》らした視線が、ウィンドウに人の姿を捉《とら》える。

ウィンドウには、瞬《まばた》きする他《ほか》に微動《びどう》だにしない不機嫌《ふきげん》そうな男子高校生が映っていた。男子高校生の右手が左胸を鷲掴《わしづか》んでいることに気づく。

指先には慣れた感触《かんしょく》がある。

——殺しのレシピ。

無意識のうちに指先に力が籠《こも》っていた。

これだけは何としても死守しなければならない。

僕にとって殺しのレシピは、虎南に対する唯一の優位性であり、月森葉子《つきもりようこ》に対する最後の切り札なのだから。

閉店後の明かりの冷えた店内、床《ゆか》をモップがけする僕の進行方向に影が差す。視線を上げると、影の主が腕組《うでぐ》みをし仁王立《におうだ》ちしていた。

「喧嘩《けんか》でもしたのか？」

眉根《まゆね》に濃《こ》い影を作った未来《みらい》さんが見下ろす眼差《まなざ》しで尋《たず》ねてきた。

「喧嘩？　誰と誰がですか？」

惚《とぼ》けたつもりはない。本当に心当たりがなかった。

「馬鹿か。誰ってお前と葉子に決まってるだろ」

「馬鹿ってことはないと思いますが……未来さんはどうしてそう思ったんですか？」

「そんなの二人の働いてる様子を見てたら一発で判《わか》るっつーの。お前ら全然会話してなかっただろ？」

モップにもたれかかりながら思い返してみるが、

「……そうでしたっけ？」

バイト中の記憶《きおく》がほとんどなかった。

「だろうな。心此処《ここ》に在らずって感じだったもんな、お前」

言われてみれば、確かに僕の心は虎南の所に在《あ》った。どうすればあの男を出し抜けるのか、バイトの間それればかりずっと考えてた。

もっとも考えれば考えるほどに、あの抜き差しならない男に対して勝ち目など最初からなかったのではないかと思わされるだけだったのだが。

「野々宮《ののみや》がボケてんのはいつもの事として――」

「異議あり」

「却下《きゃっか》だ」

無碍《むげ》もない。

「続きだが、葉子《ようこ》の様子までおかしいときてる。意図的にお前との会話を避《さ》けている風に私には見えた」

未来《みらい》さんはあごをつんと突き出し居丈高《いたけだか》に言う。

「で、葉子に何をした？　弁解してみろ。訊《き》くだけは訊いてやる」

相変わらず清々《すがすが》しいほどの決め付けだ。

「未来さんには僕《ぼく》が被害者かもしれないという発想はないんですか」

「ない。私は葉子の絶対的な味方だからな」

「なんて不条理な世の中なんだ」

嘆《なげ》く僕へ「今更《いまさら》だな」と未来さんが大上段《だいじょうだん》に笑む。

「根本的に世の中なんてのは不条理で不平等だろが。違うというなら社会に格差なんてあるはずがない。そんな風に世の中の設定自体がくそなんだからな。馬鹿らしくて聖人君子《せいじんくんし》でなんかいられるかっての。だったら、私は自分のルールに従って生きるだけだ」

傍若《ぼうじゃくぶ》無人《じん》という言葉を具現化して人の形にしたら、目の前の人物になるに違いない。

「シンプルな道理だろ？」

確かに判《わか》りやすくはある。

ルールは簡単、誰が何と言うおうと自分の想《おも》いを貫く。たったそれだけ。

ただし、その〝たったそれだけ〟を貫くことがどれほど困難か。誰にでも実践《じっせん》出来ることではない。誰しもそこまで強くはなれない。

しかし、この人は雑音騒音《そうおん》が鳴り響《ひび》くこの世の中で、誰の音にも流されず平然と自分のギターをかき鳴らす。

そんな未来さんを、自分勝手な人間だと輪を乱す存在だと非難する人もいるだろう。嫌《きら》う人もいるだろう。一般的な意見としてそれらは至極《しごく》真っ当《とう》であると僕《ぼく》も思う。

「……ええ、羨《うらや》ましいくらいにシンプルですね」

ところが、困ったことに、僕には未来さんの言っていることが良く判ってしまうのだ。

万の群集に向かってマイク片手に中指を突き立てるような無茶苦茶《むちゃくちゃ》なこの人を僕は面白い人だと認めてしまっている。未来さんのような人が世の中に一人くらい居ても良い、とファンの一人である僕は思うのだ。

「それじゃあ、取り合えず謝れ」

「未来さんに？」

僕が惚《とぼ》けると、未来さんが呆《あき》れた顔で笑う。

「ばっか。私に謝ってどうする。レジで伝票整理しながら、ちらちらこっちを不機嫌《ふきげん》そうに窺《うかが》っている〝お姫様《ひめ》〟にだよ」

そのように〝女王様〟が声高《こわだか》に言い放つので振り返ると、少し離れたレジ前にいつの間にか

月森《つきもり》が立っていた。視線が重なる。

「さて〝お姫様《ひめ》〟。謝罪をご所望《しよもう》とのことですが如何《いか》致《が》しましょうか？」

僕《ぼく》が含みある口調《くちよう》で尋《たず》ねると、月森はすぐさま視線を手元に落とし、

「謝罪なんていらないわ。だって私と野々宮《ののみや》くんは喧嘩《けんか》なんてしてないもの」

伝票をとんとんと整えながら答える。

「と、当人は申しておりますが？」

「良く見ろ、あれが謝罪を不要としている人間の態度か？　明らかに不機嫌《ふきげん》そうだろうが。わざわざ私が仲介《ちゆうかい》に入ってやってるんだ。取り合えず謝っておけ」

「大丈夫《だいじようぶ》です。未来《みらい》さん。私、まったく怒ってませんから。けれど、もし〝仮に〟私と野々宮くんが喧嘩をしているとして、〝仮に〟私が野々宮くんからの謝罪を欲しているとしても、野々宮くん本人に悪気がないんじゃ意味なんてありませんから。口先だけの心の籠《こも》ってない謝罪をされるくらいなら、されないほうがマシです」

月森は一息に語る。

「何が『大丈夫』だって？　誰が『まったく怒ってない』だって？」

皮肉っているとしか思えない遠回しな月森の言い方に苛立《いらだ》ちを感じる。

「言いたいことがあるならはっきり言って欲しいですよね、未来さん」

「ほら、見てください。未来さん。野々宮くんに自覚がないんじゃ、喧嘩にもなりません」

「僕《ぼく》は謝りませんよ、未来《みらい》さん。あっちが一人で怒っているだけなんで」

「未来さん、判《わか》らず屋の野々宮《ののみや》くんなんてもう放っておきましょう」

直後、未来さんは両手で金髪《きんぱつ》を掻《か》き乱すと、

「ああああああああああああああああああああああああああっ！」

店内に響《ひび》き渡る大声で叫ぶ。

「もうっ！　お前ら黙《だま》れ！　うざいっ！」

店長と猿渡《さるわたり》さんが何事かと、スタッフルームから不安そうな顔をこっそりと覗《のぞ》かせていた。

「ほんっと！　面倒《めんど》くせぇな！」

未来さんは僕の首根っこに腕《うで》を回しロックする。なるほど、未来さんはやはり女だったらしいと僕に再認識させるくらいの膨《ふく》らみが頬《ほお》に当たっている。

未来さんは「苦しい」という僕の強がりを軽く無視して脇《わき》に僕の頭を抱《かか》えたまま「こっち来い！」とレジの方へずんずんと進んでゆく。

レジに着くと、案の定、もう一方の腕《うで》をずいっと伸ばし月森《つきもり》の首を絡《から》め取る。

未来さんの脇に挟《はさ》まれた僕と月森は、否《いや》が応《おう》にも間近で顔を見合わせなければならない状況に置かれる。

月森の顔など見たくもないのだが、性格とは真逆《まぎやく》な未来さんの控《ひか》えめな胸ではブラインドとしての役目を果たすには明らかに役不足だった。

余談だが、僕がこの感想を口にすることは生涯《しょうがい》ないだろう。

「言っておくが、私はそれほど気が長くはない！　それなのに、こんな面倒くせぇの耐えられるか！　もう、後の仕事は良いからお前らさっさと帰れ！」

僕と月森を見下ろしながら、言われなくとも気が短いと誰もが知っている未来さんが怒鳴《どな》るのである。

「野々宮！　お前はとにかく葉子《ようこ》に謝ること！　それから葉子は野々宮が謝ったらとにかく許せ！」

未来さんは言いながら僕と月森を交互に睨《にら》む。

「喧嘩《けんか》の理由なんてどうでも良いから、とにかく駅までの帰り道で仲直りすること！　で、明日《あした》にはいつも通りにバイトすること！　良いか？　これは私からの命令だぞ！」

僕と月森はどちらともなく視線を重ね、示し合わせたかのように同じタイミングで小さく嘆息《たんそく》するのである。

「おい、返事は？」

頭上から降り注ぐ威圧感たっぷりの問いかけに、自由を奪《うば》われた僕らは互いの視線を交えてから、渋々《しぶしぶ》「……はい」と頷《うなず》くしかないのであった。

白色の街灯《がいとう》が足元を照らすだけの狭《せま》い路地を駅に向かって歩く。僕《ぼく》らは無言だった。国道沿いの道に入ると、ネオンの煌《きら》びやかな明かりが視界を満たす。光量に比例して人通りも喧騒《けんそう》も増してゆく。

行き交う車のヘッドライトに歩く僕らの身体《からだ》は黄金色《こがねいろ》に明滅《めいめつ》する。遠くではサイレンが鳴り響《ひび》き、サイレンに対抗するかのように近くの犬が甲高《かんだか》く遠吠《とおぼ》える。そして僕らは無言だった。

重苦しい空気に堪《たま》りかねたのか先に口を開いたのは月森《つきもり》だった。

突然、月森はぴたりと足を止めると、

「最近の野々宮《ののみや》くんってちょっと変だよね」

前置きなくそう呟《つぶや》く。

「何か悩みでも？」

「そう見える？」と僕が返すと、月森は整ったあごをくいっと少しだけ傾《かし》げると「ひょっとして虎南《こなん》さんのことかな？」とさらに尋《たず》ねてくる。

月森の前で虎南の話をした覚えは僕にはないが、

「私が休んでいる時に虎南さんがカフェに来たらしいわね」

月森に知られているだろうという心当たりは幾《いく》つかあった。

「未来《みらい》さんが言うには、二人は恋人みたいに仲が良いみたいだしね」

一体、未来さんと二人で何を語っているのか。内容なんて聞きたくもないが。

「どうだって良いだろ」

僕は素《そ》っ気《け》無く吐《は》き捨てると月森から視線を逸《そ》らす。月森の前で虎南の話題には触《ふ》れたくなかった。

「良くないわよ」

あくまでも僕は、月森とは関わりのない場所で虎南との件に決着をつけたいと考えているのだ。

「僕が良いと言ってるんだ」

もちろん、『月森を巻き込みたくない』という僕の気持ちなど月森が知る由《よし》もないことは理解している。

「気にしないなんて無理よ」

瞬間《しゅんかん》、月森が真剣な眼差《まなざ》しを浮かべる。

「野々宮くんのことでどうでも良いことなんて私には一つだってないんだもの」

見開かれた月森の澄《す》んだ網膜《もうまく》に、ひどくつまらなそうな顔をした僕が映っていた。

止《や》めろよ——そんな瞳《ひとみ》で僕を見るなよ。

気持ちを隠《かく》しているのは此方《こちら》なわけで、彼女が此方の気も知らないで触れられたくない話題

に触《ふ》れてきたとしても僕《ぼく》に文句を言う資格などあるはずもないのだが、

「しつこい女は嫌《きら》いだ」

僕は不快感を露《あらわ》にすると歩調を速め月森《つきもり》の先を歩く。

これが話題から月森を遠ざける為《ため》の演技なら救いもあるのだが、単に苛立《いらだ》ちを隠《かく》しきれなかったに過ぎなかった。

事実、最近の僕には余裕《よゆう》が足らなかった。虎南《こなん》との件に行き詰まりを感じていた。打開策を見つけられない焦《あせ》りがあった。殺しのレシピの存在を知られてしまうのではないかという不安があった。

そして何より、彼女に対して引け目があった。

不意に、月森が「こっち」と背後から腕《うで》を引いてくる。バス停の近くにある赤茶けたベンチへと僕を引っ張り座らせる。それから、数メートル先の自販機に小走りで向かうと、すぐに缶《かん》ジュースを二つ手にして戻ってきた。

月森がにっこりと微笑《ほほえ》み、

「野々宮《ののみや》くんは〝これ〟が好きなんしょう?」

水滴《すいてき》を纏《まと》ったオレンジ色の缶を僕へと突き出してくるものだから、自分が苛立っていることを忘れるほどに鼻白《はなじろ》まずにはいられなかった。

……月森葉子《ようこ》とは本当に食えない奴《やつ》だ。いつかの教室での会話をちゃっかり聞いていたらしかった。

「仲直りするように未来《みらい》さんから言われているのに、ここでまた喧嘩《けんか》してしまったら未来さんに明日《あした》会わせる顔がないわ」

微笑む月森からジュースを引《ひ》っ手繰《たく》ると、蓋《ふた》を開けオレンジ色の冷えた液体を喉《のど》へと一気に流し込んだ。

「自分のことを気にかけてくれる人がいるというのは幸せなことよね。そうは思わない？」

酸味の利いたオレンジジュースの爽《さわ》やかな喉越しが、ささくれ立った感情を急速に落ち着かせてゆく。

「……君の言う通りだ。悪かった」

月森は僕の隣《となり》へと腰掛《こしか》けると、「いいえ、私こそごめんなさい」と前髪《まえがみ》を踊《おど》り子《こ》のように揺らす。

「ちょっとね、拗《す》ねてみたの」

月森が俯《うつむ》いたままくすりと笑う。

「だって、ここ最近の野々宮くんってば私のことちっとも構ってくれないんだもの」

月森が責めるように僕の横顔へと鼻先を突きつけてくる。

「また家に遊びに来て欲しいわ。今度は野々宮くんの嫌《いや》がることはしないって約束するから、ね？」

そうおどけて笑う彼女の表情に僕《ぼく》はどことなく寂《さび》しさのようなものを感じてしまった。彼女が天涯孤独《てんがいこどく》の身なのだと思い出す。

月森《つきもり》の家は広い。独りきりなら尚更《なおさら》広く感じることだろう。月森に関するさまざまな気がかりが脳裏を過《よ》ぎった。

「……君は君でここ最近ずっと忙《いそが》しそうだっただろ」

虎南《こなん》のことで手一杯で月森どころじゃなかったというのが此方《こちら》の本音だが、寂しげな彼女を見つけてしまったが為《ため》にどうしようもない罪悪感を抱《いだ》く羽目《はめ》となった。

「ええ、お陰様で誰かさんが助けてくれないどころか無視を決め込むものだから、学校で心休まる時がなかったわ」

「それはお気の毒に」

「今の科白《せりふ》、冗談《じょうだん》なんかじゃなくて絶対に野々宮《ののみや》くんの本心だわ」

月森は小さな溜息《ためいき》と共に肩《かた》を大袈裟《おおげさ》に竦《すく》めて見せる。

確かに今の僕は、月森の事情より目先にある虎南の件を優先することに決めていた。

「とにかく、カフェではいつも通り振る舞うように努力するさ。だから、君からも未来《みらい》さんへ上手《うま》いこと言っておいてくれよ」

そう会話を打ち切り僕はベンチより立ち上がる。

「——野々宮くんと虎南さんって歳《とし》の離れた兄弟みたいよね」

ぽつりと月森が洩《も》らす。

「だからかな？　男同士っていうのもあるかも？　それで余計に仲間外れにされたみたいに感じて嫌《いや》だったのね、私」

僕は再びベンチに腰掛《こしか》けると、考え込むような素振りをする月森の横顔を覗《のぞ》き込む。

「……僕と虎南さんが兄弟だって？　未来さんの時もそんなことを君は言っていなかった？」

「ええ、言ったわ。言われてみれば三人とも似ているかも。もちろんだけど、見た目が似ているという意味ではないのよ？」

「つまり？」

月森の瞳《ひとみ》に僕らがどのように映っているのかとても興味があった。

「そうね……この表現が正しいのかは判《わか》らないけれど、三人ともね、〝生き方〟が似ているの」

「……生き方ね」

「抽象《ちゅうしょう》的な表現でごめんなさい」

「いや、何となく判るよ」

生き方とはえらく広義《こうぎ》だが、価値観のようなものだと解釈《かいしゃく》すれば二人とは遠くないように思う。僕はあの二人の多くの部分に共感している。

月森の意見は実に興味深い。だから、もう少し月森に質問をしたくなった。特に虎南について。

「君はどう思う？　あの虎南《こなん》という人をさ。あの人ってちょっと変わっているだろ？」

月森《つきもり》は頬杖《ほおづえ》をつきながら、嘆息《たんそく》するかのように「だいぶ変わっているわよ」と含みのある答えを返してくる。僕《ぼく》が続けて「浮かない顔だね」と踏み込むと、

「私、あの人苦手《にがて》だわ。居心地が悪いもの。此方《こちら》のすべてを見透《みす》かそうとしているみたいに常に油断ならなくて、長い時間一緒《いっしょ》にいるととても疲れるわ。刑事《けいじ》さんってみんなあんな風なのかしら？」

怖気《おぞけ》に身を縮めるかのように月森は細い肩《かた》を寄せた。

月森のこんな姿は珍《めずら》しい。しかし、相手が虎南ならば、月森に限らず誰だって似たような態度を示すことだろう。あの男は普通じゃない。

「野々宮《ののみや》くんとだったら何時間でも一緒《いっしょ》に居たいと思うのにどうしてかな？」

細い首を傾《かし》げて僕の顔を覗《のぞ》き込んでくる小悪魔《こあくま》な月森を一瞥《いちべつ》してから「知るか」と視線を逸《そ》らす。

「他《ほか》の刑事のことは知らないが、あの人がかなり特殊な部類であるのは間違いないだろうね。僕はいつもあの人に振り回されっぱなしさ。まったく敵《かな》わないね」

そう。お手上げだ。最初から僕が敵うような相手ではなかったのかもしれない。

「でも、野々宮くんは私よりずっと虎南さんの考えてることが判《わか》るはずよ。男同士だし似た者同士なんだから」

月森が「ね？」と三日月に笑む。瞬間《しゅんかん》、鼓動《こどう》が跳《は》ねる。

「虎南さんが私ではなく野々宮くんを必要以上に構うのは、彼が貴方《あなた》のことを気に入っているからじゃない？　人は自分のことを正しく理解してくれるであろう相手に対して特別な感情を抱《いだ》くものだもの」

月森がそう付け加える。月森の言葉に僕の心が激しく反応している。

「嘘《うそ》だ。僕はあの人の考えていることが判らないよ？」

「うん。私も野々宮くんの考えていることが時々判らないよ」

そう月森はくすくすとおかしそうに前髪《まえがみ》を揺らす。

頭の中に靄《もや》がかかっている。道が見えそうで見えない。

「どういう意味？　君が何を言いたいのか僕には理解出来ない」

それでも、この先に間違いなく道が続いてるという自信だけはある。

「うーんとね、だからね、二人とも似た者同士ってことよ」

月森はもったいぶるみたいに悪戯《いたずら》っぽい笑みを口元に湛《たた》え鼻をふふんと鳴らす。

「いや、だからそれ、さっき聞いたから」

早く言えと視線で急《せ》かすと、バツが悪そうに小さく首を竦《すく》めてから月森はようやく口を動かす。

放たれた言葉を聞いた途端《とたん》、思考の靄が突如《とつじょ》として晴れた。

「相手の考えていることを知りたかったら、自分ならどうするかって考えれば良いのよ」

だって二人とも似た者同士なんだからと。考えていることも似ているはずだものと。笑顔の彼女は続けた。

彼女が言い終わるのを待たずに僕《ぼく》は考え始めていた。

これまでの虎南《こなん》の行動に自分の考えを重ねる。僕ならどうするのか。僕はどうしたいのか。止《と》め処《ど》なく思考が溢《あふ》れ巡《めぐ》り始める。

「……悪い。急用が出来た」

早口で告げ、月森の掌《てのひら》に百二十円を捻《ね》じ込むと僕は家に向かって走り出す。背後で月森の叫び声がしているが構わず夜の街を疾走《しっそう》する。

とにかく一人になりたかった。一人になって溢れ出した考えを整理したかった。

虎南との関係に決着をつける為《ため》の明確な答えを見つけたわけではない。それはこれから具体的に考えることだ。いわゆる〝方針〟というものが見えたのだ。

決着とは必ずしも白黒はっきりとした結果ではないということ。それと、事件の真相など大した問題ではないということ。この二つは自信を持って言える。

なぜならば――僕がそう思うからだ。

【bye-bye】

列車が数分ごとに高架《こうか》を通り過ぎる。その度、腰《こし》を下ろしている白いガードパイプが震《ふる》え、耳朶《じだ》を劈《つんざ》く大音量にトンネル内が満たされる。

学校近くの住宅街の外れにある人気《ひとけ》のない高架下。昼間でも人通りのないそんな場所を選んで僕は約束の時間を待っている。

誰にも邪魔《じゃま》されたくなかった。

陽《ひ》の当たらない高架下はコンクリートの灰色も相まって暗く無機質だ。昼間だというのに肌《はだ》寒《さむ》いと感じてしまうほどに。

コンクリートによる防音効果だろうか。周辺の音がやけに遠い。息を潜《ひそ》めてじっとしていると、此処《ここ》が人里離れた隔離《かくり》施設《しせつ》の一室であるかのように錯覚《さっかく》してしまいそうだった。

だからだろう。間近に来るまでその男の存在に僕は気がつかなかった。

光と影の境界線上で、長身の優男《やさおとこ》が咥《くわ》えタバコのふてぶてしい態度でにんまりと笑んでいた。

「よう！　君のほうから呼び出すなんてどういう風の吹き回しだ？」

コンクリートで囲まれた空間に男の声が反響《はんきょう》する。

「ひょっとして、何か葉子《ようこ》ちゃんに関する重要な事柄《ことがら》でも思い出してくれたのか？」

指先で弾《はじ》いたタバコが放物線を描いてアスファルトに着地する。

「それにしても――」そう男は首を鳴らしながら、

「――こんな人気《ひとけ》のない場所をわざわざ指定して呼び出すなんて、今日《きょう》は俺《おれ》と決闘《けっとう》でもする気かい？」

キャラメル色の革靴《かわぐつ》の裏で地面のタバコを踏み潰《つぶ》す。

「決闘だなんて体力に自信がない僕《ぼく》には最も縁遠《えんどお》い行為ですよ――」そう僕は首を振りながら、

「――ただ貴方《あなた》との件に決着をつけようとは思ってますが」

ゆっくり立ち上がり数メートル先の男を真《ま》っ直《す》ぐ見据《みす》えた。

「もう終わりにしましょうよ」

僕がそう笑むと、

「そりゃ俺の科白《せりふ》だぜ！」

男は瞳《ひとみ》を眇《すが》め嬉《うれ》しそうに口の両端《りようはし》を吊《つ》り上げる。

「野々宮《ののみや》くんが俺を呼び出したんだし、先《ま》ずは君の言い分を聞いてやろう」

虎南《こなん》は身体《からだ》を傾け腕《うで》を組んだ。

「言い分ではありませんが、最初に一つだけ質問させて下さい」

虎南が「どうぞどうぞ、一つと言わず幾《いく》つでも遠慮《えんりよ》なく」と余裕《よゆう》の表情で頷《うなず》く。

「貴方はどうして刑事《けいじ》なんですか？」

直後、虎南はあごを指で撫《な》でながら興味深そうに眼差《まなざ》しを細める。

「失礼ですが、僕には貴方《あなた》が正義感で行動するようなタイプだとは思えない」

「本当に失礼だな。これでも一応、今のような質問をされた場合には『日本の平和を守る為《ため》に俺は今日も戦っているんだ！』って半笑いで周囲へと語るようにしているんだぞ？」

呆《あき》れた表情の僕を見て乾いた声を上げ虎南は笑う。

「刑事はね、俺の生き甲斐《がい》なのさ」

不意に虎南は引き締まった表情を浮かべる。

「俺が刑事なんて年がら年中四六時《しろくじ》中《ちゅう》仕事仕事で、一歩間違えれば命も落としかねない、それでいて公務員なんていう安月給なのに税金泥棒《どろぼう》と罵《ののし》られる誰がどう見ても割に合わない職種についてるのはさ、悲喜こもごもの人間模様《もよう》が間近で楽しめるからなんだよ」

虎南は恍惚《こうこつ》とも取れるような怪しい眼差しで虚空《こくう》を見詰める。

「人が被《かぶ》っている偽《いつわ》りの仮面が剥《は》がれる瞬間《しゅんかん》に俺はそこはかとないトキメキを覚えるんだ。人間の本質を垣間《かいま》見ている気分だ。生々しい剝《む》き出しの感情はね、どんなリアルな言葉よりも雄《ゆう》弁《べん》に真実を語るってね」

虎南は言い終えると、我慢《がまん》しきれずに僕は鼻で笑ってしまった。

「笑うなんてひどいぜ、野々宮くん。君が真剣な顔で尋《たず》ねるから真面目《まじめ》に答えたのにさ。どうせ危《あぶ》ない奴《やつ》だとでも思っているんだろ？」

睨《ね》める虎南《こなん》へ僕《ぼく》は即座に首を振る。

「いいえ。むしろ実に貴方《あなた》らしいロクでもない答えだと安心しました」

「へー、そいつはまた奇特《きとく》な感想だな」

「そうでしょうね。何せ僕も貴方と同じで——ロクでもない人間ですからね」

「知ってたさ」と今度は虎南《こなん》が鼻を鳴らす。

「野々宮《ののみや》くんを一目見た時からね」

虎南がにやりと笑うのを見て僕は確信した。月森《つきもり》が語っていたように僕らはどうやら似た者同士らしい。

「で、他《ほか》に言い分は？」と虎南が腕組《うでぐ》みをする。

「今更《いまさら》、特に言い分なんてありませんよ」

「あら？　認めちゃうわけ？　俺《おれ》のこれまでの主張をさ？」

虎南が片眉《かたまゆ》を訝《いぶか》しげに跳《は》ね上げる。

「そうじゃありません。僕の主張は最初から変わってないという意味です」

「俺があれほど言ったのに？」

「ええ。まったく」

「またまたぁ。冗談《じょうだん》だろ。俺の話に『なるほど』なんて風にさ野々宮くんも結構納得《なっとく》していたじゃないか？」

「確かに納得はしました。面白い考え方もあるものだと。刑事《けいじ》という職業の人はこのように論理を積み重ねて推理するのだと、とても興味深い発見をさせて貰《もら》いました。しかし、それだけのことです。結果的には、虎南さんの推理くらいで僕が月森を怪しむようなことはないってことです」

微笑《ほほえ》むと、虎南は一瞬《いっしゅん》だが明らかに不機嫌《ふきげん》そうに眉《まゆ》を顰《ひそ》めた。

「あれはすべて虎南さんの推測に過ぎない。確証のないはっきり言えば妄想《もうそう》だ」

虎南は無表情に僕を見詰めている。

「貴方自身が語っていたように、月森の件を警察は事故として扱っているのでしょう？　つまり貴方一人が個人的に疑っているだけですよね？　貴方がどれほど優秀な刑事であるとか、警察においてどれくらいの権限を持っているだとか、そんなことは僕は知らないが、いわゆるこれってスタンドプレーなんじゃないですか？」

反応を示さない虎南へと僕は更《さら》に語る。

「これも以前、貴方が語っていたことだが、こんな小さな街にも毎日事件があるわけですから、いつまでも月森や僕にかまけているのはどう考えても〝公人〟としてはよろしくないですよね？　それでも、あくまで僕らに関わるというのならば、世間から税金泥棒《どろぼう》だと言われても仕方ない」

僕がここまで強気に言い張るのにはもちろん理由がある。

「これ以上、不毛な時間を繰り返すのはお互いにとって不幸です。貴方《あなた》が本来の職務を思い出してくれれば、僕《ぼく》は心置きなく平穏《へいおん》な学生生活に戻ることが出来るのですから」

虎南《こなん》が確固たる証拠《しょうこ》を摑《つか》んでいないという確信が僕にはある。つまり、虎南は未《いま》だ〝殺しのレシピ〟には辿《たど》り着けてはいない。殺しのレシピなくして月森《つきもり》を疑い続けることは不可能だ。

「もう十分でしょう? 貴方にはやるべきことがあるはずだ。だから、もう終わりにしましょう」

それともう一つ。

少なくとも、月森の件から身を引くことで虎南が誰かに責任を求められることはない。何せ警察は月森の件を事故として処理しているのだから、虎南が手を引くことに支障《ししょう》があるはずがない。最初から引くも進むも虎南のさじ加減一つだった。そういうことなのだろう。

「……いやぁ参《まい》ったな。まったくもって正論だ。返す言葉が見つからないね」

虎南は苦笑いを浮かべながら、ジャケットの懐《ふところ》からタバコを取り出し咥《くわ》える。

「ぶっちゃけね、課長やら署長《しょちょう》やら、まあとにかく偉《えら》いさんたちからさ、いつまでも勝手なことやってないで真面目《まじめ》に仕事しろってうるさく言われてるんだよな。仲間連中はいつものことだと諦《あきら》めているみたいだけどな!」

薄暗闇《うすくらやみ》に小さな明かりが灯《とも》る。虎南がクリアブルーの安っぽいライターでタバコに火をつけていた。

「それでも……どうして俺《おれ》がスタンドプレーを許されているか判《わか》るか？」

虎南は一度大きく煙《けむり》を吹かすと、

「俺が優秀だからさ！」

自信満々の表情で言い放つ。

「じゃあどうして俺が優秀なのか判るか？」

虎南はこめかみ辺りを指先でとんとんと叩《たた》き言う。

「勘《かん》が良いからだ」

直後、虎南の大声がトンネル全体に反響《はんきょう》する。

「つまりさぁ！ 勘が良く優秀な刑事《けいじ》であるこの虎南様が疑わしいと言ってるんだからさぁ！ 高校生のガキごときがごたごた言ったところで、そんなもんはまったく関係ないわけだぁ！」

壁や天井《てんじょう》に跳《は》ね返った声が、僕の身体《からだ》へと四方八方《しほうはっぽう》から重い塊《かたまり》となってぶつかってくる。大勢《おおぜい》から体当たりを喰らっているような感覚に陥《おちい》る。

「最終的にはさぁ！ 誰が何と言おうと、本人が違うと否定しようと、俺が殺したって言ってるんだからさぁ！ 月森葉子《ようこ》が母親を殺したんだよ！」

言い切ると、虎南はタバコを吸い満足そうに煙を吐《は》き出した。

「無茶苦茶《むちゃくちゃ》だろ……」

圧倒される僕からはそんな呟《つぶや》きがどうにか搾《しぼ》り出される。

「まぁ確かに無茶苦茶《むちゃくちゃ》だよな。けどさ、世の中そんなもんだろ？　正しい正しくない関係なく強い者の意見がまかり通っちゃうみたいなさ」

苦笑する虎南《こなん》の口端《くちは》から煙《けむり》が洩《も》れる。

「己《おのれ》の勘《かん》を信じて、それを貫いてきたからこそ、俺《おれ》は皆が一目置かざるを得ない結果を残せてきたわけ。結果を残したからこそ皆は俺の行動を黙認《もくにん》せざるを得ないわけ」

虎南が〝にやり〟と笑う。

「だからさ、野々宮《ののみや》くんには悪いんだけど、俺は俺のやりたいようにやらせて貰《もら》うぜ――」

口元は笑っているのに瞳元《めもと》がまるで笑ってないという例の笑いだった。

「――これが俺の選んだ生き方なんでね」

改めて虎南の〝にやり〟笑いを見ると、この人間の本質がこの笑い方に体現されている気がした。

道化《どうけ》の仮面を被《かぶ》った狂人。乱暴な言い方をすれば、それが虎南という男だった。常識からずれた感性とは上手《うま》く世渡りするには不便だ。だから、普段は軽薄《けいはく》な自分を装い世間に上手く順応しているのだろう。

〝にやり〟笑いは、そんな虎南の隠《かく》し切れない狂気が顔を覗《のぞ》かせる瞬間《しゅんかん》に違いなかった。

「それじゃ今度は俺が攻《せ》める番な」と虎南はタバコを踵《かかと》で捻《ひね》り消す。

虎南は細身のスラックスのポケットに両手を突っ込むと、

「野々宮くんはどうしてそんなにも葉子《ようこ》ちゃんを庇《かば》うのさ？」

足元を踏み締めるかのようなゆったりとした歩調で一歩ずつ此方《こちら》へと近づいてくる。虎南が長い脚《あし》を一歩踏み出すごとに革靴《かわぐつ》の踵が空洞《くうどう》に甲高《かんだか》い音を響《ひび》かせた。

「余程、個人的な思い入れでもなきゃ、そこまで一途《いちず》にあの娘《こ》の潔白を信じることは出来ないんじゃないか？」

徐々《じょじょ》に迫り来る靴音は胃を締めつけるように僕へと重く圧《の》し掛かる。

「別に庇ってるつもりはないですよ。普通に考えて有り得ないでしょう？　クラスメイトが人殺しだなんて誰が思うんですか？　信じられない信じたくないと思う僕の感情はおかしいですか？」

虎南は「いや、至極真《しごくま》っ当《とう》だね」とあっさり認める。ただそれは単なる前置きだった。

「だけどさ、自分で言うのもなんだけどね、仮にも刑事《けいじ》である俺が動いてるわけだからさ、野々宮くんの口からもう少し葉子ちゃんを疑うようなコメントがあってもおかしくないだろ？　警察が疑ってるんだから何かあるかもしれない、言われてみれば彼女には怪しい点が幾《いく》つかあったなってね。少しくらい俺の意見に同調する部分があっても良いだろって、そこまで頑《かたく》なに否定しなくても良いじゃないのって、これまでさまざまな事件に関わってきた刑事であるところの俺は思ったりするわけだが、どうだい？」

会話巧者《こうしゃ》の虎南は息もつかせぬ言葉の連続と独特の抑揚《よくよう》で以って、一瞬《いっしゅん》にして場の空気を自分色に染め上げる。

「……僕《ぼく》が天邪鬼《あまのじやく》だからでしょうね。それと少々理屈《りくつ》っぽいんです。だから、自分が納得《なつとく》出来ないことにおいそれとは頷《うなず》きたくないんですよ」

自然と掌《てのひら》が汗《あせ》ばみ喉《のど》が鳴る。

「だろうね。君がそういうタイプだというのは俺《おれ》の中ではすでに周知の事実だ」

虎南《こなん》の口元が嬉《うれ》しそうに綻《ほころ》ぶのが判《わか》った。

「しかし、そんな捻《ひね》くれ者の野々宮《ののみや》くんではあるが、君は決して馬鹿ではないし非常識でもない。だからこそ、俺は野々宮くんのいやに物分かりの良い態度が解《げ》せないと感じるんだな。君の性格からして、葉子《ようこ》ちゃんが完璧《かんぺき》なら完璧であるほど粗《あら》を探そうとするんじゃないか？　少なくとも俺の知る野々宮という少年は、自分の目で見たものしか信じないタイプだと思うんだが」

自己を正しく理解して貰《もら》えることは喜ばしいことである。それだけ此方《こちら》に関心があるということなのだから。それが虎南のような優れた人間からの興味であれば決して悪い気はしない。

しかし、さすがにここまで精確に認識されてしまうと、むしろ居心地の悪さを感じずにはいられない。まるで全身を隈《くま》なく嘗《な》め回されているような気色《きしよく》悪さに鳥肌《とりはだ》が立った。

気づくと虎南が眼前に立っている。

「つまりさ、野々宮くんが葉子ちゃんを全面的に擁護《ようご》するのは、特別な感情をあの娘《こ》に抱《いだ》いているからなんだって俺は納得してるわけ。白だろうが黒だろうが、葉子ちゃんを愛する君はだな、構わないわけだ。例え世界中を敵《てき》に回したとしても僕だけは彼女を信じよう！　みたいなさ。愛の力は偉大だよな。おいおい、そう睨《にら》むなって。馬鹿にしてるわけじゃないんだ。実は俺、結構、そういうノリ好きなんだぜ。いや、むしろ大好物だな」

　本当に良く喋《しゃべ》る男だ。呆《あき》れているのではない。脱帽《だつぼう》しているのだ。果たして虎南に目をつけられ口を開かなかった人間がこれまでいるのだろうか。

「想像力が豊かなことで」

「想像力が試される職業なもんで」

　虎南の口元が笑う。実に楽しそうである。

「それとも一つ——君が葉子ちゃんを擁護する可能性がある」

　虎南から笑みが消える。

「月森《つきもり》葉子は殺しをしていない……そのように君が判断するだけの確固たる証拠《しょうこ》を握《にぎ》っている場合だ」

　瞬間《しゅんかん》、僕は殺しのレシピのことを強く意識する。

「違う？」

「まさか」

「残念」

　虎南は少しも残念ではなさそうに応《こた》えると、強張《こわば》る僕へとさらに続ける。口調《くちょう》は何気なかった。

「それとさぁ、最初からずっと気になってたんだけどさ——その左胸のポケットには何が入ってるの?」

反射的に僕《ぼく》は左胸を右手で鷲摑《わしづか》んでいた。

即座に虎南《こなん》の両腕《りょううで》が動く。

抜刀《ばっとう》を連想させる素早い動作で両腕をポケットから開放すると、気づいた時には虎南の両手は僕の胸倉を摑《つか》んでいた。虎南が此方《こちら》に大きく一歩踏み込むと、視界がぐるりと反転する。

直後、背中に感じる強い衝撃《しょうげき》。その衝撃が痛みとなって全身へと走る。激痛に喉《のど》の奥が一度だけ低く鳴る。すぐさま意識が白み身動きが出来なくなる。しかし、痛く苦しいのに息が詰まり呻《うめ》き声さえ出なかった。

何をされたのか理解する間もない電光石火《でんこうせっか》の出来事だった。

恐らく柔道《じゅうどう》で言うところの払い腰《はらごし》のような技で僕《ぼく》はアスファルトの地面へと叩《たた》きつけられたのだろう、とは後に思ったことである。

「俺《おれ》ってさフェミニストだからさ女子には手荒な真似《まね》をしないんだけどさ、その分ね男子には結構遠慮《えんりょ》ないのよ」

飄々《ひょうひょう》とした物言いで語りながら虎南が仰向《あおむ》けの僕へと跨《また》がってくる。

「……こ、こんな真似が許されるのか」

息苦しさを堪《こら》え声を絞《しぼ》りだし虎南を睨《にら》み付ける。

「大丈夫《だいじょうぶ》大丈夫、ばれなきゃ平気平気」

虎南はまるで意に介《かい》してはいなかった。

「んじゃ、その制服の内ポケットに隠《かく》しているブツを出して貰《もら》いましょうかね」

僕は襟元《えりもと》を強く両手で握《にぎ》り締《し》める。

「あらら、そんなに抵抗するってことはさ、俺の予想通り葉子《ようこ》ちゃんに関係する何かってことでおーけー？」

瞳《ひとみ》の奥を覗《のぞ》き込んでくる虎南から、咄嗟《とっさ》に視線を逸《そ》らしてしまったのが不味《まず》かった。

「はん！　当たっちゃった？　やっぱし俺って良い勘《かん》してるよなぁ！　これは楽しくなってきたぜぃ！」

虎南が瞳《ひとみ》をぎらつかせながら笑む。

虎南は襟元を摑む僕の両腕を引き剝《は》がそうと、握った掌《てのひら》に力を込めてくる。僕は持てる力を振り絞り虎南の下で抵抗してみせる。

「おいおい、往生際《おうじょうぎわ》が悪いぜ？」

虎南は困ったような素振りで頭をかく。それから「ふう、仕方ないな」と小さく呟《つぶや》いた。

「お兄《にい》さんにもさ君と同じく高校時代があってさ、こう見えても結構ヤンチャだったのよね」

何を考えているのか虎南《こなん》は突然昔話を始める。

「でね、ヤンチャな連中が拳《こぶし》と拳で語り合って友情を深めたりする時の定番の場所がさ、丁度《ちょうど》ね、こういう人気《ひとけ》のない高架下《こうかした》だったりしたの。だから、初っ端《しょぱな》にさ、決闘《けっとう》でもするのかって俺《おれ》は野々宮《ののみや》くんに尋《たず》ねたわけ」

虎南の意図が見えない。だからこそ不気味《ぶきみ》だった。

「どうして高架下が定番の場所だったか判《わか》るかい?」

その時、地面が細かく振動を始める。どうやら列車が此方《こちら》に近づいてきているらしいと背中で感じた。

「それはね——悲鳴が列車の騒音《そうおん》でかき消されるからなんだ」

そう虎南が告げるのと同時に、分厚い空気の壁をぶち破るような爆発音《ばくはつおん》が周囲にあるすべての音を奪《うば》い取る。

「……冗談《じょうだん》、だろ?」

僕《ぼく》が洩《も》らした驚愕《きょうがく》の声も当然ながら掻《か》き消されてしまう。

高架を走り抜ける列車の振動が全身を小刻みに震《ふる》わせる。いや、もしかしたら身体《からだ》が震えているのかもしれない。

金属の冷たい感触《かんしょく》が眉間《みけん》にあった。

僕《ぼく》は混線《こんせん》したままの思考回路で眼前の光景をじっと眺《なが》める。

虎南《こなん》の真《ま》っ直《す》ぐ伸ばした腕《うで》の先には黒塗りの物体が握《にぎ》り締められている。その黒く硬質な物体の筒状《つつじょう》の先端《せんたん》が僕の眉間《みけん》に添えられていたのだ。

爆音《ばくおん》が遠ざかり周囲が音を取り戻した頃、

「タイミングを合わせれば銃声《じゅうせい》さえ誰にも聞かれはしないんだぜ?」

無感情に男が言った。自らの意思とは関係なく喉《のど》が鳴った。

……幾《いく》ら何でも有り得ない。虎南がどれほど狂気染みているとは言っても、トリガーを引いたりはしない。こんな行為は実に下《くだ》らない僕を脅《おど》す為《ため》のパフォーマンスに違いない。

理屈ではそう判《わか》っている。

額《ひたい》に前髪《まえがみ》が張りつく。鼓動《こどう》が早鐘《はやがね》を打ち息遣《いきづか》いが荒い。理性とは相反《あいはん》して僕の全身は瞬《まばた》きさえ許さないほどに緊張《きんちょう》していた。

「さぁ、手を離すんだ」

僕は有らん限りの力すべてを指先に込めるが、

「そうだ。良い子だ」

易々《やすやす》と腕を振り解《ほど》かれる。残念ながら、動揺する僕に虎南へと抵抗するほどの力は最早《もはや》有りはしなかった。

虎南は僕の制服のボタンを上から一つ二つと器用に片手で外すと、その手を制服の内ポケットへとするりと差し入れる。

そうして抜き出した虎南の指先の間には小さく折り畳《たた》まれた紙切れが挟《はさ》まっていた。

「……紙切れねぇ。一体、何が書かれていることやら」

虎南は僕が完全に抵抗を諦《あきら》めたと判断したらしく、拳銃《けんじゅう》を眉間から離すと、拳銃を持ったまま両手で折り畳まれた紙を広げた。

虎南は真剣な表情で紙面に視線を走らせる。

馬乗りされる僕は起き上がることも叶《かな》わず、虎南が紙面に書かれた文字を読む間、面白くも何ともないコンクリートの天井《てんじょう》をただぼんやりと眺《なが》める羽目《はめ》になった。

早く時間よ過ぎろ。それだけをただ願っていた。

「一つ確認しておきたいんだが……この〝レシピ〟は誰が書いたものなんだ?」

虎南が紙面を僕の眼前へと突きつけてくる。

「知りません」と僕がそっぽを向くと、

「……やはり、そうか――」

虎南から確信めいた言葉が洩《も》れた。

「――その反応を見る限りこれは〝君が書いた〟んだな」

僕は無言を通す。

「筆跡《ひっせき》を見た瞬間《しゅんかん》、〝男性っぽい文字〟だったからさ、もしかしてとは思ったが、内容が内容なだけにイメージがさ、結びつかなくてねぇ。これを君がねぇ……どんな顔して書いたんだい？まさか、そのいつものポーカーフェイスで書いたんじゃないだろうな？」

あくまで僕《ぼく》がポーカーフェイスを貫《つらぬ》いていたからだろうか。突然、虎南《こなん》は目端《めはし》に涙《なみだ》を浮かべながら苦しそうに腹を抱《かか》えて震《ふる》え出す。そして「くくっ」と滑走路《かっそうろ》を走るみたいに小刻みに身体《からだ》を揺らしてから、

「あはは——」

飛行機が大空へと飛び立つみたいに虎南は大笑いした。

虎南の笑い声がトンネル内に反響《はんきょう》する。四方八方《しほうはっぽう》から笑い声が僕へ容赦《ようしゃ》なく降り注いでくる。大勢《おおぜい》から笑い者にされているような屈辱《くつじょく》的な気分を僕は味わっている。

「……ああ、苦しい、ああ、死ぬ、笑い死ぬ、ああ、こんなに笑ったのは久しぶりだなぁ。しばらくはこれを思い出すだけで笑えてしまいそうだ」

言いながら虎南は未《いま》だに嗚咽《おえつ》交じりに笑っている。

「いやぁ、さすがの俺《おれ》もあまりのギャップに度肝《どぎも》を抜かれたなぁ。斬新《ざんしん》だわ。まさかねぇ、野々《のの》宮《みや》くんがねぇ、こんな恋する乙女《おとめ》もびっくりのあまーい文章書いちゃうなんてさぁ……」

再び堪《こら》えきれなくなったのか虎南は喉《のど》を盛大に鳴らして笑い出す。

虎南から突き出された紙にはこんなタイトルが書かれていた――

――『恋のレシピ』

『恋のレシピ』には意中の女性を射止める為《ため》の口説《くど》き文句や方法論が羅列《られつ》してある。メープルシロップをうっかりぶちまけてしまったパンケーキの味にも劣《おと》らない甘《あま》い言葉の数々が隙間《すきま》なくびっしりと手書きで書き連ねてあるのである。

甘い言葉に耐性のない僕のような男ならば、一口食べただけで吐《は》き気《け》を催《もよお》すに違いない世にも恐ろしい一品である。

よもやそのような危険な代物《しろもの》を自らの知恵を絞《しぼ》り、自らの手で握《にぎ》ったペンで、夜が明けるまで長時間をかけて書きでもすれば、最早《もはや》、命の保証はないのである。仮に生き延びたとしても、死ぬまで消えないトラウマを深く心に刻みつけることとなるのである。

実際の体験者は、『書き始めて数分で生きていることが辛《つら》くなった』と語っている。

ようやく、笑うことに満足したらしい虎南が神妙《しんみょう》な表情を浮かべ尋《たず》ねてきた。

「で？　これで俺に手を引けと？」

「そうして戴《いただ》けると助かりますね」

虎南《こなん》は両手を僕《ぼく》の顔のサイドに置くと、ぐいっと上体を覆《おお》い被《かぶ》せてくる。薄暗《うすぐら》い視界がさらに暗くなった。

「こんな中途半端《ちゅうとはんぱ》な状況で手を引けるわけがないだろがっ」

真上から凄《すご》みを利かせて覗《のぞ》き込んでくる虎南に、僕は「でも、それって」と余裕《よゆう》のある含み笑いを浮かべて見せる。

「それって刑事《けいじ》としての貴方《あなた》の意見ですよね？」

「……どういうこと？」

虎南は疑問符《ふ》を表情に浮かべる。だから、僕はにっこりと微笑《ほほえ》み答えるのだ。

「今の貴方は——とても楽しそうに見えますよ」

何を言おうと最早無駄《もはやむだ》である。まるで遊園地に来た子供のように爛々《らんらん》と瞳《ひとみ》が輝いているのだ。

僕には虎南が全身で楽しくて仕方がないと叫んでいるように見えた。

「貴方はもう十分満足しているのではありませんか？」

僕の言葉を咀嚼《そしゃく》しているのか、虎南はあご先を指で摩《さす》りながら考え込んでいた。

虎南は否定しなかった。刑事という職業を選んだのは正義感ではないことを。

そして、虎南はこう明言した。刑事という職業を選んだのは人間模様《もよう》を楽しむ為《ため》だと。

早い話が、虎南個人にとっては初めから月森《つきもり》が母親を殺したかどうかなど重大な問題ではなかった。真相を突き止めることも人間模様を楽しむ為の過程に含まれていたことは確かだろうが、それが必ずしも虎南個人にとってのゴールではなかった。

では、この男にとってのゴールとは何か。そう考えて僕が導き出した結論がこれだった。

似た者同士だと確信した瞬間《しゅんかん》、同時に僕は虎南との決着を予感していた。

「……いやぁ、参《まい》ったね！」

虎南は指先で拳銃《けんじゅう》をくるりと回すと、ジャケットに隠《かく》れているホルスターへと納めた。

「笑ってしまった時点で俺《おれ》の負けだよなぁ。あれだけ派手《はで》に笑っておいて、さすがに楽しくなかったとは言えないもんなぁ」

虎南は立ち上がると、真《ま》っ直《す》ぐ腕《うで》を僕へと伸ばしてくる。僕が手を握《にぎ》ると、

「おーけー、君の望み通り手を引こう」

言葉通り虎南は手を引いて僕を立ち上がらせた。

「……ありがとうございます」

自然と感謝の言葉が口をついた。どうやら僕は安堵《あんど》しているらしかった。

似た者同士だと仮定した場合、この男の行動原理を理解すること自体は難しいことではなか

った。しかし、会話巧者《こうしゃ》の虎南《こなん》相手に、手を引いてくれるように説得出来るかどうかという点に関して勝算はなかった。実際に一度目の説得は虎南の迫力に押し切られ潰《つぶ》された。勝算のなかった僕《ぼく》が切り札として用意したのが『恋のレシピ』だった。

恋のレシピを書いた最大の理由は意外性を求めてのこと。

第一に僕が絶対に書きそうにもない内容で虎南を驚かせること。そして、意外性で虎南の毒気を抜くことが目的だった。

僕の激しい抵抗は演技でも何でもなかった。出来れば切り札のまま取っておきたい、むしろこのまま葬《ほうむ》り去りたい最終手段だったのだから。

結果的には、ここまで捨て身にならなければ虎南という男を退《しりぞ》けることはきっと出来なかったのだろう。

虎南がスーツに付着した砂埃《すなぼこり》を片手で払《はら》いながら「まぁ、ぶっちゃけ、俺《おれ》としても潮時《しおどき》だったかな」と虎南が呟《つぶや》く。

「お偉《えら》いさんからすれば葉子《ようこ》ちゃんの件なんてニュースにもならない小さな事件なわけよ。警察に限らず組織ってのは、そういった瑣末《さまつ》なことに金も時間も人もかけたがらないものでさ。仮に解決しても話題性が乏《とぼ》しいだけに実入《みい》りが少ないからな」

「随分《ずいぶん》とビジネスライクな話ですね」と僕も虎南に倣《なら》い制服を両手で叩《たた》く。

「本当だよな。そう考えると、俺もサラリーマンみたいなもんかもな」

虎南はしみじみと頷《うなず》く。

「そんなわけでさ、幾《いく》ら勝手が黙認《もくにん》されている俺でも小さな事件を追い続けることに限界はあったのよ。ほら、俺って優秀だろ？　どうしても大きな事件に引っ張り出されちゃうわけなのよ」

そう何食わぬ顔でレシピを畳《たた》んでスーツの胸ポケットに差し込む虎南を、

「何勝手にポケットに仕舞《しま》っているんですか」

僕は慌《あわ》てて制止する。

「ん？　何ってこれは〝俺の〟だろ？」

「〝僕の〟です。返して下さい」

「やなこった」

「貴方《あなた》が持っていたって意味なんてない代物《しろもの》でしょう？」

「これが今回の俺が掘り出したお宝なの。野々宮《ののみや》くんとのかけがえのないメモリーなの。俺は時々、このレシピを広げて君を思い出すんだ。君との美しい日々をさ」

「嘘《うそ》だ。どうせ僕を笑い者にするだけだ」

「あ、ばれちゃった」

悪びれない相変わらずの虎南という男に僕は溜息《ためいき》を吐《つ》くのだ。

「これくらい安いもんだろ？　紙切れ一枚でこの俺が手を引いてやると言ってるんだからさ。

破格の待遇《たいぐう》だぜ」

「物理的な問題ではなく僕《ぼく》の精神的な問題なんですが」

「まぁそれも含めて、君は男の子なんだから多少の傷くらいは我慢《がまん》しろって話さ」

虎南《こなん》は人の悪そうな笑みを浮かべながらタバコに火を点《つ》ける。

「……俺《おれ》だってね、時々はさ、自分の性質が面倒《めんどう》だなって思うけどさ、人間さ、簡単には趣味や主義を変えたりは出来ないものだろ？」

自嘲《じちょう》する虎南に頷《うなず》く僕がいた。

「様々な生き方を自分の意思で選べると人は言うが、俺からすればそんなの素敵《すてき》な勘違《かんちが》いだ。何せ俺は今の生き方しか選べなかった。違う生き方を選ぶということは今の自分を捨て違う自分になるということだろ？　俺は今の俺を嫌《きら》いじゃないんだなぁ。だったら、今の生き方を貫《つらぬ》くしかないでしょうが」

そう虎南は実にこの男らしくにやりと笑って見せる。

「貴方《あなた》と同じようなことを僕の知り合いも言っていましたよ。世の中がくそなんだから、自分は自分のルールに従って生きるだけだって」

「ほう、そいつとは気が合いそうだな」

「そうですね、向こうが虎南さんを気に入ってくれるかどうかは判《わか》りませんが、きっと虎南さんは相手を気に入ることでしょう」

「相手は女？」

「ええ」

「おっと、そいつは是非《ぜひ》、紹介《しょうかい》して欲しいね」

「機会があれば」

「ところでさ」

「はい？」

「——本当は何だったんだい？　野々宮《ののみや》くんが守っていたものはさ？」

咄嗟《とっさ》に僕からは言葉が出なかった。

虎南は『手を引く』と言った。虎南は約束を反故《ほご》にするような男ではない。

しかし、僕にはどうしても受け入れられなかった。殺しのレシピを自分以外の誰かに知られてしまうことをどうしても許せなかった。

すると、虎南の筋張《すじば》った掌《てのひら》が僕の髪《かみ》を乱暴に掻《か》き回す。

「悪かった。忘れてくれ。この質問は君の言うところの『無粋《ぶすい》』だったな」

虎南がアスファルトに向かって煙《けむり》を吹く。

高架《こうか》が軋《きし》みトンネル全体が振動し始めると、すぐに周辺の音が消える。

音の失われた時間の中、虎南は自宅のソファーでくつろいでいるかのようにゆったりとタバコを吹かし、僕は夜更《よふ》けに楽しむ読書のようにぼんやりと遠くの青空を眺《なが》める。

やがて爆音《ばくおん》を引き連れ列車が走り去る。

「グッドラックだ。野々宮《ののみや》くん。僅《わず》かな時間ではあったが、君との日々は本当に楽しかったよ」

最初に聴《き》こえた音がこれだった。

「僕《ぼく》も……割と楽しかったです。貴方《あなた》との日々」

虎南《こなん》は「割とかよ。君って奴《やつ》は……」と肩《かた》を揺らしながら、靴音《くつおと》を鳴らして出口に向かって歩き出す。ひらひらと手を振る虎南の背中を僕はじっと見送る。

「……あ、最後に一つだけ訂正《ていせい》させてくれ」

トンネルの出入り口付近で靴音が止《や》んだ。

「誰が満足しているだって？　言っておくが！　俺《おれ》は全然、満足なんてしてないぜ！　もっとずっと君や葉子《ようこ》ちゃんと遊んでいたかったよ！」

夏休みの終わりを名残惜《なごりお》しむ少年のような虎南の叫びに、「貴方って人は……」と僕は声を上げて笑ってしまった。

「さよならだ」

「ええ」

永遠の別れではないが、しばしの別れにはなるはずだ。僕らは同じ街に住んではいるが、今後、互いに会うことはそうそうない。僕らはそれぞれ違う道を歩んでいて、今回たまたま、互いの道が交差したに過ぎない。それが年齢《ねんれい》も立場もまるで異なる虎南と僕との関係だった。

「そうそう、言い忘れていたけど――」

瞬間《しゅんかん》、虎南は振り返ると器用に片目をぱちりと瞑《つむ》ってみせる。

「実は俺、女も男もどっちもいける口なんだぜ！」


「………え？」

指先をぴっと振ると、

「じゃね、ばぁーい！」

唖然《あぜん》とする僕を置き去りにして、虎南は光の中へと消えていった。

「……何が〝ばぁーい〟だよ」

あの男特有の人の悪いジョークに違いない。僕をからかって楽しんでいるに違いない。

そうに違いないと必死に思い込んでいるのだが、全身に沸き立つ鳥肌《とりはだ》は自分の意思ではどうしようもなかった。

「実に下らない」と頭を振る。

まったく、最後の最後まで虎南という男は本当にロクでもない。これまでの人生で出会ったどんな人間よりもロクでもなかった。こんな出鱈目《でたらめ》な人間はそうはいないだろう。今後、二度とこのような人間に出会うことはないのかもしれない。

だから、僕《ぼく》は虎南《こなん》との別れが割りと名残惜《なごりお》しかった。

一つ手を上げると僕は踵《きびす》を返し、虎南とは逆の出入り口へと向かって歩く。

トンネルを抜けた瞬間《しゅんかん》、僕が想《おも》うのはもう彼女のことだけだった。

【moon light】

夜のことだ。彼女に電話をした。

――君に話がある。

二人きりで会う約束を取りつけた。

長い話になりそうなので土曜日のバイトが終わった後の時間を指定する。彼女が場所は自宅でどうかと提案してくる。

断る。彼女の自宅にはあまり良い思い出がないからだ。

すると、彼女は高台の公園はどうかと提案してきた。母親が崖下《がけした》へと落ちたとされるあの高台の公園だった。即答する。

――判《わか》った。

彼女がわざわざ僕を曰《いわ》くある場所に誘《さそ》ったことに警戒心《けいかいしん》が騒《さわ》がなかったわけではないが、それよりも高台から観《み》える景色《けしき》への興味が勝《まさ》った。

思えば、彼女は僕からの突然の提案に対して一切の疑問を口にすることはなかった。それどころか、あっさりと僕の提案を受け入れた。

彼女は予期していたのだろう。こんな日が来ることを。

いや、違うな。

この日を待ち侘《わ》びていた。

デートの約束について語っているかのような彼女の弾《はず》むような声色を思い返すに、それが相《ふさ》応《わ》しい言葉だと僕には思えた。

月夜の晩だった。

黄金の月は王であるかのように星空に君臨し、今が夜だということを忘れてしまいそうなほどに明瞭《めいりよう》に地上を照らす。

高台の公園は月森《つきもり》の家より更《さら》に数分ほど坂を上った先にあった。

公園を囲むビリジアンのフェンスが視界に入る頃には僕の息は切れ切れで、最早《もはや》虫の息と言って良いほどにか細かった。

腕《うで》時計を見る。時刻は二十三時を少し過ぎていた。自宅に戻り、シャワーを浴び、着替えをしてから出てきたのだからこのぐらいの時間になるのも当然のことだった。

バイトを終えると、僕《ぼく》は約束の場所である高台の公園へと直接向かおうとしたのだが、それに月森《つきもり》が待ったをかけた。

初デートなのだから身嗜《みだしな》みを整えたいと月森が主張するのである。

根本的にこれがデートではないという問題はさて置き。僕は提案に従った。結果的にこの判断は正しかった。

僕には日常と自分を切り離す為《ため》の時間が必要だった。

公園の前に辿《たど》り着く。僅《わず》かな遊具と木々と土地、何処《どこ》にでもある小さな公園だ。唯一、特徴があるとすれば崖《がけ》の近くに立つ木造の白い時計台くらいのものだった。

瞳《ひとみ》を閉じると大きく息を吸う。クリアな空気が肺を満たす。ゆっくりと息を吐《は》き、一度だけ左胸のポケットの具合を探ると、公園の敷地へと足を踏み入れる。

「——待ちくたびれちゃうところだったわ」

声のする上方へと目を凝《こ》らす。

「でも、こうやってちゃんと野々宮《ののみや》くんが私のところに来てくれたわけだし、文句を言ったら罰《ばち》が当たっちゃうわね」

月森の全身を捉《とら》え息を呑《の》む。純白の月森が赤い塗料《とりょう》のジャングルジムの天辺《てっぺん》に腰掛《こしか》けている。

「全身、黒っていかにも野々宮くんらしい」

ジャケットの中に着た白いシャツを除いて確かに僕は全身黒だった。

月森がおかしそうにくすくすと笑っている。

「でも、きっとそうなんじゃないかなって思ってた。だから私は全身を白でコーディネートしてみたわ」

白いワンピースに白いパンプス。肩《かた》には半透明の白いショールを羽織《はお》っていて、髪《かみ》には白い髪飾りがある。

僕の角度からは、純白の月森が月を背負っているかのように映った。

「さっそくデートを始めましょう」

月森葉子《ようこ》は肘《ひじ》を立て足を組み整った丸い頭を傾《かし》げてみせる。艶《つや》やかな黒髪が一房《ひとふさ》、口元へと零《こぼ》れ落ちる。

幻想《げんそう》的な光景だった。夢を見せられているような心地に、僕は慌《あわ》てて頭《かぶり》を振る。

「……君が僕に付き合って欲しいと告げた翌日の話なんだけど、互《たが》いの為《ため》にも理解を深める必要があると君は言っていたよね」

月森が「ええ」と頷《うなず》く。

「結論を出すのはそれからでも遅くないとも君は言っていたね」

月森は「ええ」と瞳を眇《すが》める。

「デートなんてほど遠い。残念ながら僕《ぼく》はまだ君のことをあまり理解出来てはいないんだ」

「野々宮《ののみや》くんは一体、私の何が知りたいのかしら？」

――すべて。そう答えたいところではある。しかし、月森《つきもり》の確信に満ちた微笑《ほほえ》みからして答えはどうやら一つらしい。


「君が殺したんだろ？」


直後、彼女は数メートルの高さがあるジャングルジムの天辺《てっぺん》から濃紺色《のうこんしょく》の宙へ向かって――

――飛んだ。

白鳥の翼《つばさ》のようにショールが左右へと広がる。そして月森は翼から抜け落ちた一枚の羽のようにふわりと地面へ着地した。

「野々宮くんはこれから一体何を始めるつもりなのかしら？」

「そうだな強《し》いて言うのなら――」

僕は考える素振りをしてから、いつものポーカーフェイスで答える。

「――月森葉子という謎《なぞ》の解明かな」

視線の先には、何事もないと言うような顔でいつも通りに笑う月森がいた。

「ふーん、それはデートよりもずっと興味深いわね」

月森葉子はそれで良い。相手にとって不足はない。

一度は『月森は誰も殺してはいない』と結論付けた。

彼女が殺人を犯すような愚《おろ》かな人物ではないと確信したからだった。

ところが、洞察力《どうさつりょく》に優れた一人の男の出現により状況は一変する。虎南《こなん》から次々と提示される疑わしい点や矛盾点《むじゅん》に、僕が導き出した結論はすぐに辻褄《つじつま》が合わなくなった。

殺しのレシピを持つ僕が、月森葉子を良く知る僕が、彼女を再び疑い始めることはむしろ必然であると言えた。

なぜ僕は一度でも彼女が完全なる白だと判断してしまったのか。

例えば殺しのレシピが母親によって書かれた物である点など、あの時、母親を黒だと判断するさまざまな材料が揃《そろ》っていたのは事実である。しかし、本当はそれらが必ずしも月森が白であると言い切れる材料ではないということにも気づいていた。

最大の要因は僕自身にあった。

今にして思うことだが、あの時の僕は『月森が誰も殺してなければ良いのに』と強く思っていたのかもしれない。ようやく見つけた月森葉子という興味深い対象を失いたくなくて、彼女が白であるという前提で妄想《もうそう》を展開していたということなのだろう。

つまり、願望が彼女を白にした。

ガードパイプに腰《こし》を下ろす僕《ぼく》の眼前には、空色のブランコに腰掛《こしか》ける月森葉子《つきもりようこ》がいた。

月森を疑っている理由について淡々と述べる。

都合の良い料理学校のスタッフからの電話。月森の携帯がマナーモードだったこと。自宅に戻って最初の行動が、母親を探すことではなくタオルを用意することの不自然さについて。遺《い》書《しょ》が手書きではなくパソコンで作成されたこと。僕を遺書の第一発見者に仕立て上げたのが月森であるという仮説を語った。

月森は僕の説明をただ頷《うなず》いて聴《き》くのみで、特に否定するでも肯定《こうてい》するでもなかった。

やがて、話を聞き終えた月森は思案するかのように夜空に視線を彷徨《さまよ》わせてから、「もしかして虎南《こなん》さんの受け売り？」と的確に尋《たず》ねてくる。

僕は一つ頷く。彼女の察している通り、説明の概《おおむ》ねは虎南との会話の中にあったものだった。

「ただ僕も納得《なっとく》している内容さ。僕の意見だと思って聞いて貰《もら》って構わない」

月森は驚いた表情を浮かべる。

「私が知らないところで二人はそんな遣《や》り取りをしていたのね」

睨《ね》める眼差《まなざ》しの月森がくちびるを少しだけ尖《とが》らせる。

「ひどいわ。二人して私を疑うだなんて」

僕は「いや」と頭を振る。

「虎南さんはもう関係ない。疑っているのはあくまで僕一人だ」

月森が「ふーん」と感心したような声を洩《も》らす。

「諦《あきら》めるなんて絶対にしそうもないあの虎南さんがよく疑うのを止《や》めたわね。野々宮《ののみや》くんは一体、どんな魔法《まほう》を使ったのかしら？」

『恋のレシピ』について触《ふ》れるはずもなく「君がくれたヒントのお陰さ」とお茶を濁《にご》す。

『相手の考えていることを知りたかったら、自分ならどうするかって考えれば良いのよ』

事実、この一言がなければ、僕は未《いま》だに虎南という迷路を抜け出せないでいたことだろう。

「私、ヒントになるようなこと野々宮くんに言ったかしら？」

月森が微笑《ほほえ》む。笑顔の中に、弟の手柄《てがら》を喜ぶ姉のような慈愛《じあい》に満ちた眼差しが浮かんでいた。

だから、僕からは重くて大きな溜息《ためいき》が洩れた。

……そういうことか。月森が僕へとヒントを与えたということか。

僕が今しがた語った内容を虎南の受け売りだと見抜いたことからも、虎南と僕が月森葉子を疑っていたことを彼女は当然のように知っていたのだろう。

その前提で振り返れば、あの夜の彼女は計算高い女優だった。

明らさまに僕へと突っかかってきたのは彼女らしくなかったし、虎南についての話題の振り方も不自然だったように思える。

何度目になるのか数えたくもないが、僕はまた踊《おど》らされたらしい。認めるしかない。僕より彼女のほうが数段役者が上だ。

黙《だま》り込む僕《ぼく》へと「ん？」と月森《つきもり》はにこやかな表情のまま僅《わず》かに首を傾《かし》げてみせる。

月森は終始、微笑《ほほえ》みを絶やさない。〝人殺し〟だと言われているのにだ。

微笑みとは月森のトレードマークのようなもの。皆がイメージする月森葉子《ようこ》とは常に柔《やわ》らかな微笑みを浮かべた聖母《せいぼ》のような人物なのだろう。

しかし、僕が見たい月森葉子はそのような皆の知る月森葉子ではない。この瞬間《しゅんかん》の僕は、どうしたらこの微笑みを凍《こお》りつかせることが出来るのだろうかと考えていた。

自然と指先が左胸のポケット辺りをなぞる。

「……そうだ、君に渡したい物があるんだ」

やはり〝これ〟を出すしかないのだろう。僕はそっとジャケットの胸元に手を差し入れる。

伸ばした僕の腕《うで》の先には四つ折りにされた紙片が握《にぎ》られている。「何かしら？」とブランコから腰《こし》を浮かせ腕を伸ばし月森は僕から紙片を持っていった。

紙片を広げ紙面に視線を落とす月森の様子を窺《うかが》う。

俯《うつむ》いたまま月森がそっと呟《つぶや》く。

「……野々宮《ののみや》くんから貰《もら》えるものなら何だって嬉《うれ》しいけれど、これはあまりセンスの良いプレゼントとは言えないわね」

「仕方がないさ。それはプレゼントじゃないからね。落し物を持ち主に返しただけのことだから」

　僕は月森から視線を外さない。

「それ君のだろ？」

　息も瞬《まばた》きもしないで月森を見詰める。この一瞬《いっしゅん》を見る為《ため》に僕は〝これ〟を守り続けてきたと言っても過言ではない。彼女がどのような反応を示すのか絶対に見逃すわけにはいかなかった。

　面《おも》を上げた彼女は口元に三日月の笑みを浮かべてから、

「ええ、そうよ」

　驚くほどあっさりと認める。

「それじゃあ語ろうか、その――〝殺しのレシピ〟について、さ」

　これが虎南《こなん》から守り通した月森への切り札である。

　すると、月森はくすりと喉《のど》の奥を鳴らす。

「やっぱりそうなるよね、野々宮くんがこんな〝美味《おい》しそうな話〟を放っておくはずがないものね」

　一見すればだが、普段通りの月森葉子がそこには居る。

「本音を言えばあまり気は進まないけれど、野々宮くんがお望みとあらば期待に応《こた》えないこともないわね。でもね、その代わりにね、約束して欲しいの――」

　彼女は気づいているのだろうか。自身に現れている僅《わず》かな変化について。

「――私のこと嫌《きら》わないでね？」

そう告げる月森《つきもり》の口元は笑っていたが、目元は笑ってはいない。

そこには皆の知らない表情をした月森葉子《ようこ》がいる。一歩、彼女に近づけた気がした。ただし、この程度で僕《ぼく》が満足するはずなんてなかった。

僕は誰も知らない月森葉子がもっと見たかった。

焦《あせ》ることはない。夜が明けるまでまだ時間はたっぷりとある。


「……君は知っていたんだろ？」

「何を？」

「僕が殺しのレシピを持っていることをさ」

薄々《うすうす》は感じていた。ただのクラスメイトで挨拶《あいさつ》する程度の仲だったのに、急に付き合おうとまで言い出した。それは殺しのレシピを手にした直後の出来事だった。

もっとも確信したのは今。淡白な反応は、現在の状況が彼女にとって驚くほどの事態でないことを物語っているのだろう。

逡巡《しゅんじゅん》しているのか。月森の長い睫毛《まつげ》が何度か上下する。

「気づいていたわ」

やがて月森は静かに頷《うなず》く。

「私がレシピを紛失《ふんしつ》した翌朝の教室でのことなんだけど、野々宮《ののみや》くん覚えている？」

僕は月森に言われるまま記憶《きおく》を掘り起こす。

「あの朝、野々宮くんから私に声をかけてくれたわ。珍《めずら》しいこともあるものだと思った。だから、どうしてかなって考えたの。すぐに答えは出たわ」

「……自ら墓穴《ぼけつ》を掘っていたということか」

僕は思わず掌《てのひら》で顔を覆《おお》っていた。

自ら種明《たねあ》かしをしてしまうとはとんだ間抜けだ。あの朝、好奇心《こうきしん》に抗《あらが》えずに声をかけたのだが、確かにそれはあの時の月森との間柄《あいだがら》においては自然な行動とは言えなかった。

邪念《じゃねん》を振り払《はら》うかのように頭を左右に激しく揺らし、一度深呼吸をしてから、努めて冷静に言葉を続ける。

「……殺しのレシピを手に入れた当初のことだ」

僕は過《あやま》ちを葬《ほうむ》り去るかのように話題を進める。

「レシピは君が書いたものだと僕は考えていた。所有者イコール作者だと疑いもしなかった。ただ当初より、レシピという耳慣れない単語に違和感は覚えていた。普通に考えればこれは『殺しの計画』だろ？」

月の明かりに照らされた公園には僕の声だけが朗々《ろうろう》と響《ひび》いている。

「ただ君の母親が料理学校の講師だと知った時、僕《ぼく》には耳慣れないレシピという単語も君の母親には日常的だったのだと気づいた――レシピの作者は君の母親で間違いない。君の家で手に入れた母親直筆《じきひつ》のメモ書きともレシピの筆跡《ひっせき》は一致する」

「野々宮《ののみや》くんは期待を裏切らない人ね」

月森《つきもり》はそれだけ洩《も》らすとすぐに口を噤《つぐ》む。意味深な発言ではあるが否定の言葉ではなかった。

「それでだ。気になるのは、母親作のレシピをどうして君が持っていたかについてだが……」

僅《わず》かに上体を前へと沈め彼女の表情を覗《のぞ》き込むと、

「高校に入学してすぐの頃だったわ。母が書いたレシピを発見したのは本当に偶然《ぐうぜん》だった――」

月森は思い耽《ふけ》るような落ち着いた表情を作っていた。

「――私には内容を読んですぐに母が誰を殺す為《ため》にこのレシピを書いているのかが判《わか》ったわ」

「父親だね」

「ええ。ちなみに殺しのレシピはこれ一枚じゃないの。他《ほか》に数枚はあるわ。もしかしたら、私が発見してないだけでもっとあるのかも」

「……それは驚いたね」

残りのレシピも是非《ぜひ》読んでみたいと思った。

「母は私がレシピを発見したことを最後まで知らなかった思う。私、内緒《ないしょ》にしてたから」

「君は何を考えていた？　レシピを手に入れてどうするつもりだったんだ？」

「そうね……」

月森はぼんやりと宙を見やりながら、指先で耳の隣《となり》の髪《かみ》をかき上げる。言葉を探しているのだろう。

「……初めてレシピを読んだ時、母にこんな〝みっともない〟一面があるんだって驚いたわね」

思わず、彼女を凝視《ぎょうし》してしまった。

「家の母って典型的なキャリアでね、身形《みなり》も言動も常にきちっとした隙《すき》のない人だったから」

「……父親の葬式《そうしき》で見た母親の印象からは想像も出来ないな」

喪《も》服《ふく》姿の月森に寄り添い泣き崩《くず》れる母親の姿が思い起こされる。これまでイメージしていた儚《はかな》げな母親像の崩壊《ほうかい》に僕は戸惑《とまど》わずにはいられなかった。

「野々宮くんが母をどのように想像していたのかは知らないけれど、誰の母親なのか忘れてはいけないわ」

直後、ファッション雑誌の表紙を飾れそうな笑顔を月森が作ってみせる。

「私の母親よ？」

この娘《むすめ》にしてあの母親あり、ということか。いや、あの母親にしてこの娘ありというのが順番としては本来正しいのか。どちらにせよそう考えた途端《とたん》、僕の中で驚くほどイメージの切り替えがスムーズに進む。ならば、母親だけでなく父親も相応《そうおう》の人物だったに違いない。

「母は料理学校で講師を務めていたの。母の勤めていた料理学校はこの辺りでは一番大きな学校でね、母は毎日、大勢《おおぜい》の生徒さんの前で授業を行っていた。時々は地元テレビの料理番組にも出ていたみたいだし、料理本なんかも何冊か出版していたはず。この界隈《かいわい》の料理関係者の間では美人料理研究家としてちょっとした有名人だったみたいよ」

これまでとは異なる母親像がくっきりと浮かび上がってくる。

「そんな母がよ？　こんなちゃちな物を書いていたなんて想像すら出来なかったわ」

呆《あき》れるように月森《つきもり》は小さく肩《かた》を竦《すく》める。

「『ちゃち』ね」

僕《ぼく》は月森が放った印象的な単語を反芻《はんすう》する。

「野々宮《ののみや》くんもそう思ったでしょう？　内容を読んで、本当に人を殺す気があるのかしらって私は疑問を感じたもの。とても計画とは呼べないわ。今にして思えば、内容の粗《あら》さを自覚していたからこそ母も計画ではなくレシピというタイトルにしたのかもしれないわね」

「ああ、なるほど」

僕は大いに納得《なっとく》してしまった。

「確かに未完成とも思える非常に稚拙《ちせつ》な殺人計画だね。何十回と繰り返して一回でも成功すればかなりの幸運だ」

「うん」と相槌《あいづち》を打つ月森だったが、続く僕の言葉には「どういうこと？」と眉根《まゆね》を寄せる。

「ただ僕は逆にその稚拙さこそがこのレシピの最大の売りなのだと思っている」

稚拙な内容に関して僕は月森とは異なる捉《とら》え方をしていた。これは当初からの考えだった。

「誰がこのような運任せの殺人計画が存在すると想像する？」

月森に言葉はない。あるはずがない。今しがた『想像すら出来なかったわ』と彼女は言ったばかりだった。

「仮にさ。運良く計画が成功したとしたら、やはりそれは誰が見ても〝不運〟な事故に見えるんじゃない？」

「面白い考え方ね。そういう考え方も出来るわね」

感心する口調《くちょう》で首肯《しゅこう》する月森へと僕はさらに続ける。

「その推論を証明しているかのような事例を僕は一つ知っている——」

「——父の自動車事故ね」

僕が言い切るより先に月森が答える。

「……認めるんだ？」

思わぬ彼女の反応に僕は少し驚かされていた。

「認めるも何も、このレシピの内容を一度でも読んだことがある人なら疑っても不思議ではない内容だもの」

月森は指先で摘《つま》んだレポート用紙をぴらぴらと顔の横で揺らしている。

先ほどから感じていた月森への違和感に対する答えを僕は見つけた気がした。

「レシピを見つけるまで母にこれほどまで直情的な面があるだなんて知らなかった。動機は嫉《しっ》妬《と》だったのかな？　どうやら父には外に愛人がいたみたい。お互い好きなように生きてたのにね。父が別に女の人を作ることが母にとっては許せないことだったのかもしれないわね。そう考えると、男より女のほうが嫉妬深い生き物なのかもしれないわ。野々宮《ののみや》くんも気をつけてよ？」

まるで他人事《ひとごと》だった。母親の話だ。家族の話だ。それなのに彼女の淡白な口調《くちょう》からは、近所の噂話《うわさばなし》でも聞かされているような距離感を感じてしまう。

確信が深まる。

「やはり僕《ぼく》には君が両親を殺したとしか思えないね」

平然と答える僕に月森《つきもり》が呆《あき》れるような笑いを零《こぼ》す。

「私には理由がないのに？」

月森はくちびるに笑みを浮かべたまま首を傾《かし》げる。

「動機を蔑《ないがし》ろにしているわけじゃない。個人的にも大いに興味はある。しかし、実行出来るか否かというその観点にのみ絞《しぼ》って論じるなら——君にならやれるだろうと僕の中ではとうに決定している」

瞬間《しゅんかん》、月森の眼差《まなざ》しが三日月のように眇《すが》められる。

「父親の自動車事故が殺しのレシピの内容と酷似《こくじ》していることは君もすでに認めているよね。

それを踏まえた上で、仮にあれが不運な事故ではなく、何者かの作為《さくい》によって起こされた事故だとするならば、レシピの内容を知らない人間には実行不可能だったとは言えないか？」

月森が頬杖《ほおづえ》をつきながら僕を品定めするように視線をゆっくり上下させている。

「別の言い方をすれば、レシピの内容を知っている人間ならば実行可能だったとは言えないか？」

目を閉じ一つ呼吸を入れる。

「父親が事故死する以前にレシピの内容を把握《はあく》していた人物が僕が知る限り三人いる。それは、レシピを書いた本人である母親と、レシピを偶然《ぐうぜん》手に入れた僕と、そして――」

僕は月森が手にするレポート用紙を指差す。

「――そのレシピの落とし主である――月森葉子《ようこ》、君だ」

月森は何も語らない。

「それがどんなちゃちで稚拙《ちせつ》な内容の計画だったとしても、月森葉子ならば実行可能であると僕は確信している」

瞬《まばた》く以外、身動《みじろ》ぎすることなく黙《だま》り込んでいた月森だったが、やがてぽつりと呟《つぶや》く。

「……私の今の気持ちが野々宮くんは判《わか》る？」

「君の気持ちがすんなり判《わか》るのだったら、僕《ぼく》はこんなにも君に振り回されたりはしないさ」

「私はね、今とても感動しているの。きっと野々宮《ののみや》くんはいつもの冷《さ》めた感じで勘違《かんちが》いだって言うかもしれないけれど、こんなにも私を理解してくれているなんて、すごく愛されている気分よ」

「勘違いだ」

期待に応《こた》えて目一杯冷ややかに言ってやった。

まったく理解に苦しむ。人殺しだと言われているのに怒るでも慌《あわ》てるでもなく、彼女は普段と変わりなく微笑《ほほえ》む。ここまで平然と振る舞われると、本当に彼女には後ろ暗いところがないのではないかと思えてしまう。

圧倒的な自信に裏打ちされた余裕《よゆう》なのだろうか。どれほど痛烈な言葉を浴びせられようとも、そのすべてをかわしてみせるつもりなのか。

足りないのかもしれない。もっと深く彼女へと潜《もぐ》り込まなければならないのだろう。内側から蹴破《けやぶ》るように彼女の殻《から》を壊《こわ》さなくては、誰も見たこともない月森葉子《つきもりようこ》には到底お目にかかれはしないのだろう。

「……先ほどからずっと感じている違和感があるんだが」

そのように前置きして続ける。

「あまりに君は両親に対して客観的過ぎやしないか。まるで赤の他人について語っているかのように冷静だ」

月森が僅《わず》かだが胡乱《うろん》な表情を覗《のぞ》かせる。

「そう？　十七歳《さい》ならば、もう両親に甘《あま》える歳《とし》ではないでしょう？　どこの家庭も私ぐらいの年齢《ねんれい》の親子の距離感ってこんな感じではないかしら？」

即座に強い語調で否定する。

「いいや、違うね」

口を噤《つぐ》んだ月森が此方《こちら》を睨《にら》みつけるように眉尻《まゆじり》を跳《は》ね上げる。

「だっておかしいだろ。母親が父親を殺す計画を立てているんだぞ？　普通さ、家族ならさ、どうにかして母親を止めなきゃって思うものだろ？」

瞬間《しゅんかん》、月森の瞳《ひとみ》が一際《ひときわ》大きく見開かれた。

「僕が君に『レシピを手に入れてどうするつもりだったんだ？』と先に尋《たず》ねたのは、君の口から『母親を説得する』といった類《たぐい》の言葉を期待してのものだった。しかし、君が口にしたのはレシピの内容に関する感想だけだった——」

彼女は何か言いたげにくちびるを僅《わず》かに開く。

「——君は一度でも母親を止めようと考えたのか？」

その瞬間《しゅんかん》の思い詰めるような月森《つきもり》の表情は、どんな雄弁《ゆうべん》な言葉よりもはっきりとした問いに対する答えだった。

月森は細い肢体《したい》を一段とコンパクトに抱《だ》き寄せる。

「ここが不思議なんだが……確かに他人行儀《たにんぎょうぎ》ではある。とは言え、君が家族と不仲《ふなか》だったという印象も特別に受けるわけではない」

これまでの幾《いく》つかの月森の反応を顧《かえり》みるに、家族という共同体の消失に彼女が無関心であるとは思わない。両親を亡くして以来彼女は時折儚《はかな》げだった。間違っても家族を失うことを望んでいたようには見えないのである。

「家族に対して興味がなかったんじゃないか？」

だから、僕《ぼく》はこう結論した。

例えば自身の場合に当てはめてみる。興味のない事柄《ことがら》についてどうしても語らなければならない場合、自身と事柄との間に自然と距離を設けて話しているように思う。

「……そうね、〝興味がなかった〟と言うよりは、私たち家族は互いに〝興味を持つ必要がなかった〟と言ったほうが正しいかもしれない」

月森がぽつりと呟《つぶや》く。

「私はね、両親を嫌《きら》いだったわけじゃない。本当よ。ただね、月森の家はね、個人主義だったの。誰が何をしていようと干渉《かんしょう》しないというのが暗黙《あんもく》のルールとしてあった。事実、これを守るだけで私たちは円満な家族としていられたわ」

月森は懐《なつ》かしの味を思い出すかのように少し眩《まぶ》しそうな眼差《まなざ》しで語る。

「小さい頃から私は両親に頼らなくても何だって自分一人で出来た。母にしても父に頼らなくても十分に一人で生きていけたでしょうね。父はと言えば、主人としての義務を果たすかのように経済的に家計を支えるだけで、特別、家庭に関して口出しするタイプの人ではなかった。小さい頃の私なんて家にお金を持ってきてくれる親切なおじさん程度にしか父のことを認識していなかったくらいだしね」

月森は自嘲《じちょう》するように口端《くちは》を歪《ゆが》め、

「確かに私は野々宮《ののみや》くんが指摘《してき》したように、母を止めようとは考えなかったわ」

月森は力ない笑みを零《こぼ》し、すっと瞳《ひとみ》を伏せる。

「母には母の考えがあり生き方があるのだと、殺しのレシピを受け入れることに抵抗はなかった。けれど、娘《むすめ》の私が本来選ぶべきは、野々宮くんが言うように母を止めるということだったのでしょう」

彼女が白い指先を巻き込むように掌《てのひら》を握《にぎ》り締《し》める。

「私が今とは違う家庭で育っていたら、もしかしたら今とは違う未来があったのでしょう」

月森《つきもり》は面《おもて》を上げると、「でもね――」と抑揚《よくよう》のない声で告げる。

「――物心ついた頃から私はそうして生きてきたの」

月森は惚《ほ》れ惚《ぼ》れするほど澄《す》んでいた。凛々《りり》しく清廉《せいれん》な彼女からは後悔など微塵《みじん》も感じなかった。僕《ぼく》は月森葉子《ようこ》を強い人だと思った。

そして、同じくらい孤独《こどく》な人だとも思った。

この瞬間《しゅんかん》の浮世《うきよ》離れした彼女が蜃気楼《しんきろう》のように美しくて儚《はかな》くて、なぜだか胸がざわついた。

「寂《さび》しいとは思わなかった?」

尋《たず》ねると、月森は即座に頭を左右に振って「全然」とくちびるを緩《ゆる》める。

誰にも頼らない人生とはつまり孤独な人生であるように思う。しかし、本人は寂しくなかったと言う。

「それは今も?」

一度否定された質問を僕は再び彼女へとぶつける。

「両親が死んでしまった今も君は寂しくないのかい?」

僕にはどうしても寂しい生き方としか思えなかった。思い込みなのかもしれないが、僕には無言で佇《たたず》む月森の瞳《ひとみ》がどうしても寂しげに見えてしまったのだ。

直後、月森が少し困ったような笑みをくちびるに浮かべ視線をすっと頭上に向ける。夜空を見詰める彼女の網膜《もうまく》に月が投影され瞳が黄金に輝いて見えた。

視線を僕へと戻すと同時に、月森はきっぱりと口にする。

「寂しくないわ――」

彼女が度々《たびたび》して見せる僕をからかうような態度ではない。

「――今の私には野々宮《ののみや》くんがいるから」

真剣な言葉なのだと僕には判《わか》った。

なぜならば、語る月森の目元も口元も笑ってはいなかったからだ。

これは僕がようやく彼女の笑顔を凍《こお》りつかせることに成功した記念すべき瞬間《しゅんかん》だった。

時計台の時刻はもう間もなく零時《れいじ》を回ろうとしていた。


彼女に両親を殺すような強い動機はなかった。少なくとも僕には見つけられなかった。

そして、月森葉子が殺人を犯すような愚《おろ》かな人物ではないという認識は、最早《もはや》僕の中では揺らぐことのない真実でさえある。


しかし、それでも結果として両親がいないという今が存在する。

僕は呟《つぶや》いていた。

「……この感覚を何と表現すれば良いのだろうか」

どのような言葉が適切なのか。

僕《ぼく》はガードパイプから立ち上がる。じっとしていられなかった。彼女を残し、一人公園内を歩き始める。

考えを整理しながら一歩一歩、地面の感触《かんしょく》を確認するようにゆっくりと歩く。足は自然と、街を見下ろすことが出来る崖《がけ》の方へと向かっていた。

やがて公園と崖との境界線に辿《たど》り着く。

境界線は腰《こし》より少し高い所々に錆《さび》が目立つビリジアンのフェンスで仕切られている。身体《からだ》を大きく傾け眼下を覗《のぞ》き込む。ちょっとした切《き》っ掛《か》けさえあれば急斜面へと転がり落ちることは簡単そうだった。

交差した両腕《りょううで》とあごをフェンス上段に預けると、公園を囲うフェンス全体が少しだけ撓《たわ》んだ。視線を街へと落とす。

光輝く街が視界一面には広がっている。百万ドルの夜景とは到底いかないが、これが自らの暮らす街なのだと思えば十分に感慨《かんがい》は深かった。

この街には、小さいながらもさまざまな事件が起こっている。今夜もこの街のどこかをあの男が赤いスポーツカーを走らせているのだろう。チョコレート中毒のあの人はまだ起きているだろうか。ピグミーマーモセットに似た小さな女の子はすでに夢の国の住人に違いない。

そんな僕の知るさまざまな人物たちの顔がスライドショーを見ているかのように脳裏を過《よ》ぎる。

「素敵《すてき》でしょう？　これを野々宮《ののみや》くんに見せてあげたかったの」

スライドショーの最後に一際鮮烈《ひときわせんれつ》に浮かび上がる人物と、僕の真隣《まとなり》で街を眩《まぶ》しそうに眺《なが》める人物の姿がシンクロする。

冷たい風が彼女の髪《かみ》を揺らす。彼女は肌寒《はだざむ》かったのか僅《わず》かに身体を縮める。

その光景に、雨に濡《ぬ》れた見た目に寒そうな制服姿の月森葉子《つきもりようこ》が蘇《よみがえ》る。

忘れもしない。あの夜、僕は彼女に『人はどうして人を殺すのだろうね？』と尋《たず》ねた。もちろん、僕はその時の彼女の答えも忘れてはいなかった。

彼女の答えを思い出した途端《とたん》、思わず身体を小刻みに揺らして笑ってしまった。

「……やっと答えが出た。君が両親を殺した動機がようやく判《わか》ったよ」

呟《つぶや》く僕に隣の彼女は落ち着いた様子で「そう」と短く相槌《あいづち》を打った。

視界の端《はし》に月森を捕らえると、彼女がゆっくりと此方《こちら》に向かって視線を動かすのが判った。

彼女も同様に視界の端に僕を捕らえていた。

「そんな気分だったからさ」

そう僕《ぼく》が笑いながら洩《も》らすと、彼女は「最高ね」とキャンディを貰《もら》った女の子のような無垢《むく》な表情で笑う。

あの夜、彼女が語ったように誰かが『理解出来ない行動を選択する場合』それは〝気分であった〟としか表現しようがなかった。

笑ったのはあまりにふざけた答えだったからだ。誰がこんな答えを信じるというのだ。

こんな答えを理解出来るのは僕と——月森葉子《つきもりようこ》だけだ。

不意に、月森が僕へと身を寄せてくる。

「……野々宮《ののみや》くんの言うことがすべて正しいのなら私は物凄《ものすご》くひどい女ね」

吐息《といき》のような囁《ささや》きが耳朶《じだ》を弄《いじ》る。

「両親を殺し、世間を欺《あざむ》き、貴方《あなた》を騙《だま》し、そうして平然と生きているのだから」

その時——彼女の肩《かた》にかかっていた半透明のショールが地面にふわりと落ちる。

「けれど、世の中には稀《まれ》にルールに縛《しば》られない人間が存在するのよね。誰にも縛られない理不《りふ》尽《じん》なまでに自由な存在——」

僕は驚かされる。ぐにゃりとフェンスが崖下《がけした》へと捩《よじ》れる。彼女が背面《はいめん》飛びをするみたいに軽やかにフェンスに飛び乗っていた。

「——野々宮くん、貴方次第よ。貴方が裁《さば》かなければ月森葉子というひどい女は今後も自由に生きてゆくわよ？」

フェンスに腰《こし》を乗せた彼女は、信じられないことに上半身を崖下へと仰《の》け反《ぞ》らせる。後ろ髪《がみ》が底の見えない暗闇《くらやみ》へと真《ま》っ直《す》ぐ伸びている。彼女の細い身体《からだ》を支えているのは身体に見合った二本の細くて白い腕《うで》だけ。眼前には、剥《む》き出しになった雪肌《ゆきはだ》の首筋が滑《なめ》らかな曲線を描いていた。

「こんな私に生きている価値がないと野々宮くんが判断するのならば——簡単でしょう？」

軽くて良い。彼女の胸を指先で押せば、あっさりと彼女は崖下へと転がり落ちることだろう。

「……正気か？　君は自分の言っていることを理解しているのか？」

彼女の頭がおかしくなってしまったのではないかと思った。

「どうかな？　正気のつもりだけど？　捻《ひね》くれ者の野々宮くんのことを気に入ってるだなんて確かにまともじゃないかもしれないわね」

月光浴でも楽しんでいるかのような穏《おだ》やかな面持《おもも》ちの彼女が瞼《まぶた》をそっと下ろす。

「私はね〝運命の人〟にすべてを捧《ささ》げようと昔から決めていたの。これだけは自信を持って言えるわ」

すべてには命も含まれているということなのだろう。

「……僕には今の君の心境がまるで理解出来ない。君にとって運命の人とは一体何なんだ？」

彼女はたった一言をはっきりとした口調《くちょう》で告げた。

「私の王子様《おうじ》」

そう告げた月森《つきもり》はとても幸福そうな表情を浮かべていた。恐れ一つない表情を見るに彼女は本気だった。

不意に、虎南《こなん》から訊《き》いた彼女の母親の最後の姿が脳裏を過《よ》ぎる。僕《ぼく》は身震《みぶる》いする。想像してしまったのだ。

無数に咲き乱れる淡い紫《むらさきいろ》色のツツジに囲まれ横たわる月森葉子《ようこ》の世にも美しい死体を——

——僕は夢見てしまった。

自然と喉《のど》が鳴る。身体《からだ》の芯《しん》が熱くなるのを感じる。気づくと指先が彼女の胸元に伸びていた。指の腹が胸のふくらみに触《ふ》れる。彼女から短い吐息《といき》が零《こぼ》れ白いパンプスの両の爪先《つまさき》がぴんと伸びる。

血が沸き立つ興奮《こうふん》。なんと甘美《かんび》な誘惑《ゆうわく》か。あの月森葉子の生死を、僕の指先一つが、無感動なたった一本の指が決定する権利を持っているのだ。

彼女の清楚《せいそ》で純白な衣装《いしょう》が、今の僕には死にゆく人間が身を包む白装束《しろしょうぞく》に見える。彼女のことだ。準備は万端《ばんたん》であるはずだ。描いたシナリオは、『両親を亡くした哀《あわ》れな少女の後追い自殺』というところか。

つまり、僕が彼女を突き落とし仮に彼女を殺したとしても僕は誰にも裁《さば》かれることはないのである。

彼女は僕を王子だと言う。彼女が言うように王子だとするならば、姫《ひめ》を囚《とら》われの城から救い出すのが僕の役目なのだろう。

……なぁ月森。期待を裏切るようで申し訳ないんだが、残念なことに僕は王子ではないのだよ。僕はあくまで村人Aなのさ。それが一番性《しょう》に合っているんだ。

鼓動《こどう》が内側から激しくノックする。解き放てと荒い呼吸が僕を急《せ》かす。一つ大きく深呼吸をし、奥歯を強く嚙《か》み締めると、白装束の彼女へとゆっくりと腕《うで》を伸ばす——

——そして、彼女の華奢《きゃしゃ》な肢体《したい》に腕を絡《から》めると、自身の方へと力一杯引き寄せた。

勢い余って彼女を抱《かか》えたまま背中から地面へと転倒する。背中の痛みと格闘する僕より先に彼女が身を起こし、跨《またが》ってくる。

「……忘れないでね？」

彼女は自らの胸の谷間に片手を添えながら言う。

「私の命は野々宮《ののみや》くんが救った命だってことを——」

貴方《あなた》が拾ってきた子犬なんだから貴方が責任を持って育てなさい。遠い昔に母親に言われたそんな言葉を思い出し、僕はひどく億劫《おっくう》な気分になった。まったく僕はいつからこんなお人好しになってしまったのだろうか。

「……僕《ぼく》を試したのか？」

「大丈夫《だいじょうぶ》、自信はあるの。野々宮《ののみや》くんに私を助けたことを絶対に後悔はさせないから」

胸の前でぐっと握《にぎ》り拳《こぶし》を作って見せる。彼女は初めからこの結末を予想していたのかもしれない、と眼前にある小憎《こにく》らしいくらい可愛《かわい》げのある微笑《ほほえ》みを見て確信した。

僕は鼻を鳴らして吐《は》き捨てる。

「後悔ならとっくの昔にしているさ――」

――君と出会ってしまったことを。

「悪いけど、退《ど》いてくれないか」

月森《つきもり》の小ぶりなお尻《しり》が、僕の下《か》腹部《ふくぶ》あたりに堂々と居座っている。取り合えず、人に馬乗りする無礼な娘《むすめ》をどうにかしたかった。

ところが、彼女に退く気はないらしい。両足をハの字に崩《くず》し、僕の顔の左右に両手を置いて真上から覗《のぞ》き込みながら語り始める。

「どうする？　野々宮くんはどうしたい？　レシピと今の話を持って警察にでも行ってみる？」

艶《つや》やかな彼女のくちびるが形を変える度に、くすぐったい吐息《といき》が僕の前髪《まえがみ》を微妙《びみょう》に揺らす。

「貴方《あなた》がそうするというのなら私は止めないわよ」

挑発《ちょうはつ》しているわけではないらしい。表情こそいつも通り柔和《にゅうわ》だが声は真剣味を帯びている。

「随分《ずいぶん》と物分かりが良いじゃないか?」

僕は下から彼女を睨《にら》みつける。

「それは警察だって欺《あざむ》いてみせるという自信? それとも、僕がそのようなことをしないと高《たか》をくっている?」

彼女が「どちらも違うわよ」と前髪をさらさらと左右に揺らす。

「私は私が潔白であることを誰よりも知っているの」

落ち着いた表情だった。

「例えば——あたかも誰かの手によって人が殺されたとしか思えない状況があったとして、実はそれがさまざまな偶然《ぐうぜん》が重なることによって生まれた不運な事故だったと言ったら野々宮くんは信じてくれるかしら?」

真上から下がる髪が夜風に吹かれ毛先が僕の鼻先を掠《かす》める。

「……信じられるわけがないだろ?」

あまりに月森が落ち着き払《はら》っていたので即答するのが躊躇《ためら》われてしまった。

「でしょう? 何を言っても無駄《むだ》なのだから、野々宮くんの好きにすれば良いと思ってるだけ」

瞬間《しゅんかん》、羽毛《うもう》が舞い踊《おど》るような柔《やわ》らかな微笑みを月森が零《こぼ》す。

「ただ私にとっての真実は一つしかないのだと覚えておいてくれると嬉《うれ》しいわ」

果たして嘘《うそ》を付いている人間がこんな風に屈託《くったく》なく笑うことが出来るのだろうか。

僕《ぼく》には正直判《わか》らなかった。

「それとね、野々宮《ののみや》くんは私が選んだ人ですもの。もしも選んだ人の答えが私の望むものではなかったとしても、選んだ相手の決めたことを尊重しようと思うのはそれほど不思議なことではないはずよ」

「選んだ?」と僕は彼女の言葉を怪訝《けげん》に繰り返す。

彼女がこれまで僕に言ってきた〝好意〟という意味の『選んだ』とは違う響《ひび》きを感じた。ニュアンスとしては『託《たく》した』という意味が近いか。

「野々宮くんは一つ誤解していることがある」

「僕が何を誤解しているって?」

「貴方《あなた》が殺しのレシピを持っているのは偶然《ぐうぜん》でも何でもないってこと」

「…………………え?」

驚きの声が勝手に口を付く。

「思い出して欲しいの。野々宮くんが殺しのレシピを手に入れた日のことを」

忘れるはずがない。あれは放課後の教室でのことだ。床《ゆか》に落ちていた月森《つきもり》のノートの間から殺しのレシピを入手したのだ。

瞬間《しゅんかん》、彼女がくすりと喉《のど》を鳴らす。

「自慢《じまん》ではないけれど私ってしっかり者なのよ? そんな私がね、殺しのレシピなんて大事なものを――」

この時の彼女の顔を僕はしばらく忘れられそうにもない。その顔は眩暈《めまい》がするほど残酷《ざんこく》で美しかった。

「――失《な》くしたりすると思う?」

するわけがなかった。彼女に限ってそんな失敗は有り得なかった。

なぜなら、月森葉子《ようこ》は僕がこの世で知る唯一の完璧《かんぺき》な人物なのだから。

あの日の放課後、僕は定例委員会に出席した。クラス委員の定例会だった。男子のクラス委員は僕。では、女子のクラス委員は誰だったのか。

目の前の人物だった。

思い返せばあの日、彼女は委員会が終わるのと同時に会議室から教室へと急ぎ足で戻っていった。それは、〝偶然〟僕が殺しのレシピを手に入れることが出来るように仕込む為《ため》の時間作りだったということなのだろう。

どうしてこんな初歩的なことを見落としていたのか。翌朝、彼女がレシピを探す振りをしていたのも〝偶然〟失くしてしまったということを演出する為の実は演技だったのかもしれないと思えた。

どうやら僕《ぼく》は最初から彼女の掌《てのひら》で踊《おど》らされていたらしい。それは手足が痺《しび》れ怖気《おぞけ》がするほどの屈辱《くつじょく》だった。愕然《がくぜん》とする僕からは呻《うめ》き声さえ出なかった。

月森《つきもり》はくすりと笑い僕から立ち上がる。

「私に思い通りにならないことなんてなかった。私がその気になれば手に入れられないものはなかった。いつだって結末は私が望んだ通りになるの」

普通に考えればとてつもなく尊大な科白《せりふ》ではあるはずなのだが、月森葉子《ようこ》が言えばそれは有《あ》り触《ふ》れた事実を述べているに過ぎないのである。

「でもそれってとてもつまらない人生だと思わない？　退屈《たいくつ》な人生だと思わない？　こんな人生、生きている意味ある？」

彼女はショールが落ちている地面へと歩いてゆく。

「中身が判《わか》っているプレゼントなんかにドキドキなんて出来るはずがない」

彼女は僅《わず》かに肩《かた》を落とす。

「けれど、私はみんなの望む月森葉子ではない生き方を選ばなかった。優等生を演じることは簡単なことだし、期待に応《こた》えるのも悪い気分ではなかったから」

ショールを拾い上げると彼女は再び肩に羽織《はお》り、バレリーナを思わせる軽やかな歩調で僕の顔の真横に着地する。月が暗雲に覆《おお》われたのかと思うくらいの濃《こ》い影に視界が覆《おお》われる。腰《こし》に手を当てた彼女が真上から僕《ぼく》を覗き込んでいた。

「私がどうして野々宮《ののみや》くんにレシピを託《たく》したのか知りたい？」

彼女がこんな風に企《たくら》むような表情をして尋《たず》ねてくる場合、ロクな答えではないとはうんざりするくらいに僕の中では確立された事実である。

「野々宮くんが私の知る誰よりも、〝つまらなさそう〟に生きているように見えたからよ」

探し物が見つかった時の表情だった。僕は視線を彼女から逸《そ》らす。

図星《ずぼし》だったからだ。

彼女が察した通りだ。僕は世の中とはなんてつまらないのだろうかと嘆《なげ》き生きていた。妄想《もうそう》に拠《よ》り所を見出《みいだ》し退屈な日々の慰《なぐさ》みとしていた。

僕は足元に落ちている殺しのレシピを手にしてから立ち上がる。

「期待以上だった。野々宮くんとの会話は刺激的だった。野々宮くんのいる毎日はスリルがあった。こんなにドキドキ出来る相手を私は他《ほか》に知らない。間違いない、この人が私の〝運命の人〟なんだってすぐに判った。だから、野々宮くんにのめり込むのなんて楽勝だったわ」

すべては彼女の計画通りということか。殺しのレシピという好みの餌《えさ》に僕は愚《おろ》かにもまんまと釣《つ》られてしまったというわけか。

僕はそこが定位置であるかのようにフェンスへと重い足取りで戻る。足音で判る。彼女が慌《あわ》てて僕を追ってくる。

「……あっ」

フェンスが喧《やかま》しい音を立てる。隣《となり》では彼女がフェンスの上部を両手で叩《たた》き、黒い宙空《ちゅうくう》に大きく身を乗り出している。すぐに取り返しがつかないと悟《さと》ったらしい彼女はフェンスから両手を離し僕《ぼく》へと向き直った。

「……良かったの?」

僕の右腕《みぎうで》は真《ま》っ直《す》ぐフェンスの向こう側へと伸びている。

白い紙飛行機が宙に八の字を描きながら、たっぷりと時間をかけて底の見えない暗闇《くらやみ》へと降下してゆく。紙飛行機はやがて崖《がけ》のどこかに着地し、長い年月、雨風に曝《さら》され、いつかは土へと返るのだろう。

「良いんだ。もう必要ないから」

僕も同じだった。殺しのレシピの真相を探っていたのは正義感からではなかった。

「もしかして、ようやく私が潔白だって信じてくれる気になった?」

微笑《ほほえ》みの彼女に僕は向き直り冷たく言い放つ。

「君は馬鹿なのか。疑っているに決まっているだろ」

彼女は不可解そうに瞳《ひとみ》を眇《すが》める。

「理解出来ないわ。じゃあ、どうして殺しのレシピを捨ててしまったの?」

「誰がこんな与太話《よたばなし》を信じる? 君が両親を殺した理由を警察に尋《たず》ねられて僕はどう答えれば

良いんだ？　『気分で殺したみたいですよ』と説明して納得《なっとく》して貰《もら》えると思う？」

彼女を深く知らなければ、犯行動機を理解することは難しい。月森葉子《つきもりようこ》の真の姿を知る僕でなければ到底頷《うなず》けるような内容ではないのである。

「でも、そう言うしかないんじゃない？　それを訊《き》かされた相手が信じるか信じないかは別の話としてね。だってそれが野々宮《ののみや》くんが導き出した答えなんだし」

茶化《ちゃか》すような口調《くちょう》で彼女が言う。僕は「馬鹿馬鹿しい。恥《はじ》をかくだけさ」と首を振った。

殺しのレシピを切り札として彼女へ突きつけ内容を月下に曝《さら》した瞬間《しゅんかん》に、すでに魔法《まほう》は解けていた。

僕は気づいてしまったのだ。殺しのレシピが所詮《しょせん》は〝ただの紙切れ〟だということに。

あれほどまでに後生大事《ごしょうだいじ》にしてきた殺しのレシピはそれ自体に価値があったわけではなく、〝月森葉子の殺しのレシピ〟だったからこそ価値があったのだと気づかされた。

この時、僕の心はすでに月森葉子の掌《てのひら》の上でずっと踊《おど》らされていたことに対するショックから立ち直り、別の感情に支配されていた。

まったく柄《がら》にもないことなのだが、その感情は保護欲と呼べるのかもしれない。

彼女は僕にレシピを託《たく》した理由を『誰よりも、〝つまらなさそう〟に生きているように見えたから』だと言った。僕ならば殺しのレシピという刺激的な存在に興味を示すに違いないという判断からだった。

不本意ではあるが、実際に僕《ぼく》は彼女を大いに楽しませたらしい。

要するに、彼女も僕と同様に退屈《たいくつ》な日常に刺激を求めていたのである。その意味においては僕の知らぬ間にということにはなるのだが、互いの利害は一致していたのだろう。

ただ、これとは別の見解を僕が見出してしまったものだから始末が悪い。

――実は彼女が殺しのレシピを持て余していたのかもしれないと感じてしまったのだ。

彼女は動揺《どうよう》したのだ。普段の母親からは想像も付かない殺しのレシピという存在を発見してしまったことに、彼女は自身が思うよりずっと戸惑《とまど》っていた。それは無意識の行動だったのだろう。彼女は彼女なりにこの事態をどうにかしなければとずっと考えていた。そしてようやく見つけた僕という存在に殺しのレシピを託《たく》すことにした。

それはSOSと呼ぶほど強い意思表示ではなかった。情報の共有という程度の意味だったのだろう。とにかく誰かに知って欲しかっただけのことかもしれない。

確かに一人で抱《かか》えるには少々重い荷物だった。

もしかしたら僕が単に考え過ぎているだけなのかもしれない。しかし、そう思えてしまったのだから仕方がない。一瞬《いっしゅん》で不快な気分など吹き飛んでしまった。

あの月森葉子《つきもりようこ》がである。僕が知るこの世で唯一完璧《かんぺき》を誇《ほこ》る人物がである。まるで幼い少女のように狼狽《うろた》えているのである。想像したら堪《たま》らなく胸が高鳴ってしまった。

可愛《かわい》らしいじゃないか、と。

彼女の背後にある時計台の文字盤《ばん》が視界に入る。

「もう零時《れいじ》を回っていたのか」

僕の呟《つぶや》きに、月森はワンピースのスカート部分をパラソルのように回転させながら時計台へと勢い良く振り返る。時計の針はとうに零時《れいじ》を回っていた。

「ショックだわ。私としたことがこんな大事なタイミングを逃すなんて一生の不覚《ふかく》だわ」

彼女が落胆《らくたん》している。珍《めずら》しい姿だった。

「実は今日《きょう》は私の誕生日《たんじょうび》なのよ。零時を回るのと同時に、野々宮《ののみや》くんにいろいろおねだりしようと計画していたのに……」

「おめでとう」

面倒《めんどう》なことを彼女が言い出す前に僕は言葉を送る。

彼女は髪《かみ》やらワンピースのしわやら諸々《もろもろ》の身嗜《みだしな》みを整えると、

「ねぇ、野々宮くん、日付が変わって、今日は私の誕生日なんだけど？」

満面の笑みにて僕へと振り返る。

「今『おめでとう』と言ったんだけど聴《き》こえなかった？」

「聴こえていたから『ありがとう』と遅ればせながら言っとくね。だけどね、私としては言葉だけじゃなくて――」

「断る」

「まだ続きがあるのよ野々宮《ののみや》くん。人の話は最後まで聞きましょうね」

「覚えておくと良いよ月森《つきもり》。ロクな頼みじゃないと判《わか》っているのに最後まで聞くほど僕《ぼく》はお人好しじゃない」

「心配しないでよ。高価なプレゼントをおねだりするわけじゃないんだから。プレゼントと言えばプレゼントだけど、私が欲しいプレゼントは思い出とか記念と言ったほうが正しいかな」

彼女はそう語りながら、ワンピースのポケットから取り出した携帯電話を僕の鼻先に突き出す。

「私ね、野々宮くんと一緒《いっしょ》に写っている写真が欲しいの」

「……僕が写真をあまり好きではないのを知ってて言っている？」

「そうだっけ？」

彼女は平然と惚《とぼ》けてみせるのである。カフェで宇佐美《うさみ》からの『写真を撮《と》りたい』という頼みを断ったことがある。それを彼女が知らないわけがなかった。

「お願い。これだけ叶《かな》えてくれたら他《ほか》はいらないから。一年に一度のお願いよ」

来年は一体どんなおねだりをされることか。今から憂鬱《ゆううつ》だ。

彼女は「お願い」と頼み込む口調《くちょう》とは裏腹《うらはら》に、拘束《こうそく》するみたいに僕の手首を両手でがっちりと握《にぎ》ってくる。写真を撮るまで絶対に諦《あきら》めないという態度だった。

「……判《わか》ったよ。その代わり一枚だけだからな」

頑《かたく》なな彼女を諦めさせるには、対価として相応の労力を必要とすると学習済みである僕の諦めは早かった。

彼女は「嬉《うれ》しい」と手を叩《たた》いて喜ぶと、「時計台の前で撮りましょう」と僕の返事を待つことなく腕《うで》をぐいぐいと引っ張ってゆく。

僕らの身長の三倍ほどの高さがある白いペンキで厚塗りされた木造の時計台だ。

彼女は「どの場所が一番良いかしら」と撮影位置に苦心する。僕が「そんなのどこでも良いだろ」とおざなりに言うと、「ダメよ。チャンスは一回だけなんだから」と怒るのである。

続いて「それとも何枚か撮らせてくれるのかな?」と言われてしまっては、僕は口を噤《つぐ》み背中を時計台の壁に預け彼女が場所を決めるまでひたすら待つしかないのだった。

どの辺りが他と違うのか僕にはまったく判らないのだが「うん、此処《ここ》が良いわ。ここが一番らしいわ」と彼女は満足気だ。

「こっちよ」と手招きする彼女の隣《となり》に並ぶ。

すると、彼女がこれまでにないくらいに身体《からだ》を僕に密着させてくる。薄手《うすで》のワンピースの素材感も相まって衣服などないに等しい生々しい感触《かんしょく》を感じてしまった。

抗議する前に「引っつかないとフレームに収まらないんだもの」と彼女は力いっぱい伸ばし

た腕《うで》の先に携帯を構えたまま言う。彼女より幾分《いくぶん》腕が長い僕《ぼく》が撮影役を交代すべきだろうと携帯を奪《うば》う。「このボタンを押せば良い？」そう尋《たず》ねると、「ちょっと待ってね」と彼女が肩《かた》のショールを手に取る。

腕を伸ばしたまま何事をするのかと眺《なが》めていると、彼女はショールを頭から被《かぶ》り白い花の髪《かみ》留《ど》めで固定する。怪訝《けげん》な眼差《まなざ》しを向けていたからだろうか。

「お待たせ」と言った後に「お姫《ひめ》様みたいで可愛《かわい》いでしょう？」と彼女はおどけて見せる。確かに、否定するのを忘れるくらいには似合っていた。

彼女の合図でボタンを押すと機械的なシャッター音が携帯から鳴る。彼女は撮影された画像を少しでも早く確認したかったのか、素早い動作で僕の手から携帯を引《ひ》っ手繰《たく》ってゆく。

彼女は画像を見ながら「うん、イメージ通りの出来だわ」と満足そうに小さく頷《うなず》いている。時折「ふふ」と声に出して笑ったりもしている。何よりである。

「撮《と》らせてくれてありがとう。大事にするわ」

「そうだね。誰にも見せないくらいに大事にして貰《もら》えれば僕は安心して日々を過ごせるね」

学校の連中に写真の存在を知られた日にはどうなるかなんて想像もしたくないし、こういった件で最初に鴨川《かもがわ》の憎《にく》たらしい顔が浮かぶのは心底どうにかして欲しい。

「そう残念。未来《みらい》さんや千鶴《ちづる》に、貴重な野々宮《ののみや》くんとの写真だって自慢《じまん》しようと思ってたのに……」

釘《くぎ》を刺《さ》しておいて本当に良かった。

「……しょうがないから、携帯の待ち受け画面にして授業中に時々眺《なが》めてにやにやしたり、寝る前におやすみのキスをしたりして一人で楽しむことにするわ」

「今すぐ画像を消去しようか」

「冗《じょう》談《だん》よ冗談」と悪戯《いたずら》っぽく笑う彼女に、僕はとんでもない弱みを握《にぎ》られてしまった気分になった。

「野々宮くんも写真見る？」

「是非《ぜひ》、見たいね」

今後、彼女が所持し続けるであろう写真である。自分がどのように写っているのか確認しなければならないと思った。

彼女の胸元にある携帯の画面に腰《こし》を曲げ顔を近づける。丁度《ちょうど》、僕の耳が彼女のくちびるの近くにある状態だった。

僕が画面を確認し終わるタイミングを計っていたかのように彼女が呟《つぶや》くのである。

「ねぇ？　教会で二人だけの式を挙げた花婿《はなむこ》さんと花嫁《はなよめ》さんみたいだって思わない？」

僕は画面を凝視《ぎょうし》する。写っていたのは、仲睦《なかむつ》まじそうに寄り添う黒い男と白い女だ。

頭にショールを乗せた白い女は意識して見れば、ウエディングベールを纏《まと》った花嫁《はなよめ》に見えなくもない。女をそう見始めたら、男も礼服に身を包んでいるように見えてくるから不思議だ。それに似ても似つかぬはずの時計台がまるで教会の一角であるかのように思えてしまうのだから刷《す》り込みとは恐ろしい。もしブーケでも花嫁役が握《にぎ》っていたら、もう誰がどう見ても挙式後だった。

咄嗟《とっさ》に携帯を奪《うば》おうと手を伸ばしたのだが、彼女は宙に舞う花弁のようにひらりと身を翻《ひるがえ》しあっさりと僕から逃れてみせる。

「携帯を渡すんだ」

「嫌《いや》よ。だって渡したら写真を消しちゃうに決まっているもの」

「当たり前だ」

再び彼女へと手を伸ばす。しかし、羽を持った小さな妖精《ようせい》が水面《みなも》を爪先《つまさき》で飛び跳《は》ねるように彼女は軽やかに大地を駆《か》け、見る間に僕から遠ざかる。彼女はそのまま滑《すべ》り台の頂上にまで登った。

「野々宮《ののみや》くん携帯はここよ」

まるで子供みたいな無邪気《むじゃき》な様子で彼女が高い所から手を振る。

本性《ほんしょう》を現した月森葉子《つきもりようこ》は自由で奔放《ほんぽう》で、僕のような熱心ではない人間にはまったく手に負えなかった。

「帰る」

今夜はとても疲れた。

「待って！」

滑《すべ》り台の脇《わき》を通り過ぎ公園の出入り口へと向かう僕《ぼく》へと彼女が上から叫んでくる。振り返ることなく首だけ捻《ひね》って、滑り台上に立つ彼女を見やる。

「どうして貴方《あなた》は今夜一人なの？」

月明かりに照らされるベールを纏《まと》った純白の彼女はジャンヌダルクよろしく凛々《りり》しい。

「どうして誰にも殺しのレシピのことを告げなかったの？ 幾《いく》らでも機会はあったはずだよね？ 例えば虎南《こなん》さん……あの人なら他《ほか》の人が信じない話だって聞く耳を持ってくれたはずじゃない？」

彼女が憂《うれ》いを帯びた声で零《こぼ》す。

耳鳴りがする静寂《せいじゃく》の中、身動《みじろ》ぐことなく此方《こちら》を見下ろす彼女の瞳《ひとみ》には僕だけが映っているのだろう。

思わず、僕は身体《からだ》をくの字に折り曲げ笑う。

彼女からの質問が僕にとってあまりに簡単な質問だと瞬時《しゅんじ》に気づいてしまったからだ。他人のことには注意深いくせに、肝心《かんじん》な自分のことをまるで判《わか》っていなかったなんて本当に僕は間抜けだな。

今、僕ははっきりと答えを知った。

月森葉子《つきもりようこ》が両親を殺していようが、誰を殺していようが、黒だろうが白だろうが、あたかも誰かの手によって人が殺されたとしか思えない状況があったとして実はそれがさまざまな偶然《ぐうぜん》が重なることによって生まれた不運な事故だろうが、そんなことは僕にとって本当に重要なことではなかったのだ。

訝《いぶか》しげに片方の眉《まゆ》を吊《つ》り上げる彼女を視界の端《はし》に置いて、

「そんなのは当たり前のことさ——」

僕は夜空に向かって声を張る。

「——この世の中で月森葉子を疑って良いのは僕だけだからだ」

他《ほか》はいらない。本当の月森葉子を知っているのは僕一人だけで十分だ。

やがて、熱に浮《う》かされているかのような上擦《うわず》った囁《ささや》きが冷えた夜風に乗って流れてきた。

「……うん、大丈夫《だいじょうぶ》、やっぱり寂《さび》しくない」

銀のスポットライトに照らされる滑《すべ》り台へと振り返った僕《ぼく》の瞳《ひとみ》は、きっと見開いていた。彼女がくしゃくしゃの笑顔を浮かべていたからだ。それはまるで泣き顔のようでもあった。

どのような声をかければ良いのか判《わか》らず開きかけた口を閉じる。僕には月森葉子《つきもりようこ》ではない月森葉子をただ瞳に焼き付けることしか出来なかった。

突然、彼女はその場にしゃがみ込む。スカートの乱れだとか中身が見えたらどうしようだとかそういった気遣《きづか》いの一切感じられない動作で滑り台を滑り降り、大地を駆《か》け、ゴールにある僕の背中へと勢いそのままにダイヴし両腕《りょううで》を巻きつけてきた。

僕の背中に顔を埋《うず》める彼女は少し籠《こ》もった声で言う。


「――この世の中で私を疑わせてあげるのは野々宮《ののみや》くんだけだから」


ひどく嬉《うれ》しそうに聴《き》こえた。

許可もなく抱《だ》きつかれてじっとしているほど僕は寛容《かんよう》ではないのだが、振りほどこうにもきつく絡《から》まる彼女の両腕は振りほどけない。僕を縛《しば》り付ける鎖《くさり》のようで、まったく嫌《いや》になる。今の僕と彼女との関係そのもののようじゃないか。

抵抗を諦《あきら》めた僕は溜息《ためいき》と共に夜空を見上げる。

月から絹糸《きぬいと》のように細い銀色の光が幾重《いくえ》にも地上へと降り注いでいる。形のない光はやがて大地へと沁《し》み込むように消えてなくなる。まるで地上にありとあらゆる存在を青白く染めてしまおうとでもしているかのように絶え間ない。

月明かりの前ではすべての光が霞《かす》んで見える。たとえ星々がどれほど夜空に瞬《また》こうとも、街がどれほど眩《まばゆ》い光を暗闇《くらやみ》に放とうとも、地上のすべてを包み込むように輝く月には決して敵《かな》わない。

気づくと僕は月へと手を伸ばしていた。決して届きはしないと知りながら。

今夜下した判断は間違っているのかもしれない。後々、今夜のことを後悔することもあるかもしれない。

いや、もしかしたら後悔も間に合わないほど最早《もはや》手遅れなのかもしれない。

なぜならば、僕は月森葉子を知ってしまったのだから。

夜空を見上げたままそっと瞳を閉じる。

今夜の月はやけに柔《やわ》らかくて温かかった。

あとがき

八割と言えばかなりの確率です。

例えば、百点満点のテストで八十点ならば怒られることはないでしょうし、降水確率八十％なのに傘《かさ》を持たずに出かけるとしたらそれは無謀《むぼう》でさえあります。これらを踏まえた上で。

最終選考が十作品に対して受賞が八作品。妄想《もうそう》するなというほうが無理な話でしょう。受賞したら新車の頭金に出来るじゃないかと、ステルヴィアのブルーレイBOXならば余裕《よゆう》で買えるじゃないかと、このように妄想してしまった私を誰が責められましょうか。

しかし、結果はご存知の通り「この度は残念ながら……」というこの状況において鉄槌《てっつい》と同等の破壊力をもった言葉により小市民のささやかな妄想は脆《もろ》くも砕《くだ》け散ったのでありました。

ところがです。捨てる神あれば拾う神ありです。

「残念ながら賞には洩《も》れましたが、どうにか此方《こちら》の作品を世に出したいと考えております」

迷いなどありません。即答です。私は大きな声ではっきりと申し上げました。

「だが断る！」

喉《のど》から手が出るほどの甘美《かんび》なお誘《さそ》いです。憧《あこが》れの電撃文庫から本を出して貰《もら》えるなんてこれほど物書き冥利《みょうり》に尽きることはないでしょう。しかし、これはプライドの問題なのです。私は腐《くさ》っても蜜柑《みかん》でいたいのです。いつか自力で賞を取り、堂々と胸を張ってアスキー・メディアワークスの扉《とびら》を開くのだと、そのように私の決意は固いのです。

あ、そう言えば自己紹介《しょうかい》がまだでした。私としたことがうっかりです。この度、『月光』にて電撃文庫よりデビューさせて戴《いただ》くことになりました間宮夏生《まみやなつき》と申します。以後、よろしくお願い致します。

……その、あれですよ。プライドで腹が膨《ふく》れますかと、プライドで新車が買えますかと！

そう私は皆さんに問いたい。

しょーもないプライドなんて丸めてゴミ箱にぽ――――いっ。

以下、謝辞を。

湯澤《ゆざわ》様、粂田《くめた》様、『月光』があるのはお二方《ふたかた》のお陰です。心より感謝致します。ところでステルヴィアのブルーレイBOXの代金は誰に請求《せいきゅう》すれば宜《よろ》しいのでしょうか。連絡《れんらく》待ってます。

素敵《すてき》なイラストを提供して下さった白味噌《しろみそ》様や関係者の皆々様にも深い感謝を。

それと、ごく個人的に、両親、妹、友人、ゆりあらすの皆に感謝を、と思ったのですがあとがきに書くより直接お礼をしたほうが早いので後で連絡《れんらく》しときます。

最後に、この瞬間《しゅんかん》、この文章を読んで下さっている貴方《あなた》へ最上級の感謝を送らせて下さい。

私は今、涙《なみだ》が出るほど嬉《うれ》しい。またお会い出来る日を楽しみに。間宮夏生でした。

本書に対するご意見、ご感想をお寄せください。

■

あて先

〒102-8584 東京都千代田区富士見1-8-19
アスキー・メディアワークス電撃文庫編集部
「間宮夏生先生」係
「白味噌先生」係

■

電撃文庫

月光《げつこう》

間宮夏生《まみやなつき》

発行 二〇一〇年九月十日 初版発行
発行 二〇一一年七月二十七日 三版発行

発行者 髙野 潔
発行所 株式会社アスキー・メディアワークス
〒一〇二-八五八四 東京都千代田区富士見一-八-十九
電話〇三-五二一六-八三九九(編集)
発売元 株式会社角川グループパブリッシング
〒一〇二-八一七七 東京都千代田区富士見二-十三-三
電話〇三-三二三八-八六〇五(営業)
装丁者 荻窪裕司(META+MANIERA)
印刷・製本 加藤製版印刷株式会社

Printed in Japan
ISBN978-4-04-868722-5 C0193

電撃文庫創刊に際して

文庫は、我が国にとどまらず、世界の書籍の流れのなかで〝小さな巨人〟としての地位を築いてきた。古今東西の名著を、廉価で手に入りやすい形で提供してきたからこそ、人は文庫を自分の師として、また青春の想い出として、語りついできたのである。

その源を、文化的にはドイツのレクラム文庫に求めるにせよ、規模の上でイギリスのペンギンブックスに求めるにせよ、いま文庫は知識人の層の多様化に従って、ますますその意義を大きくしていると言ってよい。

文庫出版の意味するものは、激動の現代のみならず将来にわたって、大きくなることはあっても、小さくなることはないだろう。

「電撃文庫」は、そのように多様化した対象に応え、歴史に耐えうる作品を収録するのはもちろん、新しい世紀を迎えるにあたって、既成の枠をこえる新鮮で強烈なアイ・オープナーたりたい。

その特異さ故に、この存在は、かつて文庫がはじめて出版世界に登場したときと、同じ戸惑いを読書人に与えるかもしれない。

しかし、〈Changing Times,Changing Publishing〉時代は変わって、出版も変わる。時を重ねるなかで、精神の糧として、心の一隅を占めるものとして、次なる文化の担い手の若者たちに確かな評価を得られると信じて、ここに「電撃文庫」を出版する。

1993年6月10日
角川歴彦

月光
間宮夏生
イラスト●白味噌

Contents

Design:T